遥 远 的 湖

YAO YUAN DE HU

冯世杰　著

ZHEJIANG UNIVERSITY PRESS
浙江大学出版社

图书在版编目(CIP)数据

遥远的湖 / 冯世杰著. —杭州：浙江大学出版社，
2011.11
ISBN 978-7-308-09179-4

Ⅰ.① 遥… Ⅱ.① 冯… Ⅲ.① 长篇小说–中国–当代
Ⅳ.①I247.5

中国版本图书馆CIP数据核字（2011）第209436号

遥远的湖

冯世杰　著

责任编辑	杜希武
封面设计	刘依群
出版发行	浙江大学出版社
	（杭州市天目山路148号　邮政编码310007）
	（网址：http://www.zjupress.com）
排　　版	浙江时代出版服务有限公司
印　　刷	杭州浙大同力教育彩印有限公司
开　　本	880mm×1230mm　1/32
印　　张	7.75
字　　数	195千
版 印 次	2011年11月第1版　2011年11月第1次印刷
书　　号	ISBN 978-7-308-09179-4
定　　价	29.00元

内容介绍

　　这是一部以独特视角观察、反映和思考社会人生的长篇小说。

　　那些沉重的感受，悲凉的场景，迷茫和落寞的日子，快乐与幸福的时光，还有说不清道不白的青春的躁动……构成了一个个引人入胜的故事，一幅幅生动有趣的画面。

　　作品以散文式的笔法，时空交错的场景描写，少年的视角和浓郁的抒情色彩再现了历史的真实。作者在文字上倾注的真情，三维立体的叙述方式，为读者提供了一个解读人物和情节的二度空间。

　　本书的细节描写极具人性美，如人狼共舞的悲壮、生命的坚韧和脆弱、生活的苦涩和凄美、爱的迷惘和性的荒诞等，在特定的环境下表现得淋漓尽致。

自序

　　《遥远的湖》的书名看起来很普通，但我不想用让人一见思想就会开小差的玄乎的书名来欺骗读者。"遥远"展示了书中人物的心路历程，"湖"意在表现历史概念。湖是深邃的，有风平浪静，也有波涛汹涌，任何一段历史，都如同湖。在湖中沉浮的其实是滚烫的血液的火焰。

　　在湖边站久了，就会发现，年代多么久远的湖，都那样年轻。历史也是这样，支撑它的必是那些曾经年轻的平凡人，离了这些平凡的人，这段历史就显得苍白，显得不那样真实。

　　一位与书中某个人物的经历大体相同的朋友对我说：写我们这代人的经历的书我没少读，但我总觉得那些人物和他们演绎的故事离我们太远，希望读到就像写我自己的故事一样的书，真实得让我以为不是在读一本小说。

　　还有一位朋友说，小说散文化，读起来更让人动情。

　　既然是小说，书中的人物自然也以虚构为主，但我自己明白，这些人物在生活中都能找到他们的原型。我只是想用我自己的笔，让这些人物更活脱一些。因为他们更多的时候，内心只有一个小小的愿望：找一个小小的角落，容他们过一种安定的生活。

平凡的教学生涯，让我更多地认识了像我一样平凡的人物。随着我对小人物的敬畏之心的与日俱增，"小"人物卑微的心态越来越让我难以释怀，对他们的理解越深刻，我越割舍不下描写他们的愿望。

我开始追随各种小人物，从他们据守的那一方天地中窥探他们的举手投足，从他们的一颦一笑中解读生为小人物的心路历程。直到有一天，我终于明白了一个道理：风雨飘摇的历史造就了英雄，但不是所有的人都渴望做英雄；英雄固然让人崇拜，但崇拜英雄的人并不都想过那种风雨飘摇的生活。当然，小人物中也有人敢于想一回不同寻常的东西，这就是小人物身上表现出来的悲剧色彩，因为小人物看不清自己的同时更不能看清历史。

再后来，我似乎更明白了，喧嚣的是历史，沉默的是生命。

于是，我写就了这本《遥远的湖》。

从开始动笔到结稿，断断续续经历了十多年时间，套用"十年磨一剑"的说法，扪心自问也算对得起读者了。特别是书中的细节描写，倾注了我许多的情感在内，自以为真切、细腻。当然，评价还须由读者去做的，我只是想要说明我对创作还是蛮认真的。

有时我甚至怀疑这作品出自我的笔端，可它又真切地摆在我的案头，让我只有相信和激动的份儿。相信和激动并不等于盲目，我不是这种人。我知道自己的文字一如知道自己的秉性，好比断臂的维纳斯，残缺意味着遗憾，但遗憾又能使人生出希望。

我的希望是读者视我为朋友，提出好的建议，使我能够完善作品的不足。

耐心的读者会发现，我是在用少年的眼光看那段特定的历史，幼稚是自然的，过于理性反倒不让人信服。扭曲的灵魂在扭曲的世界里挣扎，真善美与假丑恶的较量，有时难以凭借过程来诠释，就像我们既要了解自己的身体，又要了解自己的情感一样，有时倾尽一生也难以达到目的。

有些东西，我们应该遗忘，但无论如何也忘不掉。这是为什么，我常常想。人一生也许会犯许多错误，别人可能不当回事，自己却不应忘怀；历史出过一次错，但知道这错是无法忘记的，就不该忘记。若真的忘了，可见这头脑有多愚蠢。我既不想做蠢人，又没有抽丝剥茧的能力，只好用思想搭张网，引来蜘蛛为我织补网上的故事。

冯世杰

一段历史就是一个过程。成就历史的和演绎历史的，都只是一个过程。

——　题　记

目 录

楔子

举家迁居杭州已多年，公元二零零三年八月，儿子刚好接到某大学录取通知书，偏巧，此时家居葫芦湖的兰姐发出了邀请，为了满足儿子想见识一下真正意义上的自然之湖的愿望，虽然时值盛夏，亦欣然应邀前往位于北国边陲的葫芦湖。

其实，我此行是另有隐衷的。

过了边卡，踏上由细沙堆成的湖岗，远远就听见湖水拍击沙滩的声音。那声势让人误以为置身于海岸之上了。穿过或疏或密的松林，抬头南望，蔚蓝的天空远接着波光粼粼的湖水；放眼北顾，清风送帆影，波平似镜鉴。

"一湖两春秋！"儿子脱口感叹。

是啊，留意于点点渔帆之间，信步在软软沙岗之上，你会以为一面是洞庭美景天上来，一方是西湖春色落北国。站在沟通南北湖水的泄洪闸桥上，葫芦湖全貌尽收眼底：沙岗相隔的大湖和小湖，如姊妹花，似并蒂莲，更像老翁腰间的酒葫芦，葫芦内飘溢着清冽和醇香；而那隔开湖水的沙岗，就像系在葫芦腰间的绸带。

太阳高高地悬在头顶上，温热柔软的沙滩上泛着白光。游人或在湖中嬉戏，或在遮阳伞下谈天。只有一位小女孩悠闲地在沙滩上捡拾什么，我的脑海中忽然幻化出一幅沙滩拾贝图。

儿子迫不及待地跳入水中，那姿势像拥抱大海。

远处，湖面上升腾起一层袅袅的雾气，像天上垂下的一帘薄纱。雾气中偶尔钻出一叶小舟，轻捷如鱼。我惊异，这景色如此迷人，就如喝了老翁葫芦中的美酒，陶醉得只想把酒葫芦拥入怀抱，不这样，仿佛不能将这美色都装进心里似的。我是个好游的人，大明湖的水太清瘦，玄武湖的水太轻柔，西湖的水太艳丽，太湖的水太凝重。只有葫芦湖的水，清亮中包孕了粗犷，俊秀中沉淀了淳朴。

"想和白鱼做伴了？"兰姐的爱子阿英的身边站着一位肩扛船桨的中年人，船桨上悠荡着两条肥大白亮的鱼。他是阿英的舅父，敞开的衣襟在风中飘动，裸着的胸膛闪着健康的红光，脸上的胡须看上去足有半个月没刮了。他叫张孟春，长我三岁，小时候，我和别人打架，都是他帮我。那时我称他孟春哥。

"这是专'贡'国宴的大白鱼吧？"儿子被我叫上岸来，没容我引见，急忙插了一句。他经常听我说起大白鱼，可惜没见过。

"正是本地特产。"孟春的语调透着北方人特有的豪爽。

儿子有些肆无忌惮："有什么来历，快说说。"

"没大没小，快见过大爷！"我拦住儿子的话头，向孟春解释，"这是犬子……"

孟春倒不介意，拍拍我儿子的肩膀："好小子！叫大鸿，是吧？"

"是啊！"儿子点头。

"传说，"向不远处的一间小砖房走去的路上，孟春道，"天上的七仙女在上界呆得不耐烦了，要在人间选一处沐浴的地方，后来发现这儿的湖水清亮，沐浴后皮肤白嫩，就常偷偷上这儿来。那时，这儿人烟稀少，大白鱼天下独一无二，临走的时候，她们就带上几条，回去背着玉皇大帝饱餐一顿。再后来，七仙女中最小的妹子嫌湖中浪大，就用缎带隔出一个小湖。喏，缎带就是现在的沙岗。"

"怪不得大湖浪大，小湖却风平浪静呢！"儿子对传说很感兴趣，追着问，"后来呢？为什么叫葫芦湖？"

我们走进孟春的小屋。小屋不大，但洁净，看得出这里常年有人居住。孟春手中拾掇着大白鱼说："你没见北面的小湖周围都是芦苇，传说是仙女们为防人偷看和遮风种下的。这可是上好的造纸原料哇！"

大白鱼入锅了。

他摆上一盘杀生鱼片、一盘醉虾，一盘干炸鲫鱼，顺手又掏出一瓶"葫芦湖"白酒，嘴上却没停："人们都说，仙女们用绶带隔成的湖形如葫芦，葫芦能蓄水，水主财，预示着风调雨顺，鱼米丰登，就叫这儿'葫芦湖'吧！"

我查过资料，葫芦湖在唐代称湄沱湖，金元时期称北琴海，满人入关后改用满语称湖，但当地民间一直称之为葫芦湖。

孟春示意阿英为我们盛饭，饭碗是渔家喜用的海碗。"这是胚芽米，不是吹，你们城里人比不上我们，吃这些天然的东西。哈哈！"听着他爽朗的笑声，我心里萌发了一种从来没有过的惬意。这笑声宛如一股清泉，温润得我由内往外舒坦；又如一坛米酒，醉透了身心，让人不愿再见城市的车水马龙。

"西湖，美呀！'上有天堂下有苏杭'嘛！"说起我已迁居的杭州，他非要和我碰三杯，照这儿的规矩，三杯下去足有六两，我还真有点发憷。

带些醉意，尝一口孟春亲手烹制的清炖大白鱼，我连忙向儿子介绍："这大白鱼是中国四大淡水名鱼之一，以肉质洁白细嫩，鲜美可口闻名世界。"

"对劲儿，"孟春一边往我们的碗中夹鱼肉，一边接过话头，"它和'三花'[1]一样，都有名，过去一直是贡品，只有皇宫贵族才

---

[1] 三花：指鳌花、鳊花和鲫花，均为当地的名贵鱼种。

能享用。你今天亲口尝到了，过瘾不？"我眼前的这位孟春，不单是捕鱼的汉子呀！

"葫芦湖的甲鱼更珍贵，"阿英好半天没说话，这孩子心眼好，就是话不多。

"既是淡水鱼，又是冷水鱼，所以珍稀。对吧？"儿子不知从哪知晓的，让阿英好惊讶。

起身告别这间小屋，蓦地，我被墙上一幅地图吸引住了。地图很小，是从学生课本上剪下来的，却在像酒葫芦的地方，明显地画了一个红圆圈。

啊，我的眼前一片模糊，眼泪忍不住流了下来。

"怎么了，爸爸？"儿子疑惑地问。

"没什么，明天我带你去见你的爷爷奶奶。"

"爷爷，奶奶？他们不是去世了么！"

"不！他们就安睡在这儿。"

上部

1 红烛泪

二十世纪五十年代，农历戊戌年十二月三十日，再过几分钟就是己亥年正月初一了。

此时，过年的喜庆和贺春的闹猛交织在一起。推倒了"三座大山"的压迫、当家做主不久的人们，眉梢上跳动着的，眼角上洋溢着的，都是对美好生活的憧憬——年轻的人民共和国即将迎来又一个春天。爆竹声声，礼花璀璨。色彩缤纷的夜空被热烈点燃，欣喜若狂的人们被憧憬陶醉。与此相呼应，在吉林省长春市南关区东天街的一间瓦屋内，一个男婴以一声啼哭宣告了他的降生。

"哇"男婴的啼哭被窗外震耳欲聋的爆竹声所掩盖，土炕上，刚刚承受了生产的痛苦的产妇，身子又一次抽搐。她颤巍巍地伸出手，扯了一下被角，欲盖严实婴儿的身子，但她的动作并没完成，就被为她接生的那个女人制止了，"小心，别受了风。"

产妇像没注意接生婆的警告，伸出的手仍然拉紧被角，面色灰蓬蓬的，眼光却分明射向了窗外。窗外，鞭炮的爆裂声此起彼伏。接生婆支起耳朵，小声地嘀咕了一句："哦，过年了。"

"不——"

产妇的声音虽然微弱，正在帮接生婆收拾东西的三妯娌却听清了："她是怕鞭炮声惊着孩子。"

产妇满意地看了一眼三妯娌，又将眼光转向身旁的婴儿，神情似乎在谛听婴儿的哭声。婴儿半睁着眼睛，一声接一声地哭喊着，似乎在与窗外的爆竹声比高下。忽然，婴儿的哭声戛然而止，几个女人的眼光一下子全转向了他。他的眼睛仍然半睁着，但在接生婆看来似乎张大了一些，像是在辨认这个陌生的世界，又像是在辨认自己的母亲。

产妇诧异地向身旁的女人询问："他是不是饿了？"

"别担心，你的奶还没下呢。"大妯娌已经生了三个孩子了，说出的话自然让才十八岁的产妇信服。

"瞧，怪机灵的小家伙！"一向话少的二妯娌终于开口了。

刚刚做了母亲的女人的臂弯里，睡着一个幸福的男婴。这个男婴就是我；当然，这个生产的女人就是我的母亲。

听着窗外不时传来的爆竹声，母亲的眼中含满泪花。在准备离去的几个同样普通的妇人看来，这个小女人，正在享受她们享受过多少次的幸福。

女人理解女人，却无人真正知晓泪花后面的东西。

"母子平安，应该高兴，"母亲的三妯娌放缓语气，"千万别哭，看落下了病。"

瓦屋的房门轻轻地关上。婆家的人不在场了。

一对母子，蜷缩在房间里那盘灰暗的土炕上，身上盖着一条破旧的看不清纹路的土布棉被。

产后的母亲，泪水黯然滴落。独自搂着只知道甜蜜梦乡的婴儿的时候，她的眼前仿佛出现了逝去的双亲……她用被角揩拭了一下眼睛，极力挣脱泪水的阻隔，凝视着臂弯中的婴儿，仿佛凝视着今世的希望。

是的，眼前，她只有这个婴儿。

窄小的瓦屋，灰暗的土炕，破旧的棉絮，都属于我的二伯父。

让我的母亲一生都感激不尽的二伯父，在母亲最需要帮助的时候，伸出了温暖的手。

打我记事起，这座迎接我出生的古宅，就一直坐落在横穿城区的伊通河畔。它的边上是一条跨江铁路桥。每当火车经过的时候，这座古宅的窗玻璃就会发出一阵颤动声。顺着铁路向北，可以看到一座"金碧辉煌"的建筑，那就是让中国人受尽耻辱的伪"皇宫"。就是在这个古宅院里，从我祖母的眼泪中，我晓得了，我有四个伯父、两个姑母先后夭折在曾是伪"满洲国"皇城的街道上。我的祖父让我的祖母生育了十二个儿女，却连自己的姓氏怎样书写都不晓得。这样一个可怜的老人，因为不识字，看不懂贴在桥头的告示，在"灯火管制"的夜晚，去那座铁路桥下面捡了两条死鱼，被端着刺刀的日本兵挑伤了一个后脚跟。多亏了"东大药房"的掌柜是祖父的同乡，祖父才保住了那条腿。半年后，走路一瘸一拐的祖父，又因为出门时忘了带"良民证"，在爱新觉罗·溥仪出巡的那条有名的四马路上，被拖在马后游街示众。从此，这个"良心大大地坏了"的小老头，成了当时"新京"的"刁民"。

东天街上有个桃园胡同，胡同口有个"U"型的建筑。建筑不高，是平房，它的样式看不出与周围的房屋有什么不同，只是墙皮有几处剥落。院落不大，从院门到正厅的门口是用一些不规则的石板和石子铺成的过道，大约八十公分宽。明眼人一眼就能看出，这几块石板是大户人家丢弃的废料，至于石子，不远处的伊通河床上随处可以捡拾到。过道在距离院门三米的地方突然拐了一个急弯，弯道的内侧有一块空地，仅有两平方米，上面种着两株樱桃树，树的下面摆着两口大缸，这是农村里经常能见到的那种水缸，里面蓄满了水，只是其中一口缸里游动着几尾金鱼。

这就是我的祖父去世前为方家挣下的家当，现在归到了我的二伯父名下。

二伯父方德远，敦实的个头儿只有一米六五，方圆的脸上写着忠厚。多亏了这一脸忠厚，我的母亲才有了生产后坐月子的安身立命之所。

因为第一次做了一个新生命的母亲，方家的小儿媳也像每一位女性那样，很在意这种角色转换时的处境。但在意也罢，不在意也罢，她们毕竟有属于自己的寓所，有自己男人的陪伴。这些正是生为女人感到幸福的，而对于我的母亲来讲，简直就是奢望。

母亲刘氏，在她居住的那一方土地上，人们大多叫不出她的大名，只能记起她的小名叫"二丫儿"。

刘家二丫儿有一对水灵灵的大眼睛，镶嵌在一张鸭蛋形的脸上，显出一种撩人的美丽。母亲的美不仅体现在这像一泓湖水一样清澈的眼睛上，更在于她五官的端正，宛如柳叶的双眉，挺括的鼻梁，朱红的双唇，白皙中透着粉红的两颊，每一处都那样标致。那种美，今天大都市中那些浓妆靓丽的女子，是不能够企及的。那是一种朴素的传统美，纯情的天然美。在男人眼里，是一种无需修饰的美；在女人眼里，是一种无法匹敌的美。长眠在天国的亲人们有知，绝不是我在刻意夸耀母亲的美貌。我敢说，每一个见过母亲的人，都不会因为岁月的流逝，而将她凝重的美，遗忘在记忆的荒漠里——这也是母亲过世后，我在寻访她生前的足迹时，常听熟悉她的人们乐于谈起的。

母亲名刘艳，是她在上学后自己起的。可我在她去世后，发现了一枚她保存的名章，上面分明刻的是"刘延"。母亲的名字到底是"延"还是"艳"，我始终没有弄清；都怪我那时年幼，没有太留意，时至今日，已成一大遗憾。出于对母亲的尊爱，我愿我的母亲在人们的记忆中，秀美永驻，常"艳"不竭；更出于对母亲的怀念，我愿我的母亲在我的记忆中，流连一生，长"延"不朽。无论何名，都是——给了我生命的——世上最美的名字。

母亲嫁给父亲，据说是经人撮合。

父亲方德翔是我们家族里他那一辈中的"老疙瘩"。也许是遗传因素，父亲的个头儿也不高，只比他二哥高有寸许，却不像二伯父那样敦实。或是因了父亲年纪轻，又练过武功的缘故，精干中透出一种清爽。乌黑的头发，比涂抹了发蜡还油亮——小时候，我和弟弟，常爱用小手去抓，感觉像在马鬃里游弋，油腻腻的；为此，母亲天天给父亲换洗被油污了领口的衬衣。父亲英俊的脸庞轮廓分明，但最引人关注的还是那对眼睛，明亮有神，通过这双眼睛，你能看透父亲的内心。也许正是这双眼睛，征服了母亲；也许还是这双眼睛，欺骗了母亲。我不知道，但我敢说，只有这双眼睛，能与母亲的美目匹配。我以为，父亲是他那一辈中最帅气的。

　　我已无法考证父母恋爱时的真实情景，因为父亲先于母亲过早地离开了我。我只是凭直觉知道，母亲嫁给父亲，本身就是个错误。虽然以相貌论，他们确实是天生的一对；且于别人的眼中，又是那样地恩爱。

　　年龄不是问题——父亲只比母亲大两岁，况且这是中国传统观念中婚姻男女最佳的匹配年龄。还是凭直觉，我深信母亲生前一直在用行动掩盖着什么，非要让我相信她命中注定要嫁给我的父亲。

　　不知多少次，我对着布满繁星的夜空，问上帝："注定了的事，就不能改变吗？"只有星星眨着诡谲的眼睛，上帝老是铁面孔："不好吗！男人牵着女人的手，女人跟着男人走。"

　　母亲的落泪在当时是无人感受的。

　　窗外，伊通河水在冰层下缓缓地流淌。是在泣诉母子二人还没有一个完整意义上的家，还是在告诉人们，这母子的命运也如逝水一样漂泊不定？此时的父亲，身影已融入北国漫天的飞雪中。丈夫不在身边的产妇是否有过埋怨，吮吸母亲乳汁的婴儿是无知的。现实的我，只能想象那时的情景。二十六年后的冬季，当我抬头四顾，确信自己已同孤儿的时候，才觉得有资格感知那时母亲的泪水，才体会到母亲为何常常吟唱《珊瑚颂》。"风吹来，浪打来……"是母亲用生命来感受的。

母亲的父母是什么样的人，我没有来得及问母亲。虽然还有一个舅父在世，但怕问及后，触发那已霜染双鬓的老人的某些隐痛，至今未敢启口。舅父是母亲的胞兄，是外祖父膝下三个子女中唯一的男孩，上有一个姐姐。据说，母亲的族人在长春郊外的刘家店，我至今没能去那儿驻足。因此，无法想见母亲的童年，是在怎样的环境中度过的。只是后来在一位表哥的引荐下，有幸结识了一位已定居松花江边的母亲的堂姐，从她的回忆中，略微捕捉到一些母亲的故事。

穷人的孩子早当家。姨母在我外祖父母相继过世后，便当了自己弟妹的家。变卖先人遗留的微薄家当，舅父和母亲，被他们自己的姐姐送进了城里的学校，农民的孩子便与工人的后代一同受教育。现在，看到我的孩子在家中电脑前怡然自得的天真神情，我怎么也不能相信，我可敬的姨母当时具有那样的魄力。这样的决定是今天凭想象难以做出解释的。一个未成年的农村女子，当得知自己将要扮演"母亲"的角色，承担起抚养弟弟妹妹的责任时，她心灵深处承受的那种冲击和裂变，大概用任何词汇都是难以形容的。而这样的举措，就是在那样的情况下，或于苦恼、矛盾、彷徨之后，由一个弱女子来决定的。我想，一种伟大的思想，也许原本就植根于平凡的头脑中；拔山的魄力，也许原本就蕴藏在柔弱的躯体中；抗争的意志，也许原本就生长在苦难凝结的土壤中。

一只孤雁在长空飞过。

身材羸弱的姨母在我的记忆中愈加高大了，虽然贫病交困过早地夺去了她的生命。时至今日，我仍与姨母的儿子——我的表哥——交往甚密，也许是姨母和母亲之间手足亲情的延续吧！

不识一字的姨母，名字倒很考究，叫素凡。朴素平凡的一生，正如她的名字。

朴素，支撑着父辈们留下的世界；平凡，承继了先人们未了的心愿。外祖父这一支刘氏的香火被大姨母的肩膀支持着延续下来。今天，刘氏的儿孙们都已成了都市中快乐的宠儿。这些人，在与亲人团聚时，或者在甜美的梦中，极少有人能够追忆到，给予他们未来的，是曾经病弱的身躯上那双不屈的手和岩石一样刚毅的肩。起码，在这些孩子张张灿烂的笑脸上，我没能读出些许的意味来。

九泉下的母亲们，满天星斗的夜中，我常把闪烁的群星，意会为你们观望的眼睛。即使在朦胧的睡梦中，脑际也常闪过疾飞的孤雁。这是心灵对心灵的探索，是一种渴望对另一种渴望的对接。每念及此，我终是耿耿于怀。

我的舅父冠蓝，面孔清癯，鼻梁高挺，眼睛像他的妹妹一样，大而明亮，白皙的肤色让许多女人见了都感到羞愧，两道浓浓的剑眉，透出一种英气，他那张善于沉默的嘴，轮廓分明，是印象派画家无论如何也涂抹不出来的。在如父母般爱他的大姐紧咬的牙关中，他携带自己的小妹，于万家灯火的闹市里，偏安就读。半篓咸菜和一袋高粱米或是玉米面，足以使他们在果腹后安享学习的平静。也许是高粱玉米这些粗纤维食物的作用，舅父长就了一副高挑的身板，俨然一株挺拔的白桦树，但明显的菜色掩盖不了英俊中透出的硬气。为此，熟悉他的人都习惯称他"大刘"。为了解脱大姐不堪的经济压力，中学一毕业，他就放弃了升学深造的机会，在老师们的劝阻声中，毅然走进了一家客车工厂当了学徒。在农村，失去父母的孩子能够到城里去上学，就已属天方夜谭，又到城里当了工人，更令全村人羡慕不已。刘家店一群淳朴的乡民，像当年欢送最可爱的人赴朝参战那样，敲锣打鼓地将舅父送到了那家客车工厂。从此，舅父名副其实地成了城里人。

些许的喘息，没能从根本上改变贫困的家境。拮据的姨母托人介绍，自己做主将自己嫁给了新中国第一汽车制造厂的一名工人。漂泊不定的小舟终于停靠在避风的港湾。姨夫是个白铁工，有祖传的打铁手艺。凭了这打铁的手艺，他在新国度的汽车城中，首批当了自豪的工人。凭了工人的身份，他才有了娶妻的资本。

　　已为人妻的姨母，在为丈夫生了两个孩子之后，再也无力顾及自己小妹的学业。"初小毕业就嫁人！"是当姐姐的含着泪水为妹妹做出的决定。

　　这个决定，是我母亲未来不幸的开始。

　　贫寒是生为女人的大不幸，失去父母的女孩更不幸。"我要上学！"是一个弱女子心底的呐喊。母亲没有胆量也没有资本去呼喊，只有默默地承受。争取是徒劳的，嫁人才是现实。嫁汉、嫁汉，穿衣吃饭，几千年的传统是一个弱女子反抗不得的。于是，一切都顺理成章，有了媒妁之言，有了接亲的花轿，有了红盖头，有了……该有的都有了，又什么都没有。在我认识母亲五年之后，母亲所有的，仍然是她贫农的出身和房无片瓦的"家"，再有的就是那远在北国荒泽的丈夫和管自己叫妈妈的两个孩子。

　　母亲是什么时候随父亲到那个叫做葫芦湖的地方的，我不得考证了。我的记忆被"存盘"的时间是一九六五年，此前的信息在我的"菜单"中已被清空。听母亲说过，我大脑中空白的那段时间，我是在长春二伯父德远家度过的。

　　母亲在我满百天之后，便将我"过继"给了二伯父。从此，二伯父德远就成了我的养父。养母，我至今没能询问到她的姓氏，只在我十三岁那年见过一面，此前我对她一点印象都没有。这一次的晤面也是偶然，而且是她与我的最后一面。那时，她已是一个矮小的年过半百的老妇人。她有一个女儿，长我十几岁，是她和我的养父那一次婚姻的结果。无法知道的原因，使她再没有生育过。也因为这无法知道的原因，在我的母亲设法把我接回到自己家中之后，二伯父便"休"了她，令她孤独地在自己的娘家虚度了后半生。我更说不清，基于什么原因，在我的大伯母避开二伯父，悄悄带我去见她的时候，我竟不自觉地跟随着去了。这虽属偶然，但是否因此引发了她心底的创痛，我是不敢想的。为此，那次见面之后，我便有了心病，以至于常常自责——因为我的存在，也因为我的离她而去，更因为后来二伯父又娶了一位真就为他生了一个男孩的二伯母。

于是我生命中就有了两个父亲和两个母亲。生我的母亲，为了我，与她那原本谈不上爱情的丈夫含辛茹苦地度过了一生；养育过我的母亲，因为我，失去了抚养亲生女儿的权利，而和她的结发丈夫分道扬镳。

不是因为远在千里的缘故，是为了不再刺痛老人本已不幸的记忆，在那次见面之后，我没敢再去看望我的养母。

2 遭遇"蛤蟆"

　　母亲为女人，一生中有过两次生育：一个是我，一个是小我两岁的弟弟。母亲怀着弟弟时，曾因身体不适——严重的程度是母亲怀我的时候不曾有过的——险些将弟弟打掉。只是因为一次偶然的梦中，托盘上坐着一个黑黑的小男孩，母亲便不忍。

　　于是我有了生命中惟一的兄弟，一个大名世麟的弟弟。

　　产后的母亲因大流血不能再生育，否则会危及生命。

　　大概在我六岁时，母亲在听了医生的劝告后被迫做了节育手术。术后的母亲身体虚弱只好住了几天医院。我和弟弟随父亲去医院探望母亲，同去的有父亲的好友杨叔叔。一进病房，弟弟大喊口渴，端起母亲床头的玻璃茶杯，一口将水灌进肚子。忽听一声脆响，茶杯被弟弟咬下月牙似的一块，母亲吓得脸都变了色。那以后弟弟的调皮出了名。人们叫他"嘎子"，他毫不在意，依然嘎气十足。久了，连我们家人也习惯叫他"嘎子"了。

　　转眼间，那场史无前例的运动开始了。一日，我被戴着"红胳膊箍"的叫去，严肃的场面令我胆寒。"听没听过，你弟弟说过反动话？"我无言以对。三个小时的审问，教会我一生都不做违法的事。以至于，我在此后的择业方向上，受了深刻影响。母亲和父亲也被叫去受审，直到半夜。那一番惊心动魄，是母亲用眼泪告诉我们的。

全家人静默在夜晚的"红海洋"中，等待着命运的裁决。

"嘎子惹祸了。"这样的念头，在那晚焦急的静默中，始终缠绕着我们，但谁也不敢说出口。二十年后，每每听到《都是月亮惹的祸》这首流行歌曲时，那晚的情景也被不自觉地勾起。这是两种截然不同的心境，怎么会被联系在一起的，我也常常纳闷。

凌晨，弟弟回家了。已被吓傻了的弟弟，在母亲的盘问下结结巴巴地说出了实情。

原来，他在和小伙伴玩耍时，将毛主席语录"下定决心，不怕牺牲，排除万难，去争取胜利"，顺嘴念成了"三字歌"：下决心，不牺牲，排万难，去胜利。因为弟弟太小，"红胳膊箍"们怀疑有大人教唆，非要审除个"现行"的人不可，首号的怀疑对象，当然是这孩子的父母。此时，父母感到庆幸，因为被放回家，就意味着被解除了怀疑。他们推测，可能是父亲的工人出身和母亲的贫农出身，帮了我们的大忙。

可是，还没等推测站住脚，弟弟接下来的话，就把父母给吓蒙了。

为了回家，熬不住了的弟弟，终于"交代"出一个叫"蛤蟆"的人。谁知，还真有"蛤蟆"其人。弟弟是被逼又"顺"了一次嘴，而那个外号叫"蛤蟆"的人，差一点当了"反革命教唆犯"。这一"吓"不得了，父母天天为那个叫"蛤蟆"的人担心。

"二嘎子真是'嘎'得没边！"知道这事底细的杨叔叔事后拍着弟弟的头说。杨叔叔习惯在嘎子前面加个"二"字，"二"字在我们那里常被认为不更事的愣头。

好歹，"蛤蟆"被放了出来。

三天后，我终于见到了"蛤蟆"。他很矮的个头儿，肥胖的身躯，让人见了，保管会联想到"蛤蟆"，特别是那双眼睛，如同两颗绿豆镶嵌在一张圆圆的脸上，再加上那个大大的红鼻子，怎么看都像

"蛤蟆"。经过三天的煎熬，他的脸色发青，整个人憔悴不堪，任谁见了，都会从内心深处产生一种怜悯。直到今天，他当时的样子，始终令我忘不掉。

"蛤蟆"不认识弟弟，但弟弟认识他———一次，父亲手拉着弟弟在街上走，和他打了个照面。仅仅这一次照面，他就成了弟弟的救命稻草。对他来说，这是天上掉下来的不幸，有些人就是被这样的不幸毁了一生。但他还算是那些无辜者中的幸运儿，也因为"蛤蟆"的绰号。前段时间，有一项"根红苗正"的人不愿干的活儿，就派他去了。"红胳膊箍"总算查实，他一直外出，没有教唆的依据。好险，捡回了一个"清白"。

我们家那块悬着的石头，虽然落了地，但父亲多次向那位受牵连的无辜的人道歉，对方都无奈地摇摇头。从此，让我们深感欠下了一笔说不清道不明的债务。这笔债务如泰山般沉重地压在母亲的心头，并随着那场运动的不断深入，日益地变本加厉，逼迫着人走向疯狂。

从那场历经十年的浩劫中走出后，我常想，其实，"红胳膊箍"和"蛤蟆"对我们都是很宽宏的。否则，恐怕就很难用"有惊无险"来概括这一幕了。

那时，母亲苦笑着，机械地抚摸着自己孩子的头，一声不吭。看着熟睡中安详的弟弟，我的心也发紧。我知道弟弟不懂事，没法责怪他。可看到母亲长时间地处在一种莫名的恐惧中，让我也产生了一种身在黑暗的胡同中的感觉。我清楚，母亲惧怕的是什么，因为她常常在睡梦中自言自语"千万不要啊！千万不要啊"。醒时的沉默与梦时的呓语，都在泄露母亲内心的秘密，她在承受一种母性的煎熬，这种煎熬来自于对已经发生在邻家孩子身上的事实的恐惧：今后，万一自己的孩子也像邻家的阿鱼和黑娃那样，天天陪着大人挨批，该如何是好。

阿鱼只比我大两岁，因为有人告发，他把语录中一句"即不但……"读成了"鸡巴蛋"，被定性为"小反动"。只要有人受批判，他就逃不掉"陪斗"。那滋味让人说不出来。黑娃更冤，他在教室里正睡觉，听见了别人的吵闹声，懵懂中见是抢什么东西，就嘟囔了一句："瞎他妈的抢什么！"哪知，人家是在抢伟大领袖的像章。结果不用说，自然是同阿鱼做伴去了。

此前，母亲曾是一名会计。在一次核对账目时，她对面一名男性同事，仅仅差错了七分钱，就被隔离审查。

"用二百度的大灯泡啊，烤着眼睛！"母亲说起来，声音都还颤抖着，"几天几夜不让合眼……后来，熬不住了，就说，在自家的广播匣子里。咳，匣子拆了，炕也扒了，上哪找那七分钱呐？"

目睹了这样的惨景，母亲惧怕自己出差错。每天，反复核对自己经手的账目，才敢交上去。真是，对不出个子丑寅卯来，你就窝着脖子等着吧！

屋漏偏逢连夜雨，船破又遇顶头风。一天，母亲的账目里少了一分钱。仅仅是一分钱啊。母亲被吓得懵懵懂懂的，半天没敢出声。无所措手足的母亲，无意间将手插进了自己的衣兜。

"是的，我用自己的一分钱补上了，"那时的惊悸还历历在目，母亲说起那时的情境，连语调都凝聚了一种幸运，"多亏了没人发现。"

黑狗偷食，白狗当灾。在一次精简的机会中，母亲主动借口辞去了公职。后来我才知道，母亲那次毅然辞去的不仅仅是那种担惊受怕的隐忧，还因为她用自己的"牺牲"，换取了一位有七个孩子的同事的饭碗。

此时，"蛤蟆"事件在母亲心中引起的恐惧，是难以形容的。为了躲避这段担惊受怕的日子，母亲只好利用她已是家属工的方便条件，带我和弟弟到长春避难。

投亲的日子，对我和弟弟来说是最快乐的。在我的印象中，似乎挖掘不出，我父母两姓家族中过问政治的迹象；只有中国老百姓那种安分守己，和像我祖母那样居家过日子的太平，或像我舅父那样老实巴交埋头工作的宁静。因此，那段日子，我们母子三人，从压抑的氛围中解放出来，被亲情包裹着，于饭后睡前，拾掇一些我与母亲的故事。我被"过继"给二伯父的那段往事，像"武松打虎"一样，易于被亲人们说道。直到今天，我都不明白，为什么没人在意母亲的感受，也许母亲真的是一位大度的女性，并因了这份大度，助长了人们将她痛苦的经历视作无关痛痒的谈资。于我而言，我更不能责怪我的亲人们，没有他们，我的这段人生真相也许会被蒙上一层神秘的面纱。因为，真相于我是重要的，它没有因此让我误解母亲。也许，亲人们原本是知晓母亲的忌讳的，否则就不会演绎出我在十三岁那年独自回长春时，被大伯母带引去私见养母的故事。

弟弟看上去挺魁梧，只是身高比我矮了两厘米。他肤色黝黑，反而衬出了我的白净。他那一双微笑时能眯成一条缝的单眼皮眼睛，精爽而有威严，和善而又迷人；不知是遗传因素的哪个环节出了差错，我父母双眼皮大眼睛的特征，只被我继承了。也许就因这副模样，他身边常常包围着一群少男少女；或许更因了那份嘎气，也常招惹得一些女孩子找上门来要与他拍拖。他单单沿袭了父亲舞枪弄棒的嗜好，我偏偏爱写写画画。

弟弟自小跟父亲习武，翻得一串好跟斗，意在健身和防人欺负。冬练三九夏练三伏，弟弟是父亲的影子。我根本就吃不消那苦，乐得一个人在房里看书。

悲剧也就酝酿在这如影随形之中。

3 风雪中

　　没有恋爱过的女人一生都充满遗憾。和自己的丈夫没恋爱就结婚的女人也遗憾。因为，男人看重婚姻，女人看重爱情。

　　女人眼中的爱情就是幸福。

　　母亲的幸福，是用她承受苦难的肩膀扛起了一座希望的大山。缺少爱情的夫妻生活，被抚养儿女的希冀掩盖着。用二十一世纪的眼光，无论如何，也不能解读封建和贫穷压抑下的普通百姓家庭平静了数千年的原因。"幸福的家庭都是一样的，不幸的家庭各有各的不幸"，托尔斯泰的话只说对了一半。

　　母亲从清丽水灵的少女，到为人妻为人母的过程，是如何演绎的，连我这个爱管闲事好寻根问底的亲生子，也没探出个究竟，更无法凭空想象。后来好长一段时间，我都试图通过追忆妻子与我热恋的情景，寻找母亲变化的迹象，但是在妻身上，怎么也找不到母亲那个时代的些许印痕。对母亲的深深眷恋，代替不了母亲生活的那个时代的历史真实。我只能在母亲曾经谈及的那些蛛丝马迹中游弋，发挥着自己的想象，权作对幕幕往事的扫描。即便如此，那些跨度太大的空镜头，仍然无法用有血有肉的人物形象和完美的故事情节来填补。于是，我只好背负着缺憾，径直走到与母亲相识后有了记忆的那一幕。

母亲嫁给父亲，是命运给了她一个悲剧的开端。只是那时，母亲无法预料，而错当其为幸福罢了。父亲的家族，是一个人丁望族。每位嫁进这个家族的女人，都以为找到了依托；但命运最终并不都如人愿。更何况，二十世纪五十年代，中国那一段特定的历史环境。一名男子，从大都市迁徙到北国荒野，连自己都说不清或难于启齿个中缘由，尚且生死难以预料，仅靠一丝婚姻的红线，凭什么承诺给对方最起码的幸福呢！

然而父亲娶了，母亲嫁了。或许父亲承诺过什么，否则母亲远嫁他乡的动机难以让人理解。或许母亲过于顺从自己姐姐的意志了，或许母亲太憧憬婚姻可能带来的幸福了，再者靠姐姐的付出换取读书的日子，是难以心安的。

婆家的人，没谁愿意向母亲谈及，她丈夫远在天边的缘由。但他们一定是让母亲相信了，方家等待着他们回来，到那时，方家会腾出一间祖屋来安置他们夫妻的。

嫁鸡随鸡，是女人继承下来的又必须恪守的信条。身为农家女的母亲，在自己家人那里，学到的只是忍耐和坚强。嫁做人妇的女人，没有现在，只有将来。只能选择将来的母亲，在婆家的劝说下，忍痛——那是一种揪心的触痛，是一个母亲在万般无奈下的妥协——将自己的亲生儿子，寄养在大伯子（我二伯父）家中，只身投奔到自己丈夫栖身的茫茫荒野中那个想象的属于自己的家。这一去，漫天的星光代替了都市的灯火。一个女人的身心，不，是她的灵魂凝铸在了北国漫天的风雪中，再也没有归路。

置身在风雪中，面对颤栗着的低矮的马架子房，母亲不平静的心中，如同眼前像葫芦一样的界湖，又被投进了一粒石子，翻起了人生漫长而又短暂的涟漪。

裹挟着寒冷的冰雪，净化了一潭忍耐沉寂的水；燃烧着希望的柴火，温暖了一颗追求幸福的心。倚靠着一个自己并不热爱的男人的不算宽阔的肩头，母亲开始了自己美丽的但不奢华的憧憬——那是她少女时就梦寐以求的。窗外的风雪，打击不了母亲坚毅的禀性。抗拒磨难，勇毅开拓，是母亲与生俱来的天性。从此，母亲和父亲，共同写下了一段没有爱情基础的爱情历史；组建了一个充满温馨又包含苦难的穷白的家庭。"我在一片等待成熟的果园中耕耘，当我准备收获成熟时，却发现我的青春已成废墟。"这是母亲一生的写照，令我刻骨铭心。

今天的人们很难见到这种马架子了，城里的人不用说，见惯了高楼大厦，自然无法想象也很难相信，那时的人们是怎样居住在这样的房子里的；即使是在农村，二十一世纪的农民也难以形象地再现他的祖先是居住在怎样的境况中的。母亲在风雪之夜住进的马架子，我如果不是因为亲眼见过，也是无法描绘的。这是沼泽地上的一个让人见了难以忘记的建筑。用柳条编织的墙体，算作基础，因为没有砖，墙体并不牢固，但要急于住人，即使有树可供砍伐，也伐不出大树，谁都知道沼泽上是很难寻到大树的。要想安全，选择湖边建房，这是最明智的举措。因为湖边上的土地是最坚实的，又易于取水，只是湖边的风较大。为了防风，柳条的外面是用遍地都长的一种野草"小叶樟"编成的防风体，像那个时代的姑娘扎的大辫子一样，密密麻麻地编在一起，外面再抹上一层泥。房顶大致也是这样，一层柳条的上面苦上一层草，草的根部糊上一层泥，很像今天的旅游区建的情人草庐。

房内的墙壁和外墙是一样的，只是土炕是用土坯垒砌的，土炕的下边就是锅台，灶堂里烧的是树枝、树根、苇草。树根是最耐烧的，火苗舔着一口铁锅，锅中蓄满了湖水，湖水时常是沸腾的，用来饮用、洗漱，特别是它蒸发的热气充满房间，与土炕上散发出来的热量一同让住在马架子里的人感到温暖。我的一个邻家的小弟弟，就是因为站在土坯炕上，端着饭碗，急于吃到眼前锅中的玉米面糊糊，不小心一头栽到滚烫的锅里，被活活烫死了。那件事发生以后，各家都在灶台与土炕之间用土坯砌了一道矮墙，主要是为了防范小孩掉进下面的锅里。

母亲在那个风雪之夜，住进了这样一个简陋的马架子，我以为她是满足的，这毕竟是她自己的家啊。

母亲和父亲，是在此后的生活中渐渐地建立了感情，还是在共同哺育子女的氛围中默契了这种感情，旁人是无法猜测的。我只知道，父亲一直顺着母亲。经济上始终是母亲主掌大权。正因为这样，自我记事起，我和弟弟始终感觉生活在一种幸福中，虽然是在这样的马架子里。父亲慈爱，母亲也慈爱，我和弟弟被慈爱滋润着。这是我被接回母亲身边后，深有体会的。

一九六八年的春天，天地被一片红色包裹着。整个中国，都在红海洋中沉浮。红太阳、红宝书、红袖章、红色电波、红色纪念章，吃饭用的塑料碗，身上穿的衬衣内裤，一切的一切都是红色的。红色一统天下的时候，学校也没学上了。为了不再受到类似"蛤蟆"事件的惊吓，父亲劝说母亲，携带我们又赴长春，在舅舅家中暂住。

舅舅家仅有的一间卧室，不足二十平米，挤下了七口人。窗外，高音喇叭大喊大叫，那是造反派和"保皇派"在打嘴仗。舅舅严令不准出门，我们只好蜗居在小楼里。但我和弟弟好奇，经常趁着舅舅不注意，偷偷扒着窗台向外张望。对面的楼房在我的眼中是那样的高大，它使我想起我们自己住的马架子，但母亲不让我和弟弟说我们住的情况，偶尔舅舅和舅妈问起，母亲就会抢着说是一座平房。傍晚，连舅舅也不再上街。据说，邻居家的大叔，上街买菜时遇上武斗，被流弹射伤，至今瘫在床上。白天，舅舅出门，大多是约上邻家的同事，贴着墙根走。

于是我们又转到姨母家。

身患肺病的姨母，依旧那样慈祥。姨母的慈祥，竟让我们忘记了她的病痛。每天，我们围坐在一盆高粱米饭前，抢着欢乐。没人会料到，姨母患的是肺癌，许是自己没当回事，许是那时的医术不高，当两年后确诊姨母患的是晚期癌症时，我们才记起已经两年没见到她了。

我们不知道，这是姨母告别人世前与我们相聚的最后时光。那时，她是那样乐观，那样会疼人，在她的眼神中，我们似乎只看到了生活的美好，看到了活着的乐趣。姨母用她的乐观，让我们坚信，明朝必是风光无限。姨母家的窗外有一株梨树，那时正开着满树的梨花。梨花似雪，芳香沁人心脾，现在想来，那满树梨花仿佛是特意为姨母开的。我清楚地记得，姨母喜欢站在梨树下，畅快地呼吸，甚至连飘落到她头发上的一小朵花瓣，她都不忍心佛去，而是小心地放到手心里，忘情地嗅着。

两年后，八分钱的邮票，捎来了姨母过世的消息。那时，我的脑海中首先闪现的，竟是那一树似雪的梨花。

姨母病逝，母亲受到的打击是惨重的。像慈母一样呵护过她的姐姐，一直是她的精神寄托。心中的圣女消失了，母亲失落的，不仅是沉痛的眼泪，更是心中的一种依赖。生平第一次，我看到，母亲冒死做了那时大逆不道的事——关紧门窗，在自家的灶堂里，为自己的亲姐姐，化一把黄纸。此后，母亲和姨母仅有的一张合影，母亲每晚必看。直到母亲去世，我才在母亲贴胸的内衣里，找寻到这张照片。

在我的影集里，还有一张相片。是母亲去世前留下的最后一张。画面上，澄碧的湖水，倒映着翠绿的杨柳。母亲站在柳岸旁，怀抱着一个清秀的小女孩。我清楚地记得，这是父亲去世的那一年，好心的姑母接母亲在长春小憩时拍的。母亲一生的南湖情结，大概都凝聚在了这张照片上。被母亲抱着的小女孩，是姨母的长子的女儿，小名叫"娜娜"——好像还是我母亲给起的。如今，这个当时给我的母亲带来过许多欢乐的小丫头，已经长成了亭亭玉立的美少女。几天前，我还接到了她的电话，通讯光缆传来她甜脆的声音："大叔，春天我结婚。到杭州去，看您。"

栖居在杭州西湖畔，我常会不自觉地联想到表哥家附近的南湖。它是长春的标志湖，如同西湖之于杭州，是我儿时记忆中的天堂。若让我描绘南湖与西湖的不同，似乎是一件非常困难的事。就像南北两个国度里的不同群体，即使各自家门前的一个不起眼的小溪抑或水洼，对于他们自身，都有强大的亲和力。亦如城市的美，深埋在各自市民的心中一样，这种魅力，植根在家乡的情结中。性情温和的西湖与禀性冷静的南湖，只可感性地去体会，却无法妄加想象。我的母亲念念不忘的，是有朝一日，能够重新成为南湖边的居民，可她知道这只能是一个梦想。梦想之于现实是那样遥远。母亲在翻波涌浪的葫芦状的湖畔，常为这个梦想潸然泪下。

二十世纪八十年代的第四个年头，是我的母亲最快乐也最悲痛的一年。

这一年，我娶了按母亲的标准选择的妻子。儿媳的孝敬，令母亲做了快乐的婆婆。母亲那时感到自己是世上最幸福的人，这是她在凄风苦雨中经营的结果。只有此时，我才见母亲的脸上挂着一种幸福的微笑，人前人后都掩饰不住这种微笑。"微笑挂在脸上的感觉真好。"弟弟的未婚妻也经常围着母亲转，哄着母亲开心，弥补了母亲没有女儿的缺憾。

如果生活真像母亲预想的那样，那母亲还会奢求什么呢！但是生活不仅仅和人开玩笑。

为了给怀孕的嫂子送去一些鱼虾，深秋的傍晚，弟弟与父亲约定，一同到湖中捕鱼。即将做爷爷的父亲欣然前往。

一对形影不离的父子，因此永远结伴，一去不返。

4 天若有情

我是在等待弟弟前来相聚的期盼中得到噩耗的。

我的新家，坐落在曾经是东北虎出没的小城边上，现在是一座城市市府的所在地。离小城几十里远，有第二次世界大战最后一个战场的遗迹。每天，都有游人前往那个被日本关东军称作"东方马其诺防线"的军事要塞遗址参观，或去那座雪白色的苏军烈士纪念碑前，凭吊当年牺牲的苏联红军。乌苏里江对岸的俄罗斯人，也在每年二战纪念日，来此缅怀苏军烈士。顺江东下数十里，又有震惊世界的珍宝岛。那次反击战中牺牲的边防烈士，现在正由苍松翠柏陪伴着，安睡在宝清的一座小山坡上。

我就在这个多次吸引世人目光的边城，等待着弟弟的到来。

焦急的等待中，父亲的领导出乎预料地出现在我的面前。

"你父母同时得了急病，住进了医院，我们刚好出差路过，接你回家看看。"

一辆北京越野吉普车，飞速地向我久违的葫芦湖——我父母居住的地方——驶去。车上的我，不知为何，一改往日的言笑，沉默中度过了难耐的数小时。我以后的吸烟上瘾，就是从那一天的车上开始的。

汽车径直开往父亲单位的大院。

屋里早已坐满了人，一个个面无表情，那阵势望一眼就能令人产生恐惧。

"为什么没径直送我去医院？"我惊疑，那么多的人都用一种眼光看着我，分明是怜悯、同情。一种不祥的感觉瞬间袭上心头，我来不及多想，一把抓住离我最近的那个人的手，问他是不是我父母出了什么事？

"孩子，坐下，先喝口水。"那人答非所问，躲闪着，起身准备为我倒水。

"不，我要知道真相！"我此前从没那样乞求过谁。

所有的人都欲言又止，眼光又不约而同地转向了那个先前被我抓住了手的人，他正端着一杯水向我走来。

"不急，孩子。不，小伙子，你很坚强，是吗？"

出于敏感，我意识到这位上了年纪的人一定官级较高，这个人才是今天接见我的重要人物。我点了点头，接过了他递过来的水——为了礼貌，更为了让他快点告诉我真相。

"你的母亲确实病了，住在医院里，但——"他看了我一眼，斟酌着下面的话，"但你父亲出了意外，还有，还有你的弟弟……"

他的话没有说完，我忽地站了起来，手中的茶杯掉在了地上，砰，一股血涌上脑门，眼前一阵模糊。不等我清醒，一只有力的大手将我按在了椅子上。

我在清醒的那一刻急切地问："您说，我的爸爸和弟弟？"

"是的，你的父亲和弟弟遇难了。"

天上像打了一个雷，差一点把我击倒，多亏了有人扶住了我。

"为什么？"我歇斯底里，大吼了一声。

"目前，你母亲还躺在医院里，并不知道这一切，我们不敢让她知道。"

此时，我才明白，恰巧因病住院的母亲，还不知晓变故的发生。

但我还顾不上想这些，眼泪就刷刷地流了下来。

地上一片水痕，人们分不清哪些是我刚才洒的茶水，哪些是我刚刚流落的泪水。

我不能接受这残酷的现实，痛哭，只有痛哭！

我痛哭。其他人静默。

过了不知多少时间，有人想过来安慰我，但被劝住了："让他哭，哭够了，他才能面对。"

我突然止住哭泣，猛然站起，但腿软得一下子跪在地上："请告诉我真相，全部！"

人们委婉地告诉我，父亲的遗体已被找到，但兄弟下落不明。

"下落不明？"

"是的，他们遇上了封湖，太突然，谁也逃不脱。"

"……"

"这是自然现象，一分钟左右，湖水就被冻住了，人在水中——哦，你应该清楚，每年都有这样的不幸。我们只发现了岸上两辆自行车和你父亲的遗体，只是你的弟弟——"说话的人停顿了几秒钟，谁都听得出来，他在回避能够刺激我的词语，"正在组织人员全力搜寻，破开冰层，但是湖面那么大，冰下面的情况无法预测。"

"我，我要去现场！"

"你去了也解决不了问题，你需要安慰你的母亲！"

"找不到弟弟，我无法面对母亲！"

"只有你能面对，你没有选择！"

"……"

"最好先不让你母亲知道你弟弟的情况，恐怕这打击她承受不了。"

"可以说冻伤了，正在抢救。"那个用车接我来这儿的人建议。

我不想陈说，我当时承受的痛苦。那是我这辈子也描述不清的。

一位工会主席告诉我："你家上方的天塌下来了，你是唯一能够支撑起这方天空的人。"

从他的话语中，我明白了。眼泪救不了我们全家。母亲和未过门的兄弟媳妇，还等待着我去安慰。

从没有过的责任感，促使我坚强起来。为了我苦命的母亲，我咽下了难忍的泪水。

用一盆清水洗净了满脸的悲痛，将凄惨和悲哀藏在心中，我装成久经沙场的将军，前去面对我的母亲。此前，因为诚实，我深得母亲的信任；今天，我第一次，不敢以诚实面对母亲。我怕，我怕母亲羸弱的身躯，承受不起现实的残酷。我清楚，母亲原本脆弱的神经，一旦崩溃，就难以修复。

我不记得，我的双脚是怎样迈进病房的了。但我清楚地记得，从我看见母亲的那一刻起，我的眼泪就再没有流下来过。

我让母亲知道，我是来接她回家的。

从昨天夜晚到今天，都没有见到丈夫和小儿子的母亲，突然看到我的出现，似乎明白了什么。她毅然地答应同我回家。

家中，等候在那里的人们严肃的表情，印证了母亲的预感。

我只好让母亲相信，父亲已经去世，弟弟正在医院抢救。

闻听噩耗的母亲，刹那间僵住了，但随即镇静得让我难以置信。后来，我才明白，是弟弟让母亲支撑了信念，也是为了安慰她面前的我，她才以一位母亲特有的而常人难有的坚强，支持住了本已弱不禁风的身躯。从那时起，我始终坚信，我的母亲，是世上最伟大最坚强的母亲。即便后来，母亲经常以泪洗面。

母亲静默在她的房间里。

孟春的姐姐——单名兰，我称她兰姐——端来一盆米粥和一盘咸菜。

母亲的眼泪分明在眼圈里打转，但我始终没有看见一滴泪水流下。

母亲主动盛了一碗米粥，递到我的手中。沉痛中的我，木然地看着这碗饭，没有一点反应。

"吃！"母亲声音不大，却是她生平说过的最有力的一句话，"以后的事，还等着你，去处理！"

她带头吃了一大口。

从那时起，母亲这一次吃饭的样子，深深地印在我的脑海中——我知道，那是母亲为了安慰我，咽下的最难咽下的一口饭。世界上如果真有比黄连苦胆还苦的东西，也许，就是我母亲咽下的这一口饭了。此时，是什么力量，在支撑着我的母亲，我心里明白，却道不出来。关于对这一口饭的感受，我多次用尽了笔墨，也无法描绘。我想，恐怕今生今世，我也很难再现它了。那是我吃过的今生最难忘记的一顿饭！"有了这一碗酒垫底，什么样的酒，我也能把它喝下去！"李玉和"赴宴"前的这句话，同样让我感到深刻的原因，恐怕多次看过《红灯记》的人，都难以体会。

夜晚，寒冷的北风在窗外哀嚎。

躺在弟弟曾经睡过的床铺上，我不敢像窗外的寒风那样哀痛。此时，寒风伴随着的，是神经的麻木还是兴奋，是悲哀还是恐惧？我想，只有我和在隔壁静坐的母亲，才有资格回答。没有谁能预见，在亲人罹难时，寻不见尸身的那种切肤之痛。多年后，当新闻播报渤海沉船事件时，我能想象罹难者的亲人在岸上经历的呼天抢地的悲痛，能感受他们感受过的绝望。

沉浸在幸福中的人，难以承受突来的厄运；经历在痛苦中的人，难以摆脱继来的不幸。那时的我，以为天下最不幸的，是我和母亲。直到后来，母亲别我而去的那天，我才真正意识到，其实，那时的母亲才是最不幸的。她的不幸，是一个刚刚摸到幸福的手帕，又被飓风刮走了手帕的那种。母亲静坐在隔壁，但她那时经受的煎熬，远远大于我所经受的。

我不敢在地上走动，连看望一下母亲的念头都不敢滋生，怕惊动了母亲；母亲也不敢发出一点动静，如我躺在床上用牙咬紧被角一样，怕增加我的痛苦。我不怕鬼，但窗外的寒风，确实像鬼叫一样，吹打着我的耳鼓，令我心悸。

后来的两年中，我终于明白了，那夜的风声，给我的母亲留下的是什么。我的新居五百米外有条铁路，经过的火车，引发的窗玻璃的微弱的颤动，经常让我的母亲想起这晚的风声。

在经历过那一晚的心悸之后，无论怎样残忍的故事，都不能引起我同样的感觉。

我躺在家中，父亲却躺在太平间里；我躺在弟弟躺过的床上，弟弟却躺在无人知晓的冰雪中。找不到弟弟，我无颜再见我的母亲。

我用心呼唤着弟弟的小名，祈祷着他能响应我的呼唤。

就是从那时起，我破例相信了心灵感应的存在。我和弟弟小时候的情谊，一下子，全浮现在了我的脑海中，就像我和弟弟一起用泥巴做成的幻灯机放映的幻灯一样，模糊的画面忽然清晰起来，让今天的数码影院也觉得汗颜。

时间不知过去了多久，我的脑海中只留下了弟弟送给我的一句诗。

那是《敕勒歌》中的一句："风吹草低见牛羊"。

起先，我为我的脑海里涌现出的诗句而不解，更为自己在这样的情况下，脑海中只剩下这一句诗而气闷。我用力拍打着自己的头，想将这不合时宜的诗句彻底赶走。但寂静的空气，负载不起这句诗的分量。窗外的寒风，也好像悄悄地闭上了吼叫的嘴巴。我只好在这句诗中，寻找答案。

我记起，弟弟和我一样，是喜欢诗词的。这种爱好，是在背诵毛泽东的诗词中培养起来的，以至于在"批水浒"时，父亲从一位外交官的儿子手中，借来当时还是"内部发行"的《水浒全传》后，弟弟竟然将里面的诗词全部背诵下来。我至今还保留着写诗的习惯，并把它影响给我的儿子，也得益于那时的爱好。

"风吹草低见牛羊"，我一边念叨着，一边搜寻着这七个字里隐含的东西。我知道我的诚意打动了弟弟。他是用只有我和他才能知晓的方法，在告诉我什么。我的眼前倏地一亮。是的，弟弟是属牛的，那诗中的"牛"就是指他！我忽然意识到，窗外的风声也和这诗句有什么关系。刚才的凝思，让我暂时忘记了它的存在。

"顺着风吹的方向，芦草中就有我的弟弟！"

我以最快的速度从床上爬起来，又以最快的速度冲出屋门，连滚带爬地找到了离我们家最近的一位父亲的同事家里。尽管在我敲开他家房门时，还不到凌晨三点钟。虽然，这是我第一次，也可能是最后一次，在最不讲理的情况下，敲开了一位长者的家门，却受到了最宽宏的礼遇。这件事同"蛤蟆"事件一样，让我从中学会了宽容与同情。

按照我的请求，已经两天没有结果的先破冰然后在水中搜寻捕捞的方案，在天亮后改为在湖中的芦草中搜寻。我也知道，气温越来越低，冰面越结越厚，破冰下水寻找的难度会越来越大，仅凭几十人的搜救队伍，在几百里宽阔的湖面上寻找一具尸身，如同在大海里捞针，实在是一件非常困难的事。况且搜救行动不可能没有期限，按照以往的经验，期限内没有结果，只有等到来年开春，冰雪化开的时候，再想办法了。一旦失败，我将背负着对不起母亲、对不起弟弟的枷锁，煎熬在未来的时日中。

我的全部希望，就寄托在这一天的结果上。

回到家中，母亲已在我刚才躺过的床上坐着。我无颜见我的母亲，更无言面对母亲询问的眼光。母亲叫着我的名字，声音非常小，从母亲那细小的声音中，我知道不能再瞒着她了。

"我知道你遇到了难题，"母亲伸手拉过我的手，"我不怪你！"

母亲分明是在给我勇气。从那天起，我敢做敢当的性格中，揉进了刚性，就是天塌下来，也砸不出一滴眼泪。

我不能再犹豫了，谎言骗不过母亲的眼睛。我低下头，承认了刚才出门的原因。房间里静得怕人，窗外的风似乎被屋内的情景镇住了。

我始终没敢抬头，不知道此时母亲的表情。但我知道，母亲正在经受残酷现实的折磨。

好久，母亲才说："从你回来，没再着急去医院，我就猜到了。"

"对不起，妈妈！"我扑到母亲怀里，眼泪止不住流了下来。

"小龙，眼泪救不了我们……"母亲亲手擦拭我的泪水，"孩子，眼泪救不了我们！"

我惊诧，母亲是那样镇定。

"相信，你弟弟托给你的梦，是准的！"母亲这句话说完的时候，窗外不再那样黑暗了。

三个小时之后，弟弟找到了。

5 出任保镖的日子

父亲睡在冰冷的世界里。

这是我和父亲最后的一面。这一面，父亲以一个冰雕的形象永远凝固在我的记忆中。

父亲原是北京一家京剧团的武生演员，由于莫名的原因，得罪了某人。应该说，那是一个误会，一个令父亲无法挽回的误会。误会发生的时候，父亲还是一个不谙世事的人。他绝对没有想到，这个误会是上帝跟他开的一个天大的玩笑，以至于从此改变了自己的命运——被发配到北国边陲，一个被称为"葫芦湖"的陌生的地方，开始了他人生的另一场艰难的革命。

我知道，衡量一个酷爱京剧艺术之人的人生价值，此时已毫无意义。我还知道，躺在冰冷世界里的他，再也无法感受他的亲家——我的岳父——因每天盯着中央电视台播出的戏曲节目，而几乎失去一只眼睛的快乐了。好奇的我，在考证父亲这段经历的时候，曾经为他忿忿不平。一个偶然的机会，一位当了某单位政工干部的朋友帮我查了我父亲同一类人的档案，结论是明确的：政治上不可信任，业务上可以使用。我的朋友告诉我，这在当时属于内控人员。

在去年杭州至上海的列车上，我有幸结识了一对沪籍老夫妇。他们因同样的情景，在上个世纪五十年代被发配到了青海的沙漠之中。这对夫妻，凭着"一颗红心，两种准备"的心态，以"支边"的名义，在青海的沙漠中，心甘情愿地奉献自己的聪明才智。

"嗨，经历的艰难说不尽啊，青春耗尽了，找不回来啦！"也许是现在的人很少愿意听他们讲过去的故事，路途中遇到我这样一个乐意听他们唠叨的陌生人，他们兴奋得有些忘情。从他们同是热血青年时的相识，到结成夫妻后的携手，从含辛茹苦挣扎度日的艰难，到忍受不了心灵的折磨的绝望，每一个细节都回忆得那样清晰。七十岁的老人在讲述中，时时用刚在西湖边上购买的绢丝手帕拭泪。当他忽然发现，这是老伴给还未谋面的儿媳购买的旅游纪念品时，不好意思地苦笑了一下。

我装作没有在意他的举动——权当是这位老人对自己一生的总结。

"蹉跎复蹉跎。"白发缠头的老人感慨说。

"不管怎么说，我俩还是幸运的，看到了今天改革开放的日子。能回到上海，和我们同去的人，有的已经被黄沙埋没了……"听得出来，他是在告诉我，一个人有资格回忆往事是幸福的。

老人的妻子掏出一张纸巾，帮她的老伴揩去了挂在眼角的泪水。

"现在好了，他做梦都想见的杭州西湖终于见到了。"此前，他的妻子从不插话，许是怕打断她丈夫的回忆。

一路上，在老人和他妻子的故事中，我并不轻松地度过了本该轻松的两个小时的旅程。在火车的终点站，有朋友等待接站的欣喜，此时全被忘记。

火车临近终点，我的脑海中还在回味着这对老夫妻的故事。

站台上，与接站的朋友相拥的那一刻，我忽然意识到，父亲其实是幸运的。他长眠在他熟悉又陌生的葫芦似的湖边，全然不了解今世的繁华与太平，便少了像这一对夫妻一样的烦恼，更不会有像他们一样的对人事的感叹。

父亲的经历，全然不像这一对夫妻。他没有过，为了糊口，三年不见一滴油星，却浑然不觉的感受；没有过，在终于见了菜子油的那一刻，为如何领取分配给自己的"一钱油"，而煞费苦心的冥想；没有过，泪汪汪盯着滴在大饭碗中的"一钱油"，用舌尖舔食后，而怅然若失的激动。也没有过，在艰难困苦中，牵着妻子的手，奔跑在一望无际的沙漠上，无奈地寻找天空中的星星的落寞；更没有过，与子女天各一方，盼聚首而牵挂揪心和度日如年的遗憾……

愚笨的父亲，全不懂人事的繁杂；忠厚与诚实的大脑，一生执着于京剧艺术。在我的记忆中，他侃侃而谈时，眉飞色舞的是盖叫天的《挑滑车》，并为五十年代的一次为省城领导表演《挑滑车》和《孙悟空三盗芭蕉扇》而激动不已。

父亲是"内控"对象，但他全然不知。反正他没有把自己与当时的"地富反坏右"混为一谈。他去世的前一天晚上，还为某老干部会议表演了京剧折子戏《三岔口》。也因为他的去世，他所在的京剧团好几出戏一时难上舞台。因此，父亲在去世后的数年中，仍然被他的朋友们谈起。

我太想了解父亲了，但我不敢在母亲面前谈起父亲。

惟有一次，我终于寻到了能够在母亲面前谈论父亲的机会，那是姑母来我家接母亲去长春的时候。

父亲也许不知道，他的老家应该在山东阳谷，那是一个至今还很贫穷的地方。早在"批《水浒》批宋江"的年代，我已经知道这是行者武松打虎之地。但在我的印象中，父亲生前固执地认为我们的老家就是长春。为此，定居杭州之后，我与妻子带着刚刚考上大学的儿子，特地去六和塔游览，妻与儿子对鲁智深的坐化故事深感兴趣，而我却大谈特谈武松景阳岗打虎、六和塔出家，因为我有自己深藏的秘密。直至今日，妻才隐隐发觉，我为何在儿子填报志愿的时候，执意主张，让儿子回长春去上大学——我是多么想让他了解他的家族，他的爷爷啊！然而儿子常为不能在杭州上大学耿耿于怀。

　　我的太祖父，在清末的某一天穿着一身破衣，只身闯到关东。那时，长春已被清政府设置为长春厅。大约在一八五六年，也就是长春建城的前后。我的太祖父，才在一群逃荒要饭的女子中，选了一位大手女人做老婆。太祖母的手，大到什么程度，没有人能说得清楚。我的大伯父，在我祖父六个幸存下来的儿女中，排行老大，自然最有发言权。"手大能干活。"没谁愿意讨没趣，大爷的话就是真理。于是，我们这个严格按家谱起名的家族，渐渐地在长春城区繁衍开来。现在，"大手女人"的后代，已经遍布这个城市的各个街区。

　　民国初年，我祖父娶了身材矮小的裹了小脚的祖母。祖母安分守己，一辈子只做女人该做的事。祖母的口碑很好，街坊邻居没有不夸讲她德行好的。

　　按山东话说，父亲是我的上辈中的"老疙瘩"，属"德"字辈。自然，比他大的十一个哥姐，都叫他"老小"。"老小"很幸运，哥哥姐姐中，先后六人在兵荒马乱时撒手人寰，惟有他与四个哥哥和一个姐姐，在那样的情况下活了下来。他们常在街道弄堂的垃圾堆中觅食，或在横穿马路的大兵的刺刀下，与一群穷孩子，抢夺附近工厂里倒出的废弃工业蜡，拿回家里再制成蜡烛使用。

　　在一次拣拾垃圾中，父亲发现了一处富人家看戏的戏楼。喜欢瞧热闹的他，从此每天躲在戏楼的外面，在一个谁也不知的旮旯里，享受着自己未知的乐趣。也是从这一天开始，我的父亲一面偷偷地享受自己的乐趣，一面忍受着因拿回家中的废蜡过少，而遭到我的祖父的责骂。我小时候，在父亲和母亲共同营造的马架子屋中，听父亲谈起过，他为此常被祖父用牛皮带抽打屁股。

　　祖父的责打，没有改变父亲的心志，反而使他产生了逃离家门的念头。这想法一旦萌生，就像魔鬼附体一样，驱赶不掉。在一次和街头的小痞子的对打中，父亲被两个富家子弟看中，从此，以那两个富家子弟保镖和"同学"的身份，堂而皇之地，自由出入于长春的各家戏楼。大概就是从这时候开始，我的祖父母，再也难见到他们的"老疙瘩";我的伯父和姑母,再也难见到他们的"老小"。

我的父亲成了"自由"人。可我在父亲去世前,从没有看穿父亲那时的心态,也没有听到过父亲对这件事的一丝悔意。

在那个火车涨价,飞机停飞,轮船无票的炮火硝烟中,父亲怎么会有那样大的勇气同那两个富家公子哥到北京的,我是无法知道了。但我知道,这是父亲向自己的梦想迈出的第一步。这一步,注定了父亲的悲剧生涯。

父亲的"保镖"生涯就这样开始了。

那两个富家子弟比我的父亲大有三四岁的光景,可我的父亲看上去要比他们强壮许多。其实,父亲的体格按今天的标准算不得强壮,加上我的祖父祖母家境又拮据,父亲算是营养不足的那类人,和今天电影电视里黑社会老大前呼后拥的"保镖"相比,任谁也不会将父亲当"保镖"看待。

说破天,父亲的"保镖"身份应该算是阴差阳错的结果,全因了那次街头的打架不要命。要不然,一个胖得连自己的眼睛掉在地上都找不见的"棉花团",一个瘦得拎只鸟笼都摇晃的"大麻秆",怎么也不会看中我父亲这样廉价的"保镖"。

"棉花团"和"大麻秆"是"满洲国"八大部的后裔,类似于北京的八旗子弟,连我父亲也闹不清他们是满人还是汉人。反正他们能满足父亲看戏的愿望,又能让父亲混个肚皮饱满,形式上还脱离了家人的管束。在我看来,这正中了父亲的下怀。

这已经是民国的统治在大陆上的最后一个年头了。天气眼见着热起来了,长春城里的空气好像也到了不堪忍受的程度。

"棉花团"怕热,"大麻秆"也怕热,父亲在戏园子里为他俩扇凉。扇子扇出了他俩的得意,也扇出了父亲的满足。他的手在做着扇扇子的动作,眼睛却盯着台上的人物。有些戏他不知看了多少遍,可他还那样细心地看,用心地听。他无声地站在"棉花团"和"大麻秆"的身后，耳朵却像贴在戏台上演员的嘴上，每一句唱腔都不会放过。每当焦赞一类的人物一出场，父亲就精神十足，他能在台上演员的动作中看出破绽，却不会因为半空中飞来的"手把"[1]而受到干扰。他也不知自己何时练就了这个本事，一面眼珠一动不动地盯着台上，一面伸手抓住突然飞来的"手把"，再悄无声息地递给前面的"棉花团"或"大麻秆"。他知道只有伺候好前面这两个公子哥，自己才有看戏的自由。

父亲做"保镖"，其实一次惊险也没有遇到过。常出入戏园子的人只要有钱便没人去招惹他，有钱就是大爷；大街上的穷人远远见到这种人，躲都怕躲不及，谁还会自找麻烦呢，"穷不和富斗"嘛。

有时，"棉花团"在戏台下睡得鼾声起伏，父亲就能分出神来专心欣赏台上的"青衣"。此时父亲根本不用介意"大麻秆"，他像个大烟鬼，对"棉花团"的鼾声特别敏感，用不了一分钟，"棉花团"的呼噜声就能引出他的瞌睡虫来。

父亲那时可能正是长喉结的时候，对女性开始有了朦胧的意识。戏台上扮演旦角的"女子"其实大多都是男人，只有个别的青衣才是年轻的女性扮演的。有一个诨名叫"小青豆"的青衣扮相格外靓，她演的《柜中缘》常常换来满堂的喝彩声。

"'小青豆'美！"父亲在戏园子里从不说话，偏偏这一次犯了规矩。"大麻秆"白了父亲一眼，父亲满脸通红，不知是因了"大麻秆"的白眼，还是因了自己那句对"小青豆"的夸赞。从这天开始，只要她登台，父亲的胸腔里就胀鼓鼓的。

卸了妆的"小青豆"的模样，父亲没有见过，只听说她的肤色白净，脸皮嫩得好像青豆皮，人们就称她"小青豆"。但不管怎样，"小青豆"是让父亲意识到自己是个男人的第一个女人。

---

[1] 手把：旧时戏院里提供给看客擦汗用的湿毛巾，由侍者甩递。

6 少年“黄鼬”

父亲一生中最要好的朋友，就是杨叔叔。

杨叔叔是我家的常客。

因了这层关系，我的母亲第一次做了媒人——那应该是一桩非常幸福的婚姻，却成了她一生的隐痛。

这个被人称作“黄鼬”的年轻叔叔，在我的眼中是最和善不过的了。“黄鼬”这个雅名似乎与他不符。出于好奇，我几次催问，父亲才道出了“黄鼬”的来历。

杨叔叔名叫贵莲，听上去像个女人的名字。据说他的名字还是他家弄堂口一个有文化的老人给起的，因为他母亲生他时北京的莲花开得正艳，那老人说莲花贵在出污泥而不染，就叫了这个名字。

杨叔叔是怀揣红领巾来到葫芦湖畔的。

杨叔叔的祖辈，是北京城忒[1]普通的居民。皇城根下，这样本分的百姓忒多了。或许“本分”可以遗传，杨叔叔又是我认识的人中特别本分的人之一。于是，小时候的我，虽然嘴上叫他叔叔，心里却把他当哥哥看待，最爱与他玩耍，和这个比我大十二岁的叔叔在一起，我感到安全。

---

[1] 忒：北京方言，意思是太、很、特别、极。

　　杨叔叔生就一副娃娃脸，眼睛不大，蛮有精神。圆鼻子，圆嘴巴，圆下颏儿，连耳朵都是圆的，组合在一张圆圆的脸上，让人见了就倍感亲切。

　　杨叔叔戴着红领巾的时候，也是一名天真活泼的少年。当《学习雷锋》的歌曲在颐和园湖面上唱响的时候，那个为这首歌伴唱的少年合唱团中就有他。也许，是我知道了他的故事，他将为这首主题曲伴唱时，拍摄的一张黑白照片送给了我。画面上，一位端庄的少年，领口上端正地系着一条红领巾，令我羡慕不已。在我的潜意识中，我接受正义的启蒙教育，就是从这时开始的。从他送给我的，印有北京天安门、故宫、长城、天坛等名胜古迹的一套明信片的留言中，我照猫画虎地学会了我名字"世龙"的两个繁体字，我以为这是自己识字以来，最难忘记的一次收获。

　　小孩子在一起玩耍时好比大，比不过别人时就搬出自己的父母或祖先，这是几千年来没有改变的游戏。戴着红领巾的杨叔叔，自然也喜欢这个亘古不变的游戏。游戏中，另一个孩子的父亲是处长，在三朝古都的废墟上长大的杨叔叔，就称自己是"皇上"。处长的孩子比不过，就抹着眼泪，回家告诉当处长的爸爸。

　　"好一个复辟封建王朝的孽种！"处长先生勃然大怒，责成有关人员好好管教一下这个"小复辟狂"。

　　杨叔叔本分的母亲，千恩万谢"政府"的管教。

　　于是，在少年管教所呆了三个月的"皇上"，又在他守寡的母亲眼泪的护送下，登上了一列北去的火车，来到了葫芦湖畔。

　　那一年是发生"自然灾害"的第三年。

　　杨叔叔不知怎么就与我的父亲成了忘年交。

　　那时，"皇上"一词代表着"封资修"，朋友们出于避讳，就戏称杨叔叔为"黄鼬"。

　　当时不谙世事的我，并不为杨叔叔的遭遇感到惋惜，反为有这样一个像哥哥一样的叔叔感到高兴。就这样，原本是我父亲的朋友的杨叔叔，居然也成了我的朋友。这种关系一直维持到一九六九年，那是我们不得不分手的时候。

据说，一九七六年秋天，也就是在全中国人煮食"四只螃蟹"[1]后的一段日子里，各类"戴帽"人员中先后有人被平反。杨叔叔的档案里，找不出任何可供"平反"的依据。于是，他只好继续呆在北国边陲。

一处四周种满杨树的小屋中，住着视"红领巾"比自己生命还重要的，被人称作"黄鼬"的人。他小屋的后面，大约有二十米远，有一条废弃的"国防公路"。传说，沿着这一条公路，一直向南走，就可以到达北京。

也许，当年和杨叔叔一起玩游戏的孩子，今天已成了什么"长"，正驾驶着法国标致车，与比自己妻子还标致的"小蜜"，奔驰在北京的立交桥上。他也许不会想到，那个当年被他当处长的爸爸打发到北国风雪中的"皇上"，四十岁后才娶到老婆。

还好，在那个四周围满杨树的小屋里，杨叔叔的农村妻子，为他生了两个像自己一样漂亮的"公主"。也许，这使他安度余年，不会再寂寞。

不知为什么，他竟然不曾携带妻子女儿回过北京。

蛤蟆事件后不久，有一位名叫聂奇的人住进了杨叔叔的宿舍。真是太巧了，他就是那个被我弟弟冤枉过的"蛤蟆"，也是北京人。从此，因了杨叔叔的关系，也因了他的"无辜"，和他接触的机会多了，对他有了进一步的了解。

接触中，我们发现，他除了模样有点不受人恭维，并不是一个难接近的人，特别是他没再计较弟弟冤枉了他那件事，使我们家觉得欠了债务的心情轻松了许多。负债的心情虽然减缓了，但我发现这种

---

[1] 四只螃蟹：借指王张江姚"四人帮"。

上部·**6** 少年「黄鼬」

情况的改变是由母亲对蛤蟆的格外关心换取的。此前，我家一有好吃的，母亲首先想到的是杨叔叔，而此后，母亲记挂的不仅仅是杨叔叔，还多了一个外号叫蛤蟆的人。

蛤蟆，不，应该称聂奇。自从他搬进杨叔叔的宿舍后，我们就忌讳再叫他"蛤蟆"了，因为母亲责令我们人前人后都不许这样称呼他了。前面说过，聂奇有一个出奇的鼻子。他的大大的葱头鼻子配上那对眼睛，别人都说像蛤蟆，而我觉得更像马戏团里的小丑。他的鼻子上整天汗津津的，一不小心，还可能将挂在上面的几粒污浊的汗珠滴在自己的饭碗里。

他和杨叔叔被请到我家吃饭的时候，杨叔叔总是躲着他，他鼻子上的汗珠实在影响人家的胃口。

聂奇是个见了缝隙也能研究半天的人，好奇已经深深地埋在他骨子里了。我曾亲眼见他被马蜂蜇得像刚挨过刀子的猪一样嗷嗷地叫。

我们家不远处有一道土坎子，上面光秃秃的，还有些发亮。这是我们一些男孩子常扎堆玩耍的地方。这个土坎子像水库的大坝，格局类似北京故宫的围墙，是用挖人工河的泥土堆积而成的。

人们管这里叫"围子"，顾名思义，围子围起来的人都是些被认为有"问题"的人。我们家也住进了这个围子。一方面我的父亲是从北京发配来的，自然也属于有问题的那类人；另一方面我家原先住的那个马架子房确实也不能再住人了；还有一个主要原因，就是父亲所在的剧团被宣布解散，北京的舞台上已经被表现工农兵的新编现代戏取代了，而父亲他们"只会演才子佳人"。围子里的住房比马架子房好，全是用土坯砌墙、苦草盖顶的，既不漏风又结实，分家属宿舍和单身宿舍两种。父亲有家室，就被分配住进了邻接围子出入口的那排房子里。

围子里的人主要任务是种水稻。这里的水稻一年只生一季，因为土质肥沃，水源洁净，所以稻米粒大油亮，蒸熟后飘着一股清香，是当时少见的优质稻米。

我常见围子里的人春天插秧，秋天收割，然后将整麻袋的大米装上车，运往别的地方。我只知道我们这里的人吃不到这种大米，连级别很高的干部也吃不到。大家都说大米运到北京去了。

　　我才不会管大米运到哪儿去了，只要有粮店里供应的碎米吃，不影响我们玩"拍三角"就行。

　　拍三角是男孩子的游戏。每天男孩子都挖空一切心思寻找香烟盒，一定得是软包装的，容易叠成三角。游戏一般由两个人对阵，一方用自己手中的三角使劲拍对方的三角，只要将对方放在地上的三角从正面翻成反面或从反面翻成正面，就赢得了对方一个三角。我那时成绩非常突出，赢到手的三角有数千，较新一点的，就被我拆开，一张张地摞在一起，放在父亲给我钉的木箱里。后来木箱里放不下了，我就在木箱上面摞起一人多高。葡萄、迎春、握手、大婴孩这几个品种最多。一次，母亲用它们做了糊墙纸，于是，我家墙壁四面全是香烟纸，很是奇特。但我平白失去了那么多心爱的香烟纸，伤心地哭了好几天。父亲安慰我，杨叔叔和聂奇都答应帮我找香烟盒，我才稍许平静了一些。那以后，我见了吸烟的人就盯着他手里的烟盒，非要将它变为我的库存不可。

　　当时，北京人管"拍三角"叫"打帕基"。"弹琉琉[1]，打帕基，做好了弹弓打玻璃"，说的就是我们男孩子的三大游戏。

　　聂奇最爱看我们小孩子拍三角，有他在，谁也不敢耍赖。

　　那天，我和孟春一起玩这个游戏，聂奇背手哈腰，蛮认真地看。孟春手里有一个芒果牌的香烟盒，连着赢了我五个大前门牌的，我正为这憋气，想暂时停止游戏，忽见聂奇步下土坎子，向一丛树棵子走去。他发现了一个像马粪包似的东西，挂在树棵子上。他随手拣起一个干树枝，拨弄着。倏地，一群怪物从那东西里飞出，嗡嗡地咆哮着迅速包围了他。我和孟春顾不上地上的三角，发疯般地往回跑，一直

---

[1] 琉琉：儿童玩具，一种琉璃质的小球，即玻璃珠，亦称琉璃球。

跑到我家的房山下，才上气不接下气地转回身观看。聂奇已挣扎到了我们刚才离开的土坎子上，两只手拼命地在头上扑撸，像被人掐住了喉咙，"啊啊"地嚎。我吓得搂着孟春的肩，弄得他从我那儿赢来的三角也掉了一地，都顾不上捡。那群怪物在空中扭动着，迅速集结，越来越多，就像故事片中的战斗机群，拼命地撕咬着聂奇的皮肉，绝没有善罢甘休的意思。

"救救我……来人啊！"聂奇痛苦地叫喊。我和孟春清醒过来，急忙呼喊大人。

"是马蜂，赶紧躲到水里！"土坎子下面有一个小水沟，最先跑来的康大叔大声提醒着，看样子他也不敢冲过去。

康大叔是从北京来的一个著名的医生，满族人，年龄有四十岁上下，谢顶很严重。据说，他因收治一名嫌疑犯时用错了药，导致病人死亡，给破获一起重大爆破案件带来了不少麻烦。虽然经过反复核实，他下的医嘱并没有什么问题，但那个嫌疑犯毕竟不明不白地死了，当班的护士又一口咬定是按他的医嘱用药的，无论他怎样申辩都无济于事，于是这起医疗事故以他卷起铺盖卷了结。在他上火车的头一天晚上，他的头发一下子几乎掉光了。小孩子们淘气，背地里都叫他"三毛大叔"。

聂奇扑哧一声跌倒在地，连滚带爬地扑进了水沟里。"点火烧！"有人抱来一捆稻草，有人还拽来一块破油毡，稻草和油毡被点燃，灰黑色的烟雾和乌金色的火苗迅速向聂奇滚去。晕黄的蜂群围绕着聂奇上下翻飞，左右盘旋，空中传来一片嗡嗡声。又有两捆稻草被点着了，狰狞可怖的蜂群退去了，消失在土坎子的另一面。

人们把聂奇拽出水沟，他的身上到处是污泥，嘴里竟然还含着一个小泥鳅。

"你这人真蠢，怎么敢捅马蜂窝呢？"康大叔揪出聂奇嘴中的泥鳅。

"哈哈——"回过神来的我们忍不住大笑。

聂奇的脸肿得像发酵的面团，葱头鼻子反倒不那么显眼了。他的双眼膨胀得只剩下一条缝，头上顶着一些稻草灰。他浑身抖动着，喉咙里好像憋了一口气，手还不自觉地向空中抓去，仿佛不抓住点什么便不罢休。突然，他那狭窄的缝隙般的眼中锋利地射出一道白光，像从山洞里透出的一股妖气，惨白惨白的。他踉跄着冲进他住的那间宿舍里。很快，他在人们的惊愕中又冲出房门，手中拿着一把烧火钳，还有一小瓶大豆油，失魂落魄一般，向土坎子上奔去，身后传来一阵玻璃和金属磕碰的声音。

"他要烧马蜂窝。帮他一把！"康大叔看出了奥妙，使劲地跺了下脚，先跟了上去。该出手时就出手，大伙儿都跟了上去。马蜂窝像莲花开过后的花托，倒圆锥形，上面布满了洞眼，密集的犹如向日葵的托盘，让人一见浑身都会起鸡皮疙瘩。火光中的蜂房滋滋的叫声，极像妖怪嘴里发出的一种音符，令人痉挛不已。聂奇抽搐着，表现出一种发狠后的满足。被豆油粘住了的马蜂在火焰中变成了一个个黑色的蛋蛋，渐渐地萎缩，连挣扎的勇气也没有了，全不像先前那样威猛。聂奇的脸庞随着熄灭的火苗扭曲成了青绿色，肿大的面皮仿佛刚被煺毛的猪肉皮，每一个汗毛孔都张大了，极像刚才的马蜂窝。他的眼睛始终不离地上那团黑糊糊的东西，极力闪耀不甘心的凶光。康大叔拉起他，他还朝地上狠狠地踹了几脚。

"他妈的，敢糟蹋老子！"他一副难割难舍的样子，像被骚女人掏空了腰包的流浪汉，低沉地吼着。

聂奇的祖籍是湖南，父亲是个国民党军官。辽沈战役打响之前，他们全家已到了北平，按说不应算北京人。他的父亲是个铁杆的国民党少壮派，当时正到了平津战役的关键时刻，接受密旨在北平督战。傅作义宣布投诚的那天，聂奇才九岁。北平和平解放已成定局，他的父亲仍要追随蒋家王朝，在傅作义的大度下，才有机会逃离北平。那天，他父亲和他年轻漂亮的妻子上了飞机，却发现长着葱头鼻子的儿子不见了，飞机的引擎已经发动，下飞机又来不及。此时，聂奇正在机场的跑道上被一群蚂蚁吸引。他蹲在地上，一点没有意识到飞机即将起飞。蚂蚁排成两列，有秩序地爬行，来来往往，右侧通行。聂奇好生奇怪，他要找出指挥蚂蚁行动的指挥官，参透它用了什么方法让这些蚂蚁如此听话。他好奇的心就想揭开这个奥秘。他顺着蚂蚁行动的路线挪动着脚步，渐渐离飞机越来越远。忽然飞机起飞了，巨大的轰鸣声提醒了他，他也要上那架飞机，但一切都来不及了。

刚刚解放的北平街头充满喜庆，百废待兴，要做的事情好多，没有谁会特别注意他这个反动军官的儿子。于是他在流浪了几天之后，被一个在街头表演杂耍的人收留了去，在那儿学会了舞旗。他有好奇心，偷着在师傅那儿观察到一些变戏法的要领。收养他的人看他乖巧，有心招他作上门女婿，就干脆教他学变戏法，并常带着他上街头卖艺。

有一家曲艺团的人发现了聂奇，但曲艺团没有魔术项目，就想把会变戏法的聂奇推荐给杂技团。

聂奇要接受政审。

聂奇的父亲是个反动军官，在全国解放前又追随蒋介石逃亡台湾，这样的背景被查出后，聂奇已经十六岁了。

北京市在靠近苏联老大哥的松阿察河西岸的一片平原处建了一个"农场"，这个"农场"隶属于北京市，场部就设在葫芦湖畔。那些被遣送到这里的人员，通过劳动改造，洗心革面，自食其力。

当不成上门女婿也进不了杂技团，聂奇只有一种选择，接受劳动改造。起初他被遣送到北京远郊的一个劳改农场，但他身份特殊，不宜留在北京。新建的这个"农场"离北京上千公里远，就又把他遣送到了这个地方。

聂奇在北京没有亲人，他不像杨叔叔那样时刻惦记着北京。

7 纸玫瑰

是的，杨叔叔是时刻惦记着北京的。

那里有他的亲人，还有他忘不掉的童年。

童年的杨叔叔喜欢在文化宫里读书，喜欢文化宫里的少年合唱团，更喜欢在颐和园的湖面上荡舟……他的童年，保存在文化宫的书页中，遗留在北京街巷的歌声中，凝结在颐和园的湖水中。

我说不清有多少次，他向我谈起北京的少年文化宫。他说，他的童年是从文化宫开始的，但也是从文化宫结束的。他没有想到，为了一个普通的游戏，他却从北京的文化宫走向了北国的葫芦湖。

"品章，《高玉宝》看完了吗？"杨叔叔问这话的时候，日历已翻到了公元一九六五年的五月。

品章是康大叔的大女儿，已经十四岁了。他们满族人都喜欢叫女儿格格，我那时并不知道"格格"的意思，只是觉得挺好听的，又出于好玩，就跟着她家人一起称她"格格"。格格的家里有很多书，她还写过一篇题为《年轻的权利》的文章，发表在当时的省报上，我们都很佩服她。格格人长得特别漂亮，白皙的肤色，乌黑的头发，苗条的身材，就像电影明星王晓棠。

"看完了，但你得把《钢铁是怎样炼成的》拿来交换。"格格一本正经，她决不会没有书看。在她看来，没书看的日子太难熬了。

"《钢铁是怎样炼成的》没在我那儿，小虎没跟你说？让阿龙借去了。"小虎是格格的弟弟，我的铁哥们。阿龙是我的小名。

"死阿龙，《新儿女英雄传》还在他那儿，没还给我呢！"格格一脸不高兴，好像谁三天没让她吃饭。

杨叔叔也是个书迷，自然理解格格此时的心情："别急，我去找阿龙说说，让他把《钢铁是怎样炼成的》先给你。"他的那本《欧阳海之歌》也在我手里，他没好说出来。

格格突然有了一种想哭的感觉。没有书看，就像天空没了星星，让人失去了兴趣。她自小就在书堆里爬来爬去，一刻也等不得，说："我亲自去找他，看他敢不给我！"

我正在看《铁道游击队》，这是我从孟春家里掏弄来的。

"小龙，好啊，你整来那么多书，竟然偷着看，快把《钢铁是怎样炼成的》拿来。"格格漂亮的脸红扑扑的，大概是来我家时走得过急。

"那本书被别人拿走了，这儿还有一本，你看过没？"我从炕柜后面拿出一本《野火春风斗古城》，递给她。

"真难以置信，你竟然窝藏了这么多的书！"格格一脸怒气，但我分明在她严肃的口气里听出了嫉妒，好像我糟蹋了什么似的。

"好了，这本也不错。小龙，再有好书，先给格格好吗？"杨叔叔息事宁人，他怕格格翻看我的炕柜，那后面还藏着几本书，"格格，这书里写了金环和银环的故事，可好看了。"见她没吱声，他感觉自己的脸热烘烘的。

我一阵窃喜，有杨叔叔替我打圆场，我就感到不怎么愧疚了。格格人品好，心眼更好，她家的书几乎被我看遍了。那一次我不小心把她家的《东周列国志》掉到了水里，她都没对我大动干戈。可此时我不敢对她说实话，那样她会伤心。让格格伤心，小虎哥也会骂我的。

"虚伪！"我确信自己清清楚楚地看见了她眼中的雾气，虽然我最瞧不起女孩子落泪，但我害怕格格哭，那样她漂亮的脸就会几天不理我。这不，她挺拔的胸脯更高了，好像要把衬衣鼓破。我吓坏了，手里的书"啪"地一声掉在地上。

"小龙！"杨叔叔像被格格的怒气烧化了，脸涨得红红的，伤心地看着格格跑出房门。

我一直觉得，作为一个陌生人，能够介入另一个人的生活并且有机会陪伴他或她走过生活中的一些时日是莫大的荣幸，特别是能够分享他或她的经历并且被其当作可以分担一部分痛苦的人，那里面包含了多少信任，多少依托？杨叔叔和格格的关系就是这样。

两年前，她的那篇《年轻的权利》把杨叔叔引入了她的生活，成了她可以诉说心事的朋友，虽然，杨叔叔并没有发表言论的权利。不能发表言论是痛苦的，"黄鼬"就是"黄鼠狼"，"黄鼠狼"的痛苦是别人不会在意的，但能够承担自己的痛苦且能够分担别人的痛苦，这样的人实在难寻。

格格比杨叔叔小六岁，原本不会与杨叔叔有什么瓜葛，六年是一个距离，而且是一个很大的距离，这在传统人眼中是很难逾越的。

做杨叔叔的妻子而不是别人的妻子，为他生一个可爱的小女孩，这是格格的梦想。四年后，格格出落得亭亭玉立，正是做新娘的年龄。于是，这一对原本自由恋爱的男女，请托母亲为他们疏通关节，也就是说服格格的父亲康大叔同意这桩婚姻。母亲乐于为俩人的幸福做一回说客，于是原本坚决反对的康大叔终于同意了宝贝女儿的婚事。

格格嫁人了，可新郎不是杨叔叔。直到多年以后，我才明白，杨叔叔没有权利娶一个这样美丽的妻子。

"想结婚，等两年再来吧！"纪司令说。这个刚死了老婆的人，一听谁要结婚心里就泛酸。他是被上边派来领导运动的，因此人称纪

上部 · 7 纸玫瑰

司令。纪司令一表人才，应该是蛮讨人喜欢的那类人，但是除了见到漂亮的女人，他对谁都一脸"阶级斗争"。此时，听说"皇上"要娶妻，而且要娶的女人竟然是这么一位如花似玉的女子，他的眼光刹时像鞭子一样抽打起杨叔叔这个异己分子，"你也不想明白，'皇上'娶'格格'，这是什么性质？黄鼠狼给鸡拜年没安好心！"其实，他心里想说的是癞蛤蟆想吃天鹅肉。

"我有权利结婚。"从不反抗的杨叔叔想为自己申辩。

"权利？你有什么权利？无产阶级才有权利！别忘了你是什么人！"纪司令一拍桌子，眼光似利剑，就是他自己的亲娘见了也会心里发毛。

可怜的杨叔叔什么也说不出来，他的脑海中闪现的竟然是那个处长愤怒的脸。

处长的脸与纪司令的脸交叠在一起，就像是一堵墙，仅凭它投下的阴影，也让人心生惊悸。

格格与杨叔叔决定结婚是经过康大叔认可的。

康大叔也是个老北京，对宝贝女儿的婚事原本是持反对意见的，是我母亲的出面，才使他改变了态度。他是个温和的人，一辈子没与谁发过火。其实他心里明白，这桩婚事是女儿自己愿意的，只是女儿羞于亲口向父亲述求，借了我母亲的面子而已。按照常理，仅凭杨叔叔的身份，康大叔是绝不会同意将自己的宝贝女儿嫁给他的。因为他清楚，一个历史被打上烙印的人，自己的幸福都无法保障，女儿的幸福就更无法保障了。然而，康大叔也清楚，无论自己同意与否，女儿的心思都是无法更改的了。此前凡是女儿愿意的事情，自己就没说过什么，应该说，他也从来没有对女儿说过违拗的话。况且对杨叔叔的为人，他还是说不出不是的。

因为小虎哥的缘故，我经常去他家玩。康大叔其实比我父亲大几岁，应该称他康大伯，但我就是改不过口来，总觉得叫"康大叔"亲切。康大叔鼻梁上经常架一副眼镜，凡需看人就从镜框的上面往外瞧，久而久之，他的额头上形成了两道深深的皱纹。他的家是一个朴素但看起来非常温馨、和谐的小家，从没有人发现从他家里传出任何争吵声。作为丈夫，他是一个沉默寡言的温和男人，对妻子的爱意，会用动作和眼神清晰表达出来；作为父亲，他是一个充满热情的谦和朋友，对儿女的爱意，会深埋在心底；在我的眼中，他是一个永远保持微笑的风范长者，对人友善，溢于言表。我是他家的常客，但他从没有把我当作一个小孩子看待，他的那种彬彬有礼，让你觉得你就是他家的客人。到过他家的人，都有一种被热情招待过的感受。

康大叔待客喜欢用茶。

茶水在那个年代算是奢侈品了。我们家里没有茶叶，母亲待客只好在客人的水杯里添一勺白砂糖。白糖水，我们小孩子是轻易喝不到的。有时我们特别盼望客人早点走，那样兴许杯子中会剩下一口糖水，或者有沉淀在杯底的一点点糖渍，便是我和弟弟争抢的美味。

到康大叔家里的客人，永远都能得到一杯淡淡的清茶，就连我这常去玩的小孩子也不例外。北方人喜欢喝茉莉花茶，康大叔却相反，他只饮杭州产的龙井茶。

"龙井是绿茶。"我对茶的知识的了解是从康大叔的介绍开始的。此前，我端起第一杯茶，有的只是受宠若惊的感觉，我把它当作世间最美的饮料，迫不及待地一口喝干，竟没有喝出什么特别的味道。进而产生的是好奇，杯子中明明漂浮着的是一些树叶，苦涩的，还没有榆钱甜润，人们却把它当作至宝来待客，我真有些闹不懂。

"绿茶澄碧青翠，是中国历史最悠久、产量最大、品种最多的茶类，全国产茶区都生产绿茶。绿茶色泽翠绿，色、香、味、形俱佳。特点是色绿汤清，滋味鲜爽，香气清芬，外形有扁平光滑、条索似眉、雀舌、细圆似珠、尖削、圆条、直针、卷曲等，千姿百态。"康大叔的话我当时听不懂，只记住了绿茶的上品是西湖龙井，好像还和一个皇帝有点关系。至于绿茶以外还有什么红茶、乌龙茶（青茶）、白茶、黄茶、黑茶等种类，别说我没见过，就连听人说起，都是第一次。但中国是茶叶的故乡，将茶叶作为饮料也起源于中国，所以人称中国为"茶叶祖国"，而中国茶叶也被世界称为"绿色金子"，这我到是记住了。

还是不说茶什么的吧。

康大叔不会违背宝贝女儿的意愿，即便是婚姻大事。我曾在无意间窥见过他和他女儿的默契，看到过他们像朋友一样相对而坐。那一个情景令我至今不能忘记：父亲看着女儿娓娓而谈，不插嘴，只是保持着微笑，偶尔点点头。当女儿倾斜着身子对他说话的时候，他默默地拿起一杯温开水，轻轻地放在女儿的手中。那个时刻，我还不能理解这种父爱。

那个斥责杨叔叔"黄鼠狼给鸡拜年没安好心"的人娶了格格。好像格格出嫁前哭得很伤心，但出嫁的当天却面无表情。送亲的人群里没有杨叔叔，那个人不要见到他。

我随着小虎哥从他家走出之前，格格悄悄地塞给我一张折叠成玫瑰花形的纸：

"送给贵莲叔。"

我不知道杨叔叔此时在什么地方，但我能猜出他在什么地方。

我向那个很少有人去的人工河走去。

8 人工河边

有人说，童年是一支欢乐与痛苦交织在一起的交响曲，欢乐多，痛苦少；天真的童年应该没有痛苦。但我的朋友、天真的阿鱼的童年却是痛苦与孤独相伴的。

泣诉着痛苦与哀怨的阿鱼，孤独而无助的眼神，又浮现在我的眼前。

阿鱼给他的父母带来的是耻辱。为此，阿鱼的不幸让那些天真的孩子感到快乐。

"我本不愿意这样！"阿鱼孤独地站在早已长满荒草的人工河边，大声地呼喊着。没人能听到他的声音，也没人理会他的呼喊。

二十世纪八十年代的一个春天的夜晚，我在一所刚刚恢复办学的师范学院的广播站里，独自欣赏马连良先生的京剧老唱片。正陶醉在《借东风》、《甘露寺》的遐想中的我，忽被《串龙珠》中的几句唱腔吸引住了。

> 这一个告的是屈打良善，那一个口声声平白遭奇冤……如不然将这些案甩手不管，又听得众黎民口呼青天。左难右难，难坏了我。天，天啊！

是啊，那时的阿鱼，在善良的人们的脸上只能看到无奈。他是呼天天不应，叫地地不灵啊！

我的母亲同情阿鱼，常背着别人，塞给他一些小孩子最爱吃的红薯干和炒黄豆。但是，母亲却不许我和他玩。她怕的是，本就担惊受怕的日子，再添些什么说不清楚的尴尬。

每次陪着大人挨批斗的阿鱼，眼睛一圈圈发黑，渐渐地变成了"国宝"，却没有"国宝"大熊猫那样幸运。

阿鱼常去的人工河边，荒草被踏倒了一大片。倒伏的败草上，横躺着几只叮满了苍蝇的鱼干。黑洞洞的鱼眼，爬进爬出的蛆虫，在阳光下让人看了恶心。阳光照耀下的河面，几条小鱼泛着白腻的光。一条翻白了的鲢鱼，尚有一丝气息，抖动着身躯，承受着被几条稍大一点的鱼啄食眼睛的"快乐"。

一支游行队伍从人工河的西面转出，听他们呼喊口号的动静，我觉得，这些人即使喝干了这条人工河里的水都感到焦渴。但他们没有停下来的意思，继续向阳光灿烂的东方走去。

阿鱼没在这里。

此时，他一定走在游行人群的最前面———一个"小反动"，会在被游街的叛徒、内奸、工贼、现行反革命，里通外国梦想复辟的封建主义的孝子贤孙，死不改悔的走资本主义道路的当权派，破坏社会主义建设的坏分子，胆敢阻止历史车轮前进的自不量力的再踏上一只脚叫他永世不得翻身的跳梁小丑，混进革命队伍里的随时准备镇压革命群众的借机反扑的以打击红色小将革命热情为能事的罪大恶极的历史反革命特务，还有那些用美色引诱革命干部下水的比妓女的灵魂还丑恶的被剃了阴阳头还自以为臭美的比破鞋还滥的女妖精，应该被扫进历史的垃圾堆的为"四旧"歌功颂德的为旧社会一去不复返而如丧考妣的悲悯地藏着"变天账"等待蒋介石反攻大陆的被人民唾弃的癞皮狗，以及形形色色的阶级敌人中间———这是天经地义的，毫无疑问的。

这些人，刚刚在批斗会场完成他们每日必修的"功课"———脖子上挂着重达三十斤并写满罪名和姓名的木头牌子，弯下一百八十度的腰，向人民请罪。那时，所有的人都知道，这个"游戏"的名称叫"坐喷气式"。如果有谁在那样的日子里，胆敢不服"无产阶级革命司令部"领导下的有着各种名称的"革命造反团"的号令，一句"你想坐喷气式？"，保管吓得他屁滚尿流。

　　游行的队伍喊出震天动地的口号。
　　母亲通常会走在游行队伍的后面。
　　我赶紧匍匐在草丛里，怕被母亲发现，这是倒霉的阿鱼常呆的地方。
　　我匍匐着，眼睛时刻盯住游行的队伍，巴望他们快点离去。我知道，这个游戏一结束，那个纪司令就该与格格举行婚礼了。
　　"奇怪，母亲竟然没参加游行！"我向游行队伍的尾部扫了好几眼，都没有看到母亲的身影。我不知道，母亲那天被特许不用参加游行，上面派她帮助厨师为婚礼准备婚宴，因为母亲干活勤快，浑身上下都透着一种清爽。其实，只有纪司令亲自点头，母亲才会得到不去参加游行的特许，不管是谁，能够得到特许的，一定是漂亮的女人。谁都知道，纪司令喜欢年轻漂亮的女人，更喜欢年轻漂亮的女人为他做事，我的母亲与那些未婚的女子相比不算年轻，但人人都承认，我的母亲不仅长相漂亮，干活也漂亮。纪司令需要我的母亲为他的婚礼增色。
　　父亲倒是走在游行的队列中，与那些高大的人相比，他显得很不起眼。父亲呼口号的动作显得很卖力。我不知道他是否清楚，他的妻子没在游行的人群中；如果清楚，他是否担心，那个纪司令可是个人人皆知的色狼啊！

　　可是，游戏还那样具有魔力——游行的队伍正融化在阳光里。恐怕邻国的"修正主义"者们，也会被这翻天覆地的气魄，震撼得羞惭满面，呆坐在克里姆林宫里那黑不溜秋的俄式雕花椅子上吧！

　　戴着高帽子的黑五类们，惊奇地发现，自己的队伍又扩大了。前几天还起劲地批判别人的人，一夜之间，自己变成了"保皇派"，与被人瞧不起的牛鬼蛇神一同被扫进了"牛棚"。

历史就是历史。

阿鱼的身旁，有一位我熟悉的老人。原先的一头斑白的头发渐渐地开始变成银白。他脖子上挂着的牌子，醒目地写着"现行反革命"，下面是他的名字，但已被倒着斜楞在牌子上。

郑熙，我忘不掉这个老人的名字。

"万木霜天红烂漫，天兵怒气冲霄汉。雾满龙冈千嶂暗，齐声唤，前头捉了张辉瓒。"这是前不久他教我们背诵的一首毛主席的诗词。

"唤起工农千百万，同心干，不周山下红旗乱。"语文课上，他指挥着一群八九岁的孩子，大声地朗诵。

有时，他也示范朗读。"人生易老天难老，"略带江南方音的语调，让我们感到好笑，却没见他笑过，"岁岁重阳。今又重阳，战地黄花分外香。"

"伟大领袖毛主席的这首词作于一九二九年十月。从《清平乐》和《如梦令》两词所叙述的地理环境可以推知，当时毛主席正在闽西，"他自顾在讲台上，忘情地讲解。我们这些瞪大了眼睛的孩子，似懂非懂，"……描写重阳节的战地黄花，借景抒情，表现战争胜利后的喜悦和对革命前途的乐观，并从而对马克思列宁主义的自然观或宇宙观作了形象的诗的揭示，是富有深刻的哲理意蕴的。"

"上课。"郑老师的语文课每天都排在第一节。我们已经训练有素："首先，敬祝我们伟大的导师、伟大的领袖、伟大的统帅、伟大的舵手、我们心中最红的红太阳……"这时，教室里最静，每个人都害怕喊错，"万寿无疆！万寿无疆！万寿无疆！"

"今天，我们学习'两报一刊'社论，"我们都知道这是《人民日报》、《红旗》杂志、《解放军报》刊登的文章。

"是可忍，孰不可忍。……"快下课了，又该喊口号了。我们兴奋起来。

"保卫刘少奇，不不不，打倒，"五十多岁的老人太紧张了，语无伦次。

教室里静得怕人。大家的心怦怦地跳动。

可怜的郑老师瘫坐在讲台上。

下课的铃声响起来了。

仅仅才过十多分钟，我们就被告知停课到操场上集合。

9 两个女人的婚礼

格格的婚礼简单，因为参加婚礼的人不多，也没有举行什么特别的仪式。红色小将们一色的绿军装，每个人给纪司令送了一套《毛泽东选集》，然后入座开宴。

格格始终没说一句话，其实也根本不用她说什么话，她只需站在纪司令的身边，看着纪司令一套又一套地接过恭贺人递上的《毛泽东选集》，再目送这些人走进坐席。

婚宴就安排在新房门前的空地上，敬完酒，格格就无事可做了。但她不能离开，她必须陪着纪司令，陪着那些喝酒的人。

"这就是我的婚礼了？"格格心里嘀咕着，她巴望这个婚礼早点结束。她的婚礼连她自己的父母都不能参加，这让她心中泛起一种气愤的情绪。她忍着，没让这种情绪爆发出来，因为纪司令事先说过，他的婚礼上只能出现革命的造反派，如果她不配合，没她和她家人什么好果子吃。

能够看出，格格作为新娘，惟一的标志是她身上穿的那件红衬衣。在草绿的军装中这样大片的红色着实惹眼，红色衬得她的脸颊像涂抹上了一层胭脂，在别人眼里这是她由内到外透出的一种幸福。

她先前穿的是一件白衬衣。格格自己知道，白色是与她和杨贵莲爱情经历的一种告别，也是即将开始的这段婚姻走向坟墓的一种象征。但这意图似乎被纪司令发现了："我不是让你穿那件红色的吗！"

"白色洁净。"

其实她原本是想说"纯洁"的，只是话一出口就变了。

"少讲废话，给老子换上！"

格格的眼中汪了一股泪水，她强忍了忍，泪水竟然被她逼回去了。

"你出去一下，我换。"

"怎么？玩都玩过了，还怕什么！我就是要看着你换！"

"无赖！"格格心里骂了一句。

她慢慢地脱下白衬衣，快速地穿上那件红色的衬衣。然后小心地把白衬衣展平，工整地叠好。

纪司令点燃一支大前门，像欣赏自己的杰作一样观赏新娘更换衬衣。也许新娘太在意那件白衬衣了，她在换上红衬衣的时候，胸前的一颗纽扣竟忘记扣上了。纪司令由这敞开的部位看出了兴致，猛然扔掉烟蒂，冲到新娘面前，伸手就向她敞开的胸前摸去。

"啪"一记耳光。

格格看着这位强盗般的无赖捂脸愣在地上，自己也一愣。先前的耳光是她无意识的动作，此时，等待她的只能是一种惩罚。

"好，打得好！"纪司令放下捂脸的手，又点上一支烟，"今天是老子的好日子，算是一报还一报。游行才开始，老子也不急，我要你把衣服都他妈给我脱喽，再给老子一件件穿上！"

"你——，你无赖！"格格终于把刚才没出口的话骂了出来。这也是她想得出来的最恶毒的话了。

"什么他妈有赖无赖，今天起，老子就是你的丈夫，有这个权利！哈，哈，哈，哈哈！"

格格几乎要崩溃了。

突然，有人敲门。

　　"能进去吗？"话音没落，门就被推开了，站在门口的竟然是我的母亲。

　　母亲没有进门的意思："大师傅让问问，能不能有个准确的时间，否则，他的火候不好掌握。"

　　"不是说了吗，游行的人一回来就开始！"纪司令像是专心品味香烟的样子，口气仍然是威严的。

　　"呀，新娘的衣服好喜兴，"母亲接着对纪司令说，"在屋里应该挂一张毛主席像，窗上再贴两个'忠'字，您看，我来帮着布置好吗？"

　　"哦，还是你想得周到。"纪司令很会装，点点头，起身，出去了。

　　"婶，您——"品章想说什么。

　　"孩子，什么都别说，平安就好。"母亲虽然不清楚格格为什么突然割断了与杨贵莲的恋情，又火速地宣布与纪司令结婚，但刚才无意中在门外听到了她与纪司令的争吵，便坚信她的变故是有原因的。

　　婚礼进行中，母亲忙完了她该忙的事，远远地站在那里，像是在看热闹。其实，她的脑海中一直在闪现另一个婚礼的情景。

　　这是一个比眼前的场面热闹的婚礼。

　　方家的亲朋好友左邻右舍聚在一起，用震耳欲聋的鞭炮声迎接那顶新娘乘坐的花轿。

　　花轿中的新娘知道，她从这顶花轿里走出来，就将是一个陌生的男人的妻子，和他组建家庭，和他生儿育女。她听人说过，女人嫁的是男人的未来，但这个男人就要成为自己的丈夫，可他的今天是个什么样子她都描绘不清，又怎么能够预想到他的未来呢！

　　介绍人说，嫁进这个人家的女人都很幸福，因为这是个老实本分的大家族，东天街上没人不羡慕。

介绍人还说，方家的老疙瘩一表人才，暂时离开长春，那是迫不得已，他早晚会回到这个城市里来。

……

都是介绍人说的，这个人的一切似乎只有介绍人知道，烦死人了。

"我要上学！不要嫁人！"接亲的花轿就快到了。扎着两条辫子的刘家"二丫儿"再一次向自己的姐姐呼喊。

"没法子，妹，我已经是两个孩子的妈妈，让你哥哥上高中吧，爸临死时交代过，我不能违背爸的遗愿。你知道，你姐夫拿不出供两个人读书的钱，不是姐心狠啊！"素凡把小妹拥在怀里，眼泪忍不住滴落下来。

"我不要嫁人，我要和姐姐在一起。"

"别傻啦，女人迟早要嫁人的。"

"那个男人我连面都没见过，我不能嫁给一个不认识的人！"

"我和你姐夫也不认识，不也一样过日子吗！妈以前不是说过，她嫁爸的时候，也没见过爸的面。"

"新社会讲自由恋爱！"

"什么自己恋爱，大道理不顶饭吃，"姐姐认准的事，就是十头牛也拉不回转，再说她也不能完全理解妹妹的感受，"方家家境还好，进了方家就有依靠了。"

姐姐安慰小妹。

二丫儿，不，她上学的时候给自己起过一个名字，叫刘艳。好多人常把她的名字写错，有的写成"刘燕"，有的写成"刘延"。特别是那个"延"，她后来竟然喜欢起这个字来，原因是这个字与革命圣地延安的"延"字相同。再后来，她连自己都吃不准，自己到底是应该叫刘艳还是刘延。就这样，这两个名字一直混用到今天。

刚上学的时候，有个老师曾经问过她：你生在没有文化背景的家庭里，姐姐和哥哥为什么会有那样好听的名字，而你没有？

刘艳想起来了，她应该是有名字的。她有个远房表叔，是个识文断字的人，给地主做过账房先生，刘家的人生男生女都会请他帮着起个名字，姐姐和哥哥的名字就是他给起的。可是，这个远方表叔在土改的那年不明不白地死了。有人说是被地主暗算了，有人说是他自己失足落到了水里淹死的，不管怎样，这个人的死，让她从小就没起上一个好听的大名。

"姐，我不上高中，让小妹接着读书吧！"冠蓝哥哥理解同情小妹，央求姐姐。

"不行！爸的话你敢不听？"姐姐发了权威，"你到爸的坟前问问，看爸同意不！"

酒宴上的革命小将被他们的领导纪司令提供的喜酒引发了兴致，唱起了《大海航行靠舵手》。几个女的已经有些摇摇晃晃，却手拉手跳着那时最时兴的舞蹈。纪司令喝的本来不算多，但几个跳舞的女青年跳着跳着，就把他围在了中间，硬逼他喝了好几杯。

新娘趁那几个女青年围住纪司令的时候躲进屋里去了。

"看来，品章有难言之隐。"母亲望一眼新房的灯光，思绪幻化在红红的灯光里。

在冠蓝哥哥的护送下，漂亮的刘艳下了花轿。

她头顶着红盖头，手中被人塞进了一条绸带，在这条绸带的牵引下，她跳过了火盆，还在厨房里抢了一把菜刀，还做了些什么，一时还真想不起来。像做游戏似的，只有她一个人蒙着头，别人让她做什么，她就做什么。直到进了洞房，新郎把她的盖头揭开后，她什么也没看见。

她第一眼见到新郎的时候，心理发生了一种微妙的变化。这就是自己未来依靠的男人？她和这个人没有爱情，却走到了一起。

"我嫁给了一个自己不爱的男人，但那男人却爱我。"母亲苦笑一下。和眼前的新娘格格相比，母亲觉得自己还是幸福的。

本不情愿嫁给这个男人的刘艳，打第一眼见到他的时候，心理上还是发生了一种微妙的变化的，原因很简单，事先介绍人送来过一张这男人的照片，照片上的男人是很英俊的，五官的端正让人挑不出什么缺陷，可一见真人，他的个头儿却没有想象得那样高大，但这个男人谨小慎微的举动让刘艳有了一些好感。特别是到了晚上，这个男人并没有急于做新婚丈夫该做的那种事，而是给她讲了关东的风情，这多少让紧张的刘艳有了一些放松的感觉。

"别紧张。"这是新郎对新娘说的第一句话。此前，刘艳想象了很多种男人粗鲁的举动，为此她确实心里很害怕，甚至想过要用不脱衣不睡觉来面对这个男人。

"我先前看过你的相片，你本人比相片上的漂亮多了。"这个男人很会说话。

"母亲说，东天街上再也没有比你长得漂亮的姑娘了，让我对你好一些。"这个男人还算老实。

"你那样听母亲的话，为什么离开长春，一个人跑到那么远的地方去？"刘艳虽然心里这样想，但终究没说出口。

"母亲不说，我也会对你好的。"这个男人还会脸红，看来这个男人没有自己想的那么糟。

"我希望——"刘艳想说"我相信"，可话到嘴边又变了。

"你终于说话了，"男人还站在地上，"我会证明给你看。"

"……"刘艳清楚，这个男人一个星期后就会离开长春，以后是什么情况难以预料。想到此，她又产生了一丝悲戚。

新郎见新娘的面上掠过一丝愁云，头也低下了，就急忙说："我喜欢你，不会让你受委屈，我们是一家人了，以后我都听你的。"

"听我的，那你能不再离开长春吗？"刘艳知道他做不到，但她还是问了。

"我，我将来会想办法回来的，"男人说这话的时候显得没有底气。但他涨红着脸，极力想表白，"家里人都会帮我想办法，将来，将来，将来……"

刘艳又想起了那句话，"女人嫁的是男人的将来"。将来是什么样子，她不敢想。

"其实，那儿人也不少，'棒打獐子，瓢舀鱼，野鸡钻进饭锅里'说的就是那儿。"男人站在新房的地中间，竟然给新娘讲起了关东的传说。

刘艳有些不忍，伸出一只手，她想示意他坐下，但少女的羞涩又让她不好意思站起来。于是，她把伸出去的手在空中做了一个向下的动作，压低声音说："坐吧，让人看见了不好。"

男人像是得到了特赦，拘谨地向婚床挪了两步。

"坐下吧。"

刘艳感到自己成了这间新房的主人，刚才的那一丝愁云从心头荡去。她指了指身边的婚床，示意这个从此应该称为丈夫的男人坐下。

新郎只将半个屁股坐在了床上。

"我给你唱京剧好吗？"

"你真的会唱京剧？"刘艳几乎忘了这是新婚之夜，惊奇地问。

"会。你要听，我就给你唱。"

"刘艳，他们散了，我们该收拾收拾回去了。"大师傅提醒母亲。

10 出 走

················

父亲在平津战役之前就到了北京，那时的北京还叫北平。

两个富家子弟心血来潮，要去北平逛逛，特意邀请父亲以"保镖"身份随行。父亲自然乐意，竟然眼里噙满了激动的泪水，感激的话说了一大堆。

"就当我们是同学是哥们好了。"那个喜欢穿一身黑的"大麻秆"说。矮胖的那个见父亲眼里湿乎乎的，竟然喜笑颜开，暖洋洋的话语一串接一串，像吹落梨花的春风。父亲的心里着火了，恨不得立马就上路。

父亲也许天生就是吃梨园饭的，只要一谈起京剧，他就显得天资聪颖，像新发现了一方神秘的天空，那种痴迷的样子让人迷惑。左右邻居和认识他的人背地里没谁说这是一条光宗耀祖的正路，只是碍于我祖父祖母的情面，没人肯说破这一点罢了。我的祖母到死也不明白，方家祖辈几代人的梦里也不会和梨园行搭界的传统，在她的小儿子身上一点点地被剥离掉了。她笃信，梨园行当与方家的传统就像油和水，怎么搅和也不能融合到一起。方家的人悟性极高，性格沉静，经营平凡的生活个个都是好手，惟有我的父亲，过人的天智都反映到了对京剧艺术的追求上。这是一种叛逆，是对祖训的大逆不道。这个小脚女人仿佛多次听到那个大手女人的哭泣声在耳边回响，这是一个亡灵对生者的恳求，但她无法告慰自己的婆婆，"我阻止不了，我承担不起这个责任"。她也曾跪在大手女人的灵位前，祈求先人饶恕她的软弱，她也想用绳子捆绑自己的不肖子，但她也知道绳索起不了作用，捆得住人捆不住心。

父亲被上北平的动议冲昏了头脑，直到多年后娶了我的母亲，他仍然没有对这次举动表示过一星半点的后悔，这也是我的祖母到死都没合上眼的原因。

那两个富家子弟之所以决定上北平，还应该从那个扮演青衣的"小青豆"说起。

"小青豆"的美丽不仅仅吸引了我父亲的眼球，"大麻秆"早就对她垂涎欲滴，从他对我父亲白眼的那一刻起，他就打起了"小青豆"的主意。

父亲自从做了那两人的"保镖"，便不愿回家。

他不想再和哥哥姐姐为了吃一口半饥不饱的饭而去街头的垃圾中捡拾希望，不想为了争夺几块工厂里倒出的工业废蜡而去和别人打架。他有他的梦想，这梦想是在被自己的母亲责打后猛醒的意识里挥也挥不去的，是任别人用九牛二虎之力也拉不回转的。

他的生命和京剧有缘，他意识里坚贞地认为自己就是为追求京剧艺术而生的。

北平是京剧的繁盛地，父亲早就听说过。

"大麻秆"家有一个废弃的库房，他准许父亲住在这间库房里。库房不大，是旧式房子的阁楼间，阴暗潮湿，但父亲很满足。这是父亲第一次独自享有一间住房，比起在自己家里和两个哥哥挤在一张吊床上的感觉强多了。就是在这间库房里，父亲做起了上北平的美梦。

"小青豆"所在的戏班叫和盛班。和盛班住在长通路上。顺着长通路向东行不到一里路，就是伊通河。"小青豆"喜欢每天早晨到伊通河边去吊嗓子。

她练功很刻苦，从不间断。

她很小就很懂事，知道自己的母亲害了痨病，做佃农的父亲天天苦着脸，只会唉声叹气。正在母亲缺钱医病的当口，和盛班到乡下选学徒，她就央求父亲把自己卖给了和盛班。她的身价是两块大洋。本以为这两块大洋能治好她母亲的病，没成想不到半年她母亲就撒手人寰。没了亲娘的她只有靠刻苦练功来解脱对娘亲的思念。

"大麻秆"不晓得怎样摸到了"小青豆"的行踪。

"小青豆"照样每天去伊通河边。

这天太阳还没有升起来，但空气已经有些燥热。

"小青豆"站在河边的一棵杨树下，那里相对凉快一些。河边不像街里，这有风。风虽然不大，但足以撩起她的衣摆。河边没人，风撩起她裙子的前摆，两条雪白秀美的腿竖在河岸上，她没太在意。

"大麻秆"悄悄地摸到了"小青豆"的身后，恨不得一下就搂住这一双白腻光滑的腿，他是猎取美色的狼，怎么会忍耐得住这样的诱惑呢！但他没敢贸然行动，这时正有两个赶集的菜农挑着青菜路过。"大麻秆"咽了口唾沫，忍了忍。等那两个菜农走远了，他突然跃起，猛地将"小青豆"扑倒在杨树下，不等她明白是怎么回事，就狠劲地抱着她的头撞向树桩。

"小青豆"连看清对她施暴的是谁都来不及，就昏倒在河岸上。

别看"大麻秆"瘦得没有缚鸡之力，却是个玩女人的老手。大马路上的"怡春楼"，是他经常光顾的地方，那里的女人风骚的也好，冷艳的也罢，个个被他搞得津液横流，他在女人身上倒是有一股蛮力。

　　离杨树三米多远有一片草丛，"大麻秆"将"小青豆"拖到这片草丛中。

　　"大麻秆"撕开了"小青豆"的短袖衫，他胸腔里的火苗一窜一窜的，"小青豆"两只白馒头般的乳房颤动着，没等他肮脏的手触摸到上面，他就抑制不住身体里的魔鬼肆意地狂放，干脆用牙齿叼住一个乳头，一只手淫亵地揉搓着另一个乳房。

　　"大麻秆"喜欢柔软又有弹性的东西，而女人的身体恰好能够满足他的这种嗜好。可惜"怡春楼"的女人被太多的男人揉捏过，像破败的棉花絮，实在提不起他的欲望，更不值得他投入太多的精神，只有当他吸足了大烟，想在女人身上发泄的时候，他才会花钱买她们作泄欲的工具。

　　因此，"大麻秆"一进"怡春楼"就习惯性地先解裤子，其他的都顾不上了。

　　此时，"小青豆"身体的柔软与弹性吸引得他有些忘乎所以了，他闻到了这个女孩身上散发的一种淡淡的清香，更按捺不住体内窜起的火焰，竟然忘情地咬了一口含在嘴里的东西。

　　一阵疼痛袭来，"小青豆"从昏迷中苏醒，她见一个男人压在自己身上，似乎明白了什么。她极力反抗的意识陡生，"啪"伸手就是一记耳光。耳光原本没什么力量，即使她想使劲也发挥不出来，可"大麻秆"是个做贼心虚的人，他下意识地一提裤子，竟发现自己忙活了半天，连裤带都没解开，就连滚带爬地溜掉了。

　　"大麻秆"原来是个能做不能抗的人。

　　跑得了和尚跑不了庙。

　　"大麻秆"犯了江湖上的大忌。

　　有道是，有钱没势别惹戏子。大凡为了生存，那时的戏班多数是有后台的，他们把这叫混江湖。

　　"大麻秆"遇到了麻烦，就知道去大庙抽签。

签上写着："风尘本是命中事，秦琼卖马在异乡。乌云蔽日难驱散，三十六计走为上。"

于是，"大麻秆"和"棉花团"策划了这次北平之行。

因了这次北平之行，我的父亲才被命运安排到了北国的风雪中，再也无法回头。

11 怪异的火焰

　　十八岁的格格作了三十八岁男人的妻子，同时是一个四岁女孩子的母亲。这个女孩是娶她的那个男人的前妻留给她的，她不想接受也得接受。

　　婚后的品章，已经不再是可以平静地说话、开心地大笑、自豪地面对镜子欣赏自己的美丽的格格了。她的每一个表情里都写满了忧郁，她像个自卑的懦弱女子，一反过去的洒脱，似乎恐惧占据了她的意识，她会在别人看来没有理由的情况下忍不住全身发抖。她已经在自己的内心深处种下了一道不为人知的阴影。

　　不知内情的人以为康大叔利用女儿漂亮的脸蛋攀上了一棵大树，当羡慕的、嫉妒的眼光投向康家人的时候，却发现康家的人全没有他们想象的那样得意。康大叔沉默了，见人就远远地躲开；他的老伴沉默了，不是非要参加的活动她决不露面；婚后的格格更沉默了，她总是低着头，似乎换了个人。

　　人们猜测，却找不出答案。忽然有一天，有谁记起了康家的女儿原是要嫁给杨贵莲的，但没人能给大家一个满意的解释，因为人人都畏惧纪司令。直到一场不明不白的大火燃起的时刻，人们还没减少猜疑的兴致。

　　那场大火，将人们的猜疑推向了巅峰，却永远留下了一个不解的谜。

现在，格格已经不会再告诉任何一个人有关过去发生的一切。因为她消失在那场大火中了。

我的母亲常会在有人谈起格格时深深地叹气。母亲特意提醒我和弟弟，千万不要在杨叔叔面前提起格格。

我不能抑制自己不去谈她，一个活生生的人，说死就死了，太不能让人接受。何况，她不是别人，是我小虎哥的姐姐，是我们大家都喜欢的漂亮的格格，她曾经那样真切地活在我们的生活中。

"妈妈，小虎哥好可怜啊！他天天哭，他想他的姐姐。"

"是啊，思念亲人是痛苦的。"母亲这样回答我的时候，眼睛也是湿润的。

"妈妈，品章格格为什么不嫁给杨叔叔呢？那样，她就不会死了。"

"傻孩子，你不会懂，有些事你永远不会懂！"

"我要懂！"

母亲摇头，因为有些事她也弄不懂。

杨叔叔已经好几天没到我们家来了。我以为他在躲着我们，我给他做过格格的信使，这件事只有我和他知道。

他常去人工河边，那是阿鱼一个人常去的地方。现在，除了阿鱼，他也几乎成了那里的常客。

我知道在那儿一定能找到他。

人工河边。

杨叔叔一个人面对河水，一言不发。

我想，他一定是在思念格格。可母亲劝告过我，不要在他面前提起小虎的姐姐。

看到杨叔叔痛苦的样子，我无法听从母亲，因为我实在忍不住自己。

"为什么，为什么你不娶她？"我心里始终有一个结，认为是杨叔叔将格格推给了那个可恶的人，否则格格不会死。

"小龙，我知道你心里在怪我，你有想法，我理解。"杨叔叔眼睛没有离开河面，我在他身后发出质问时，他也没有回头。

"你理解，可我不理解！"我大声喊。

"你不理解，我没办法。"杨叔叔的声音有些嘶哑，我听得出来，但不敢完全确定他在哭，因为我从来没见他哭过。在我的印象中，他是那种有苦决不向别人哭诉的人。

我打断他，仍然大喊："我始终拿你做朋友，你要告诉我，你们之间到底发生了什么！"

"小龙，我知道你关心我，也为品章格格难过。但是，有些事情，不是都可以向人说清的。"我以为他在敷衍我。

"你不说，就是欺骗我。你一定对不起格格！"作为一个孩子，我从没有这样对人发狠过。

"……"杨叔叔转过头来，看到我愤怒的样子，想说什么，但嘴唇颤动着，什么也没说出来。

我一下子坐在地上，呜呜地哭起来。

杨叔叔起身，又挨着我坐下，然后抚着我的肩说："你太小，有些事，我怕你真的不能理解。但是，除了你，我又能对谁说呢！好吧，你要答应我一件事，决不向别人说起，即使是你的爸爸妈妈，也不能说！"

他的语气里已经没有先前那种悲凄，反倒充满了疑虑。

我望着他的眼睛，感觉那里面藏了很多东西，但有一种东西是我以前所不熟悉的。

我忽地站了起来，居高临下对他说："品章格格都信任我！"

"我知道，所以，我才——"他还想解释什么，但没再说出一个字。只见他慢慢掏出一张纸，递给了我。

"那是我的羞耻，"看到这娟秀的字体，我一下就能认出这是格格的亲笔。但我不敢相信这就是格格出嫁那天托我捎给杨叔叔的那个纸玫瑰。"我注定只能用一辈子的时间来为那遭遇付出代价，我将在内心深处守着一个难以启齿的秘密，孤独一生。"我本来以为是格格背叛了杨叔叔，杨叔叔今生今世也不可能原谅她。"有一个曾经被我深爱过，并真诚地接受我的爱，几乎让我成了他的新娘的男人，活在我的记忆里，这已经足够了。我只能用悼念的方式来结束我不可能得到的爱情。别怪我，命运捉弄你我，就让回忆成为我的全部吧。"纸玫瑰里的字就这些，我读了好几遍，还在云里雾里，懵懂不已。

"这是虎子交给我的。"杨叔叔递过来一个塑料皮笔记本，本子外面套着一个牛皮纸信封。我犹豫了，我虽然小，但我能够猜想到这里面有一个天大的秘密。

"不！"我用手撑起身体，用脚跟蹬着地，向后退缩。我已经强行闯入了一个不该闯进的禁区，害怕继续下去会承受不起。我几乎要爬起来，逃离杨叔叔的身边。

"放心，小龙！"杨叔叔反倒比先前还镇定，"你信得过自己就看吧，除了我，还没人看过这里面的东西。"

"不，不！我怕！"我摇头。

"是啊，我怕你太小，看不懂。"他要收回伸出的手。就在这一刹那，我那拒绝的心竟然被另一种说不清的东西代替了，几乎是在他的手将要插进怀里的时候，我做了一个前扑的动作，一把抓住了他的手臂。

"好吧，但我有个要求，看完后永远不许提问题。"
我点点头。
"还有，你要亲手把它烧掉。"他掏出一盒火柴。
我又点点头。

我在决定把一切说出来之前，已经不能控制自己。实在只能

上部·**11** 怪异的火焰

回到那个我想过很多方式也摆脱不掉的噩梦当中，再一次经受内心的煎熬。

你了解我这个人，应该知道我会以什么样的态度来表述过去的一切。我不能做到平静地像讲述发生在别人身上的事情那样做出淡然的样子。何况，我要表述的是一个改变了我们两个人命运的秘密。

如果能够侥幸保持良好的状态，在我称为丈夫的那个人得意忘形地回家之前，不动声色地把这个秘密讲完，留给日后的你看到它，那我也就放心了。

看得出来，格格此时精神状态非常欠佳，结婚还不到一年啊！我完全没有把握更不愿相信这些文字是出于她的手。但是，同时也非常清楚，若要有一个人来告诉我，我眼前的东西是假的，是根本没有希望的。

我不想撒谎，一年来平淡真实的家庭生活我一点也没感觉到，谁不希望一起生活的爱人是一个真心爱你的人？可是，现实是那么残酷，睡在我身边的这个男人，竟然是一个充满了自私自利和虚伪的灵魂的"正人君子"，丑陋得让人无法形容。有多少人能在了解了真相之后还安全地活在这个世界上，我没有勇气告诉你。面对一个毁了自己的男人，还坚持去假装和他过正常的生活，为什么？一想到这些，我就把到了嘴边的话全部咽下去了。

还是不要说吧，隐瞒比欺骗要容易被谅解，如果隐瞒真相能带来短暂的平静，那么我为什么要看着眼前的这一点平静也溜走呢？但是，负疚的心不允许我隐瞒真相，我只有耐着痛苦，在孤独中抽打自己，逼迫自己把真相告诉你，以换取回忆从前幸福的权利。

天灾好抗，人祸难防。

和我在一起的这个人是个魔鬼。

以前，我总以为魔鬼都是面目狰狞的，现在我终于明白了，魔鬼就是"披着羊皮的狼"。

还记得我们一起看《伊索寓言》的时候，我开玩笑说你们男人都是吃不着葡萄就说葡萄是酸的；你说如果真是这样，那世界也就太平了，怕就怕有人自己吃不到葡萄，也不让别人吃到葡萄，甚至用邪恶手段把葡萄占为己有，或者毁掉葡萄。

太可怕了，不幸被你言中了，你说的话竟然成了现实。

那天，我们一起去找那个人的时候，你被他的拒绝气晕了，甩开膀子就走，全不顾我对那人的哀求。我一个人留下来，我给他跪下，求他成全我们。他嘿嘿冷笑，趁我不备，将门反锁上。

接下来的事是谁也猜不到的。

他突然用他那双肮脏的手从后面紧紧搂住我，我的前胸被他捏得生疼。我被他的袭击吓蒙了，极力反抗，但这无济于事。他像条饿狼，捂得我连气都喘不过来，我想喊，却喊不出来。我不知道自己挣扎了多久，接着，就晕了。对当时的情况，我就只有这么多记忆。

等渐渐醒过来的时候，我吓坏了。我的裙子已经被撕破，短裤不知道被扔到了哪里，腿上、胳膊上都是血迹，疼痛让我不能坐起来。

我躺在地上。

那个害了我的人坐在椅子上抽烟。

我意识到发生了可怕的事情。我伸手摸自己，皮肤也热辣辣地疼。我受了伤，好几个地方划破了，嘴唇也被咬破了，已经肿胀起来。那个时刻我觉得我死了，从心里一点点地死掉，那种感觉就是人间地狱。我应该怎么办？应该呼救，还是应该爬起来走回家？我不知道。只知道我的一生完了，什么都没有了。

不知道过了多长时间，那个人将我的短裤仍给了我。像做梦一样，就在那么短的时间里，我变成了一个肮脏的人。怎么办？我不知道自己应该怎么办。那个时候，我想哭也想叫，但整个人像一个傻子，哭不出声，也叫不出来。

我匆忙地穿好衣裙，被撕破的裙子遮不住我的身子。直到此时，我不知怎么来了一股勇气，抓起地上的笤帚，向那人扑去。他把我狠狠地推倒在地。

"别反抗了，你已经没有退路了。你骂也没用，我是色狼，我是恶魔，还不是看你长得漂亮！实话告诉你，这一天是早晚的。"他竟然还有心喝水，好像强暴一名姑娘，就同喝水一样轻松。

他说话声音不大，但在我听来字字如同锥子，直刺我的心窝："你告我？我是谁！这儿都由我说了算。放着明白装糊涂，是吧？我只要一句话，说你用色相勾引革命干部，你就同那些被剃了阴阳头的娘们一样，谁会信你！"

"无耻！你——"

"我无耻？我要你，是我瞧得起你！回去给你老子说，做我的老婆是便宜了你。妈的，给脸不要脸！你当我是谁，敢说一个'不'字，我让你父母还有你那个'黄上'统统去下地狱！"

我就是记不起来自己怎样回到家的，我只记得晕倒在妈妈怀里。

我真的不愿意重复描述这个过程，真的，那是一个万劫不复的过程。想起来，好像灵魂都会发抖。

我明知道强暴我的人是什么人，却没办法报案。而且，当我想起那个人威胁我的话，我就更加害怕。我不能眼看着父母和你痛不欲生地活着。

还有小虎，我害怕让他知道这件事，他会和那个人拼命的！

从那一天开始，我就发誓一定要让这个人得到报应。

我决定忍气吞声地答应嫁给这个人。如果说被强暴是蒙受耻辱，我不想让这种耻辱加倍。我的父母最终也只能接受我的选择，因为虎子还小，我们不能让他像阿鱼似的过着非人的生活。

于是，我告诉你，我选择了嫁给那个人。

你的愤怒我是能够预见的，但是，我没办法，因为那样毕竟能向你隐瞒真相。

我知道，当你了解真相的时候，我已经到了另一个世界。那个世界是否安宁，我也无法预知，但我知道，毁了我的那个人，一定会下地狱。

记住我的话，眼泪流过了，回忆没有意义。

永别了！

格格走了，撇下小虎哥，撇下她的父母，撇下她心爱的杨叔叔，独自走了。

她走的那天，我们这里燃起了一场奇异的大火。

我接过杨叔叔递过来的火柴，选择了河边一块没有草的地方，点燃了那个笔记本。

蓝色的火苗跳跃着，一个秘密在火中舞蹈。

杨叔叔远远地盯着火苗，直到火苗消失了，也没有说一句话。我把灰烬撒进河水中，然后坐下来，也不再说一句话。就这样，不知过了多少时间。但是，我的眼前始终跳跃着不灭的火苗，火苗越烧越大，变成了一种通体红色的球。

火是从半夜里燃起来的。

那天是个普通的星期五，刚刚批判了一个"反动学术权威"，热门的话题让人们还沉浸在惊疑之中。这个被定位"以宣扬色情为乐事"的人，看上去快有五十岁了，据说曾是研究古代文学的学者，因为发表过"孙悟空保唐僧去西天取经是屈服于命运"的奇谈怪论，就被说成是和毛主席"金猴奋起千钧棒，玉宇澄清万里埃"的观点唱反调，下放到了我们这里。他在中学代课，教语文，好像很受学生欢迎。

这次的批判会也很特别，纪司令竟然让批判对象自己介绍自己的丑恶观点，说这是"灵魂大曝光"，目的是让革命群众擦亮眼睛，看清阶级敌人的丑陋本质。结果这个"反动学术权威"的自我揭露竟然像是在作学术报告，我还是第一次听说天下原来有那么多描写美女的故事：

"古人除了用'沉鱼落雁'、'闭月羞花'来形容诸如'四大美女'一样的女性外，还有用'人面桃花'、'倾城倾国'来形容女性的貌美的。譬如，"这个人背诵诗词的样子不紧不慢，"'去年今日此门中，人面桃花相映红，人面不知何处去，桃花依旧笑春风。'再如，李延年为汉武帝弹唱的那首曲词，'北方有佳人，绝世而独立。一顾倾人城，再顾倾人国。宁不知倾城与倾国，佳人难再得。'这些都是天然去雕饰的美，按屈原的弟子宋玉的话讲，就是'恰到好处'之美。有人说宋玉好色，宋玉就写了一篇《登徒子好色赋》，假托邻家有一个美女天天扒着墙头勾引他，而他却无动于衷。这女子的美'施朱则赤，着粉则白；增之一分则高，减之一分则短。'

"吴三桂引清兵入关，全因为一个陈圆圆，'冲冠一怒为红颜'。可见，美色确实可以倾城倾国。因此，历史上男人常常把国破家亡的罪过推卸到女人身上，什么'红颜祸水'啦，'女色误国'啦，不一而足。有一首诗就反驳了这个观点：'大王城头竖降旗，妾在深宫怎得知？二十万兵齐卸甲，哪得一个是男儿！'"

会场其实是个俱乐部，在我们这儿算是个最大的建筑物了，以前冬天放电影就靠有这么一个地方。虽然现在很少放映电影了，但我们还是习惯叫它影院。

批判会很快就结束了，没有像往常一样让这个人去游街，也许纪司令突发了慈悲。不管怎样，今天是个轻松的日子。

半夜人们从呼救声中惊醒过来，影院已燃起了通天大火。

我和弟弟随着父亲来到现场，火苗窜起了一丈多高，房顶噼里啪啦地响。父亲像在响声中听到了什么，抢过别人手里的一盆水，一下全浇在自己头上，转身冲进了影院。

不一会，父亲背出了一个人，这人是那个白天挨批斗的"反动学术权威"，他已经被烟熏昏了。

另一伙人也救出了两个人，确切点说应该是两具尸体：一个是品章，一个是她的丈夫。

我们回到家里。

出乎意外的是母亲竟然没有去火场。

她一个人稳坐在炕上，一针一针地缝补着父亲那件肩头已经补了三块补丁的上衣，连我们进门后都没有停止动作。

"妈妈，你怎么没去看啊？火好大，噼里啪啦的，房子都快烧塌了。"弟弟抢先说。

"妈妈，品章格格死了，那个纪司令也死了。"我说。

母亲的手颤动了一下，她还是没有动，只是把左手的食指放在嘴里吮了吮。

我们竟然没有看出她的手指被针刺破了。

"终于来了——"她的声音很小，像是对自己说。

"什么来了？"我不解地问。

"不早了，都睡吧。"母亲说。

我爬到母亲身边，说："小虎哥好可怜，他趴在品章格格的身上哭，都哭昏过去了。"

"我知道了，我去康家看看，虎子他妈会受不了。"母亲放下手中的衣服，穿上鞋。我发现她的手脚利落得超乎寻常。

母亲推开房门，又回过头对父亲说："看好孩子，别让他们吓着。"

12 疑窦丛生

影院燃起了不明不白的火。

父亲救了一个不明不白的人。

父亲冲进火海先救出了那个"反动学术权威"，却没有先救出纪司令，红色造反派对父亲救人的动机产生了怀疑。

怀疑归怀疑，父亲很坦然。

"救人嘛，哪有动静就上哪找人，我没想别的。光顾着救人，也没——"父亲欲言又止，想说救人也没那么多讲究，可没敢说出口。

"也没什么？"问话者以为抓住了父亲的破绽，瞪圆了眼睛。

"也没时间想啊。"父亲声调低沉，面无表情。

"着火的时候你在哪？"发问的人自己都觉得这话问得没水平。

"睡觉，"父亲此时只想洗脱自己，被怀疑纵火的麻烦太大了，"我听到救火声才起来赶去的，那儿已经围了好多人了，没人敢往火海里冲，我是听到呼救声才冲进去的。"

"这么说，你倒是见义勇为啦？"

"不敢，不敢。我要是知道纪司令在里面，豁出性命也要先救他呀！"

他们事先已经调查过了，父亲没有放火的动机。他们倒是重点怀疑过康大叔，可康大叔的亲女儿也烧死在火海里，虎毒不食子，他不会坑害自己的女儿。

许多人都被找去接受调查，又都不了了之。地富反坏右，该怀疑的都怀疑了，该审查的都审查了，就是没有找到纵火的真凶。

现场的疑点本来就多，连调查的人也找不出头绪。比如，那个"反动学术权威"在接受批斗后应该放回家，却被关在了影院的放映间，而且门还上了锁，这是疑点之一；就算需要临时关押在那里，也没必要纪司令亲自看守，为什么没安排别人，这是疑点之二；退一步说，即使纪司令想连夜审问，地点一般应该选在他自己的办公室，选在影院里实在让人费解，这是疑点之三；也许纪司令图方便，那么他老婆决不会在影院里陪他到半夜，这是疑点之四；就算他老婆真的愿意陪着他，发现火情他们应该有足够的时间逃生，反倒被烧死在里面，这是疑点之五；按说那个"反动学术权威"是个最大的怀疑对象，可他当时被反锁在放映间里，如果他放火，最大的危险是他自己，他不会那么愚蠢，假定火是他放的，他又怎样把自己反锁在屋内的，这是疑点之六；火被发现之后就着得很大，一定是有人洒了易燃的东西，可现场没发现助燃品的残留物，也没有发现装助燃品的容器（玻璃瓶或铁桶等），这是疑点之七；尸体解剖证明，纪司令的胃中有残存的安眠药成分，但它不是致死的原因，因为剂量不够，疑问在于他吃安眠药的时间和场所不适合，再者是否有人在他不该吃这种药的时候让他误服了安眠药，这是疑点之八。疑点还有很多，但都成了难解的谜。

纵火犯没能查出来，担惊受怕的人忽然发现批斗会、游街这种事也被耽搁了，反倒有了另一种轻松的感觉。

有人开始感谢这场莫名其妙的大火了。

黑娃就是感谢这场大火的人之一。

他不用再三天两头地陪着被批斗的人一起"坐喷气式"了，也不用走在游街队伍的前面，感觉自己像个小丑了。

有些事情可以改变人的命运，在黑娃看来，这场大火就是改变他命运的圣火。

他可以安心地睡几天觉了，没人再来打搅他。他也不关心起火的原因，他只需知道纪司令烧死了就足够了。

还有一个人也感谢这场大火，那就是阿鱼。

阿鱼仍然每天到河边呆坐，一坐就是一整天。

阿鱼跟我说过，他恨纪司令，大火让他心头的怨恨有了回报。

有人恨这场大火。

康大叔和小虎哥是最恨这场大火的人。

康大叔最疼爱的女儿被大火吞噬了，他痛不欲生，就在上面派来调查火因的人审查他的时候，昏倒在地。

小虎哥更恨这场大火，他的姐姐宠他，当任何事情与小虎哥发生冲突面临选择的时候，格格都会毫不犹豫地选择小虎哥。他俩姐弟之间的亲密关系，被公认为一种楷模，没谁不佩服。

还有一个人也许更恨这场大火，那就是杨叔叔了。

应该说杨叔叔不仅仅恨这场大火，他的感情比较复杂，很难用"恨"或"感激"来形容。

就杨叔叔而言，对纪司令他是有"夺妻"之恨的，他虽然不会用杀人放火来消解心头之恨，但大火毕竟烧死了这个恶魔。然而，从另一角度上想，他宁愿这场大火没有发生，那样他心爱的人还会活着，他虽然不能同她生活在同一个屋檐下，但他们同生在一方土地上，只要能经常看到品章，他就心满意足了。可是这场大火把他心中的爱人也夺走了，他应该恨这场大火。

在康大叔昏倒之后，杨叔叔就成了这场火因的又一个重点嫌疑人。他被隔离了整整十一天，虽然他没有作案的时间，但他有作案的动机，这一点他无法辩解，审案子的人是不相信他的。

他的住处被搜得天翻地覆，结果什么也没查出来。

如果聂奇能够给他作证，他就不会遭那十一天的罪了。可惜，聂奇不能为他作证。

那个死里逃生的"反动学术权威"，从此被赶出学校，发配到一个砖瓦厂，成了砖瓦厂里岁数最大的脱坯工。

据说，他才去砖瓦厂三天，那里就发生了一起奸杀案。一个十六岁的女青年，被人奸杀后抛尸到准备第二天点火的砖窑里。"反动学术权威"自然又被过了一遍筛子，多亏查案子的人很快锁定了一个重要嫌疑人，只不过还没等控制住那个人，那个人就一头栽进窑洞里，使这个奸杀案画上了句号。

从此，"反动学术权威"再不敢研究什么孙悟空是否屈服于命运的事了。

影院失火的原因查不出来，就成了一个没有定论的悬案。

案子悬在那儿，以后的日子又增加了一些不安稳因素。许多人见了面，连和这场大火有关的话都不敢多讲一句，生怕招来麻烦。然而，不知是这把火烧醒了一些人，还是一些人从这火中看清了一些事，反正批斗游街的事少了。有人猜测，该揪的揪了，该批的批了，该斗的斗了，该砸的砸了，该烧的烧了，没啥好整了，也就安静了。

果然，游街批斗的事情真就停下来了，传闻大城市里发生了武斗，但没人能说清武斗是一种什么状态。

又有消息说，武斗升级了，动枪动炮的，连坦克都开上街了，还死了人。

有人开始担心了。

这儿偏僻，消息闭塞，能传来的信息很少，有些消息传到这儿也成了旧闻。有人担心外面的"战火"会烧到这里，但似乎没过多久，就被认为这种担心是多余的，偏远的地方总会安宁得多，这儿什么事也没发生。

世界上的事就是怪，眼见的没什么可怕，传闻的东西倒让人放心不下。人们怂怂地数着手指头，睡觉的时候眼睛盯着天花板，生怕天上爆个响雷，掉下一个石头什么的，砸着了自己。

接替纪司令的人是个女的，上任后第一件事大出人们的意外：登记各家各户的财产，然后进行忆苦思甜。

"全体妇女和小学生到野外采野菜，每人三斤。"任务下达后，好多人吃不准，为什么只允许妇女和小学生去采野菜。琢磨来，琢磨去，有人终于琢磨出道道了，怕采的野菜里带毒。

最先琢磨出这原由的是我的母亲，她只是在晚上睡觉前对父亲说了这个想法。她也被安排去采野菜了，她的手脚麻利，三斤野菜很快就采完了，她还帮小虎哥的母亲采了一些。小虎哥的母亲因女儿的事过度悲伤，身体一直虚弱，但她不敢不去。好在有我母亲暗中照看，才完成了采野菜的任务。

采摘的野菜在上交的时候是要经过严格验收的。

我的同学中有一个女生，人人都叫她"傻丫头"，因为采摘的数量不足三斤，还被查验出一株叫不上名字的野草。这株野草和规定采摘的野菜样子很相象，这下惹了麻烦，验收人一顿训斥，"傻丫头"吓得直哭。母亲见了，就对验收的人说："这孩子小，这两种野菜样子不大好分辨，也难为这么小的孩子了，干脆把我的先顶她的数，我再去采。您看，行不？"

负责验收的人说："行倒是行。嘎子妈，我可不敢大意，要是出了事，先倒霉的是我。"

"是啊，大家都不容易，我们都理解您。应该严格。"母亲说。

"傻丫头，还不谢谢方婶！"验收的人给了母亲好大的面子。

"别谢我，还是谢谢叔叔吧！"母亲用手抚了一下傻丫头的辫子，等确定验收人示意验收过关后，左手接过傻丫头盛野菜的柳条筐，右手放在傻丫头的背后，像对待女儿那样把傻丫头带出人群。

"阿姨，我陪你去采吧？"傻丫头并不傻，只是做事毛糙。

"不用，小虎的妈妈身体不好，你帮阿姨照看一下，阿姨去去就来。"

长这么大，我还是第一次吃野菜团子，糠麸子拌野菜蒸熟的。集合后每人发两个，必须当众吃完，谁不吃掉谁就是地主富农的孝子贤孙，就是美帝苏修的忠实走狗。谁敢不吃呀，那不是和自己开玩笑吗？

场面好壮观啊，黑压压的人群齐刷刷地坐在地上，一手托一只野菜团子，专心致志地吃，面无表情地吃，心甘情愿地吃。其中胆大的人，吃完一个，瞥一眼旁边的人，胆小的人头也不敢抬，连掉在地上的渣屑，都小心地用手捏起来放进嘴里吃掉。每个人都吃光了发给自己的野菜团子，没人说好吃，也没人说不好吃，任何感受都不能流露，谁知道会惹来什么麻烦呢！

"下面，请苦大仇深的王阿婆给大家作忆苦思甜报告。"主持的人也面无表情。

刚吃完野菜团子的人们仍旧坐在地上，没人敢动一下身子。有人想看清讲话的老太太什么样子，只敢伸一下脖子。

王阿婆鼻涕一把泪一把地诉说，那么悲戚，那么痛心疾首。

我什么都没听清楚，就偷偷地拽了一下"傻丫头"的衣袖，问她听清了什么。

"她说，'没了，让狗吃了！'"傻丫头压低嗓音，从牙缝里挤出这么一句。

"傻丫头"姓沈，原来姓蒋，因为和蒋介石同姓，就随了她妈妈的姓。她天生一个男孩子的性格，贪玩，经常在背诵"最高指示"时丢掉一两句，却有个特别女性的大名：慧娟。

我实在抑制不住好奇，一散会就问"傻丫头"："你刚才说什么没了？"

　　"什么'什么没了'！她说她家穷，养不起孩子，就把孩子扔掉了，后来后悔了，就又去找，发现孩子没了，已经被野狗吃掉了。"

　　"你怎么能听懂？"

　　"她说的是山东话，我妈是山东人。"

　　"学一句。"我的要求傻丫头一般不轻易拒绝。

　　"摸咧，恙勾乞咧！"傻丫头学得惟妙惟肖。

　　快入冬的时候，上面来了精神，让排演样板戏，这才让有些胆小的人敢于合上眼睡觉了。

　　剧目定了，排演《智取威虎山》，可演员凑不齐。上面说了，革命样板戏必须得由革命的人演，于是挑来选去，有点艺术细胞的不多，会演戏的又有问题。于是，父亲由于与地富反坏右都不沾边，就被抽出来去教几个管教干部排戏，后经过请示，准许父亲演了戏里一个反派人物——土匪的联络员小炉匠栾平。

　　父亲还没过足演戏的瘾，原本不情愿扮演反派人物的一名管教干部醒悟了，他要取代我父亲。于是，一个充满滑稽意味的栾平变脸成了一个严肃多于滑稽的栾平。

13 离奇的狼祸

就在影院起火的同一天晚上，聂奇死了，死得很惨。

聂奇的身边躺着一只狼，好像一条大狗，已经断了气。

狼，这种动物虽然凶残，但在我们这儿没人拿它当回事，它的出现就像星星在夜晚眨了眨眼，太平常不过了。在大路上行走，偶尔前面蹿出一两条狼来，远远看去就像是一两条狗，只要继续泰然地走你的路，一般，狼也是不敢轻易攻击人的。有时走夜路的人会发现路的前方有两个绿莹莹的小灯笼，那只不过是狼的两只眼睛，有一点经验的人一般也不会就此乱了方寸。狼很少主动攻击人，除非你先被狼吓得魂飞魄散，狼才会毫无顾忌地侵犯它认为对它够不成威胁的目标。

狼忌惮火，因此我们那里的人都习惯随身带着一盒火柴，一旦发现有狼跟踪或拦路，会吸烟的只要点上一支烟，不会吸烟的只需点燃一把火，狼就不敢靠近。

只有饿狼才会寻找一切机会伤害孤单的行人，道理很简单，当它饥饿到了无法忍耐的地步，或它认为人会威胁它的生命的时候，才会现出穷凶极恶的本性。聂奇可能遭遇到了一条饿狼。但让人不能理解的是，狼一般轻易不进村子，除非……

人们议论着：真是一起离奇的狼祸。

聂奇是个单身。辗转了半生仍然没有娶上媳妇，按老北京的土话讲是个没"丢身子"的男人。

没丢身子的男人性饥渴却找不到发泄的地方，于是他的性格也就愈发古怪。

我们这儿有四条奶牛，原来放养奶牛的人一天突然暴死在放牛的路上，这四条奶牛就归了聂奇。

聂奇自从当了牛倌，好奇的天性愈发有了施展的天地。

聂奇放牛常去的地方是一片水草茂密的沼泽，牛有草吃，就不需要费多少心思看管，聂奇有足够的时间用来满足他的好奇心。

母牛是会发情的，一旦发情就乱蹦乱跳，往别的牛身上骑。聂奇由牛的发情引发了对牛屁股的研究，研究来研究去，竟然明白了一个道理：男人需要女人。

但对聂奇来讲，想女人容易，找个女人就难了。他整天和母牛打交道，都是在荒郊野外，哪来的女人呢！

世间的事就是有些古怪，你想什么，什么偏偏就来了。这天，草地上凭空出现了一个女人！

这女人看上去不到三十岁，有些邋里邋遢，但在聂奇眼里几乎是仙女下凡，贪婪地连眼珠都舍不得眨动一下。

"妈的，这女人奶子好大，像奶牛的奶包！"聂奇忍不住自言自语。他觉得自己的两股间有一股凉飕飕的东西在爬，像草叶上绿色的虫子在慢慢地蠕动。他下意识地动了一下腿，大腿有一种麻酥酥的感觉，弄得他怪痒痒的。

那邋遢的女人没注意他，只顾自己割草。她的动作很麻利，很快就割了一大捆草，然后用刀挑着背上肩，不一会儿就消失在不远处的一片果树园里。

连续三天，女人照常出现，照常背着草消失在果园后面。连续三天，聂奇只要那女人一出现，就眼睛不会眨动，直到目送女人消失在果园后面，才发现自己的胯下湿了一大片。

第四天，那女人没出现，聂奇像丢了魂，连牛屁股也没兴趣看一眼。放奶牛的人最大的好处是渴了可以钻到牛肚子底下挤两口奶喝，可今天聂奇心里饥渴，尽管一天没喝一滴水，嘴唇有些干裂，仍然没兴趣钻牛肚子。

第五天，女人仍然没出现。

聂奇一股无名火直冲脑门，他见一头奶牛又发情了，就狠劲用鞭子抽打，奶牛被抽打得直往水里窜，他还不解恨，追着打那头牛，结果自己一头扑进水里，闹得全身是泥。

第六天，天空响起了闷雷。聂奇被雷声轰得没了希望，正准备赶牛回去，那女人远远地从果树后面转了出来。

聂奇像发现了奇迹，牛鞭子举在半空竟然没晃动一下。

女人走近了，聂奇的目光像被磁力吸引着，耳朵里连雷声也钻不进去了。

女人从聂奇身边经过的一刹那，聂奇的呼吸都停止了。他怔怔地盯着她，闪电在她大而清澈的眼睛里急速地跳动了一下，晃得他的眼睛模糊不清。他正疑惑这女人是不是妖狐，否则怎么会一出现就晃得自己睁不开眼。当第二道闪电裂开乌云又迅疾消失之后，他才从嘴里含糊地吐出一个字："操——"。

天空暗了许多，但女人的身影却像个发光体，让聂奇心里产生一种热望。他的脚不由自主地随着那女人身影的摆动哆嗦起来，身体飘悠悠的，举在空中的鞭子突然掉在地上，他居然没有感觉。

女色对于男人勾魂摄魄的诱惑大概就发生在这样的情况下，令男人无法抗拒。

聂奇是个男人。

男人因性而冲动，不是英雄胜似英雄。

英雄难过美人关。"呜呼！"聂奇嘴里发出一声呼啸，英雄般地冲向了那个女人。

那个刚弯腰开始割草的女人，其实根本没有听到聂奇的那声呼喊，几乎在聂奇喊声出现的同时，天空又撕开了一道裂缝，就在裂缝闭合的瞬间，聂奇已经奔到了她的身后。她还来不及反应，聂奇就夺过了她手里的镰刀，狠命地割起草来。

女人惊异不已。这个平日里只会呆傻地坐在地上发愣的牛倌，原本没有引起她多大的注意，她只是因为家里养了几只兔子，才来这里割草。

"谢了，天要下雨了，你先回吧。"女人试图接过自己的镰刀，可聂奇就像个聋子，跟没听见一样。

"我自己来吧！"女人的声音又大了些。

"这两天为啥没来？"聂奇手中的镰刀没停下来的意思，像和这女人是老朋友似的，连头都不必抬一下。他自己知道，这一声发问，是他哆哆嗦嗦从嗓子眼里挤出来的。

"娃病了，没功夫。"

"几个娃？"

"四个。"和聂奇放的奶牛数相等。

"那让男人来干。"

"娃他爸死了，砌大烟囱时从上面掉下来摔死的。"女人的丈夫已经死了半年。

聂奇忘了自己刚才的冲动："娃的病好没？"

"还没。"女人想说没钱，但话到嘴边又溜回去了。

聂奇只顾割草，不敢抬头。

"够了，不需要那么多。"女人提醒道。聂奇像没听见，顾自挥动着镰刀。女人只好将草捆扎好，"谢了，大哥！"

聂奇将镰刀递给女人。女人把镰刀插入草捆中，再挑上肩，对他点点头，准备离去。

"等等！"聂奇犹豫着掏出五元钱，塞在女人手里。

"这……"女人欲说什么，但聂奇已经转身奔自己的牛群去了。

女人早已经消失在果园后面。聂奇还望着果园的方向发愣。

聂奇惊异，自己压制不住的冲动，到了顶峰，突然间像泄了气的皮球，软塌塌的。他挥动一下鞭子，再用鞭杆敲一下自己的脑门，是后悔刚才的错失良机，还是钦佩自己的伟大，他自己也说不清。他想女人想得都快发疯了，等女人真的到了面前，却装起了坐怀不乱的柳下惠，他怎么也不敢相信自己真会这样。

应该说上天还是有意惠顾他的，要不然怎么会恩赐这样的良机。雷鸣中玩次女人，神不知鬼不觉，可惜！

他想象着刚才的另一种景象：自己冲过去一下子夺过那女人的镰刀，不等那女人反应过来，狠劲放倒那女人，那女人只好乖乖地脱衣服。啊哈，那女人脱裤子的样子真叫棒！

遗憾，聂奇不像现时的人会喊"酷"。

他像馋涎某种美味一样，伸出舌尖任其在嘴唇上转了好几圈："嗨，错过了，能怨谁呢！"

"'英雄难过美人关'，瞎扯蛋。我就过了！"他轻轻地抽了下荷兰牛的屁股，这头牛闷声地叫了一下，像是回答他：你不是英雄！连个男人都不是！

"看来，我真的不算个男人。"他想起了逃到台湾的父亲。他也不是个男人，否则又怎么会丢下自己的儿子逃了呢！怪不得国民党会土崩瓦解，连个自己的儿子都保不住的男人，也配作军官？！呸，老天爷瞎了眼，让这样的男人有老婆，失败了，逃了，还带上老婆跑！

他用手抹了下脸上的雨水，有些忿忿地喊了声"呔！"好像他的父母就在自己的面前。

"什么东西！"聂奇开始拒绝叫他们爸爸妈妈，心里产生了一种邪恶的念头，希望他父母乘坐的飞机在飞过台湾海峡时一头栽进大海里。

"算啦，想也没用，没老婆的日子还得熬着。"他记起了刚才把钱塞进那女人手里时有过一种触电的感觉，但现在什么都没了。

那个割草喂兔子的女人人称黄嫂。

黄嫂再次出现在聂奇面前时是第二天的黄昏。

"你来了。"

聂奇红红的眼睛看不出一点白色，仿佛白兔子的眼球，直勾勾发出一种红光。当这种红光迎向黄嫂时，黄嫂听到的声音不像是从这男人嘴里发出的，倒像是从他身后的母牛肚子里传来的。

聂奇已割好了一捆草。今天例外，出门时带上了一把镰刀。

"这，这，等……"女人捏捏自己的镰刀头，不知如何是好。

"我觉得这样好方便。"

女人的眼中流露出感激。

聂奇的眼前又出现了仙女下凡的感觉，下面那个家伙又开始蠢蠢欲动。

"你看，要下山的太阳多美。"聂奇怕被女人发现隆起的裤裆，装作欣赏夕阳。

"你没和女人好过？"女人凭直觉，心里想什么就问什么。

"没——有。"聂奇嗫嚅。

"给。"女人从怀中掏出两张烙饼。

在黄嫂掏饼的一瞬间，聂奇看清了女人最惹眼的东西，白花花的，像两座山，让聂奇喘不过气来。他的手在自己的衣摆上擦了两下，眼睛直勾勾地盯着黄嫂怀中的两个肉团团。

"先吃了。"黄嫂把饼递给聂奇，背上草捆走了。

望着黄嫂远去的背影，聂奇傻愣在那里。手中的烙饼还散发着一种温热，他认定这上面满是那个女人的体温。"先吃了"，聂奇咂摸这句话，又看看手中的饼，迟疑地嗅了嗅，然后才小心地咬了一口。饼是温软的，葱油的香味直沁肺腑。一种饥饿感瞬间袭来，他像是害怕被别人抢去了一样，贪婪地往口中塞饼。当手上的饼消失在胃里的时候，他若有所失地品味着，下意识地吮吸手指，那种贪婪的情态如同饥渴了一世才见到食物一样。突然，他像明白了什么似的跳了起来。满怀希望地再次望了一眼黄嫂消失的方向，然后挥动鞭子驱赶奶牛，准备回营。

第二天黄昏，黄嫂才来割草。这一次，聂奇的身子丢在了黄嫂的怀里。从此，黄嫂不再割草。也是从那天开始，人们发现，聂奇承担了黄嫂家割草的任务。

聂奇捡回一只狼崽子。

黄嫂的四个孩子喜欢得不得了，以为是别人家小孩养的那种小狗。聂奇只好偷着带回一些牛奶来喂小狼崽子。

丢了崽子的母狼，嗅着寻到了黄嫂家。半夜，聂奇从黄嫂家出来，母狼悄悄跟上。

这天，月色昏昏。

聂奇本应该住集体宿舍，但他做了牛倌，就从杨叔叔的宿舍搬到了牛舍边的小屋里，这个小屋离黄嫂家也就两百米远。往常，聂奇走这条路摸着黑也用不了五分钟，可今天他偏偏觉得这条路远得不得了。他感到好像有什么跟着自己，但回头又什么也看不见。他揉揉眼睛，又拍拍后脑勺，确定自己是累了。

母狼其实就在聂奇的身后，最多不差五步远。按理说，这样近的距离，聂奇是很容易发现狼的，可他近来与黄嫂夜晚风流，身子骨多少有些疲倦，神智便也差些。再说这条母狼，也算狡猾，借着在下风头的优势隐在路边的草丛中，聂奇自然也想不到。

聂奇盘算，明天正式向黄嫂提出，做那四个孩子的爸爸，黄嫂一定会乐意的。黄嫂需要男人帮衬，聂奇需要一个家。再说，聂奇弄回来的那只狼崽子拉近了他与四个孩子的关系，真是天遂人愿。这样一想，聂奇的脚步轻松了许多。

母狼突然从后面扑上来，两只爪子搭在了聂奇的肩上。聂奇激灵一下，心想果然被谁盯上了。

他回手拍了下自己的肩："谁呀？黑咕隆咚的怪吓人的……"话没说完，他感觉手下毛乎乎的，心里咯噔一下，"不好，冤家找上门来了。"他用眼光斜了一下，魂差点吓出来了：这是一双狼爪。

聂奇刚才还昏昏沉沉的大脑顿时清醒过来，他听人说过，"老狼爪上肩，不可回头看"，意思是狼咬人专卡前脖子，只要人不回头，狼咬不到咽喉，就不会从后面下口。"一定和那只狼崽子有关。"但说什么都晚了，老狼找上门来，八成是要拼命的。聂奇迅速回手抓紧肩上的狼爪，脚步不停，弓身使劲往前跑。老狼的两只后腿几乎离了地，被牢牢地挂在了聂奇的背后，咬，无从下口；逃，无法脱身。老狼知道今天遇到了"犟眼子"，索性陪这人玩到底。

聂奇与老狼拼起了体力。

聂奇在这条路上不停地来回跑，老狼被聂奇拖着不知跑了多少个来回。聂奇的脚下越来越沉，老狼的两条后腿也渐渐地支撑不住自己的身体，要不是聂奇用手紧紧抓住它的前爪，它几乎早就堆在地上了。狼也来气，聂奇偷了它的孩子，还跟它来横的。老狼挺着，聂奇也挺着。聂奇挺着，老狼更得挺着。昏暗的土路上，人背着狼，狼跟着人，转起了圈子。聂奇是人，又几乎是在背着狼跑，体力渐渐地就不支了，要是换了别人，很可能背着狼往人家跑，在人多的地方解决这样一条狼，那应该是轻而易举的事。可是，好奇心极强的聂奇此时偏偏不会动这个脑筋，他只会一股道跑到黑。

聪明的人有时也办傻事，聂奇此时就属那种犯傻的人。

两个小时过去了，聂奇已经不是在跑了，他简直就是在往前挪步子。其实他不知道，他身后母狼的两条后腿更惨，已经被磨脱了皮，正流血不止。聂奇如果此时尚有体力，继续偪犟下去，母狼也会因流血过多毙命。但时间几乎耗尽了他的体力，他实在不敢再耗下去了。

聂奇支撑着脚步，再次到了自家门前。先前，他多少次经过这里，都不敢停留，一心巴望能有一个人偶然经过，帮他一把。这次，他失望地瞥了一眼自家的门口。门上的铁将军忠实地守护着，丝毫不肯懈怠。要是当初没有锁门多好啊，他可以迅速将这只可恶的老狼甩进屋中，然后关门，上演一出"关门困狼"的好戏了。然而，就在他收回眼光的瞬间，希望终于出现了，那是一块刮泥板，直挺挺地立在门旁，像一只倒立的平板铁锹。他明白此时只得依靠自己了，就一步一步向门口靠近。一步，又一步，他几乎是在拖着身子向前挪，每挪一下，都无比艰难。终于，他拼尽最后一股力气，挨近了刮泥板。

聂奇好像听到了老狼的哀号，好像闻到了黄嫂烧煮狼肉的香味。这辈子他还没有吃过狼肉，看来饱餐狼肉的机会就要到了……

聂奇距离刮泥板不到一米，他毫不犹豫猛然一个哈腰，将狼甩到地上，重重地砸在他家门前的刮泥板上。那时，北方的农村几乎家家门前都有一块刮泥板，是用来刮掉鞋底上沾的泥土的。刮泥板大多是用铁板制成的，一半埋在地里，一半露在地面上。老狼被甩向地面的一刹那，脊梁骨正好摔在刮泥板上。老狼"嗷"地一声惨叫，脊梁骨立时就断了。母狼躺在地上，聂奇也瘫软在地上。老狼两只眼睛盯着聂奇，口中呼呼地向外喷气。聂奇侧转身体，以胜利者的姿态面对老狼。人眼与狼眼对视，人嘴与狼口相对，呼出的气流刺激着对方的嗅觉，但双方都清楚，都在伺机置对方于死地。老狼的眼中像在喷火，死命地盯着聂奇；聂奇也毫不示弱：你还想垂死挣扎啊！想咬我是吧？咬啊！心里想着，聂奇真就将头凑近了老狼的嘴巴。突然，意想不到的事情终于发生了——老狼竟然猛地张开大口，一下咬住了聂奇的下巴。聂奇一惊，想躲闪，但实在来不及了，聂奇清楚地听到了自己下巴骨断裂的声音。他愤怒了，伸出双手力图掰开老狼的嘴，但老狼死死地咬住他的下巴不松口。聂奇和老狼又一次进入了角力中。

许是老狼的脊梁骨断了的缘故，它在与聂奇的较量中仅仅有了那么一点点松劲，竟被聂奇占了先机，他居然掰开了老狼的嘴，并借势伸出了右手，将手臂一下捅进了老狼的咽喉。这是他用平生最后的力量进行的一搏，他的手狠命地向里伸去，感觉抓住了老狼的心肺。老狼疼得发出"呜呜"的声音，两眼竟然流出了眼泪。

老狼死了。

聂奇很想把手抽出来，但他一点力气也没有了，他望了一眼已经断了气的老狼，慢慢地合上了眼睛。

聂奇也死了。

当人们发现他的时候，他的手仍然还插在狼的嘴里。

14 郑狠子的嘴巴

我们齐刷刷地站在操场上。

全校的师生没人胆敢出声。

幸福的眼睛，因为自己还站在队列里。

迷惘的眼睛，猜测着要发生什么事。

敬意的眼睛，看着那些戴着红袖章的人。

友情的眼睛，告诉同伴可别揭发自己。

张大的惊异的眼睛。

泣诉着哀怨的眼睛。

操场上停课参加批斗会的每一个幼稚的孩子，正"幼稚"地接受大人的指导，高声呼喊口号。

"打倒现行反革命郑熙！"

就是这个郑熙，教会了这些孩子写自己的姓名。

一九六六年，我同班的孩子都诞生了一个红色的意识，手握"红宝书"歌舞。这是一种叫"忠字舞"的集体舞蹈，九百六十万平方公里的神州大地上，七亿中国人都会跳。这是现在热衷于街舞的歌仔所不熟悉的。

二十一世纪的一天，我与一位姓梁的同学邂逅在"知青饭店"，他刚刚新买了一个大书橱。他的孩子是街舞迷。

"和您说，是我爸红，还是我红。"以为一向应对自如的我，面对这个新新人类竟然哑口无言。

"秩序仍须有海洋看押，住在北里巷的你我他，还有一位看着我的美眉，是从海岛里来的夏娃……"此时，我的智力十分低下，听不懂这个叫"大荒"的孩子执笔的歌词。

那个有"现行反革命"身份的郑老师，痴呆地站在操场上。

他不说一句话，甚至不知道自己在想些什么。

他好像没有感觉。但我分明看见了他的嘴唇在动。微微地，不易察觉地。

"背下来。"一个大嘴巴，好响。他的脸色好难看。嘴唇也是这样微微动着，一句话再没有说。一个男孩子捂着脸坐回到自己的座位上，继续背诵"老三篇"——《为人民服务》、《纪念白求恩》、《愚公移山》人人都要背诵下来。

我们害怕挨打。背地里没人叫他郑老师，"郑狠子"是我们给他起的外号。

回家的路上，我问："痛吗？"那个被扇了嘴巴的同学，他叫大义。

"其实，不怎么痛。"大义摇摇头。

"不信。"我说。

"'傻丫头'也被打过。不信你问她！"

"回家父母问起，怎么说？"我问道。

"不，这不能说。"

"为什么？"他越是不想说出来，我越想打听。

"你发誓，绝不告诉别人。"大义有点不情愿。

"好！我发誓。"我学着电影里地下党员的样子，举起了右手："绝不告诉别人。"

"好像应该举左手……"大义有异议，但口气不太坚决。

"管它呢，反正是发誓。"我真怕他反悔，急忙敷衍。

"我也说不太清楚。反正，被'郑狠子'打过，就不会像阿鱼那样了。"

"真的？"太意外了。

"是'傻丫头'的妈妈说的。我也不知道为什么。"

"太好了！"我喜出望外，伸手一跳，趁机戳了一下他刚才被扇的脸。

"哎呀！"他大叫一声，向我扑来。

"你不是说不痛吗？"

"不痛我扇你一下试试！"

我急忙跳开："瞧，那边有个人。"

我趁他愣神的工夫，撒腿就跑。

郑老师的旁边站着一位戴眼镜的男老师，可能有三十岁。

他脸色发白，像严重贫血。

我一时也想不起他的名字。

上次，小礼堂里，被批斗的就是他。他是高年级的老师，爱讲故事。

"你就是地地道道的牛鬼蛇神！"那个发言的女人声嘶力竭，"你给学生讲鬼故事，其实，你就是个披着人皮的活鬼！是的，你是不在乎的。'革命不是请客吃饭，不是做文章，不是绘画绣花，不能那样雅致，那样温良恭俭让。革命是暴动，是一个阶级推翻一个阶级的暴烈的行动。'革命的师生们，你们看，他两只眼睛滴溜溜地转，那是在伺机反扑。"

那个会讲故事的高年级老师，嘴唇紫红，一动也不动。

他像是在倾听，倾听别人的意见，看下次再讲《聊斋志异》时，有什么改进。

"我们革命队伍里混进了这样一条癞皮狗，我们一定要提高警惕！同志们，你们看，他混合着恶臭的灵魂，贼心不死啊！这个不耻于人类的狗屎堆！"那女人唾沫四溅，斗志昂扬。

有人跳上台来。

戴眼镜的老师头上被扣了一顶白白的高高的尖尖的纸糊的帽子，像电影《红色娘子军》里的恶霸"南霸天"被枪毙前的样子。

"把资产阶级的臭小姐胡爱华给押上来！"

胡爱华是我们的音乐老师。一张清秀的脸，白白净净的。谁见了她，都以为自己的脸没洗干净。一对柳叶眉，一双杏仁眼。一米六七的身高，苗条的曲线。女人见了嫉妒得要命，男人见了容易想入非非。

两个身穿绿军装头戴绿军帽的年轻女将，一人一只胳膊押着胡老师，站到头戴白帽子的男老师身边。

"我是一个黑孩子，黑孩子，我的祖国在黑非洲。黑非洲，黑非洲，黑夜沉沉不到头"。音乐课上，音域非常宽厚的嗓音，把我们带进了非洲的丛林中。我们不了解非洲，但在《世界人民大团结》那幅画里，我们见过黑黑的皮肤，大大的眼睛，白白的牙齿的非洲人。就在这个礼堂里，胡老师还把我们几个孩子打扮成非洲孩子的模样，表演非洲人民追求解放的音乐剧。为了启发我们理解非洲人民遭受的苦难，她还给我们讲述夏衍的《包身工》里的"芦柴棒"的故事，让我们几个练节目的孩子，难过得直揉眼睛。

全校的人都知道，校长大人最喜欢找胡老师谈话。谈些什么，刚才那个"斗志昂扬"的女人最关心。一次，校长大人找胡老师"谈话"，胡老师就给校长讲了一个故事："东汉初年，光武帝召见宋弘，一边跟他谈话，一边却心不在焉地东瞥西瞅。宋弘一看，原来，周围屏风上画着一个个搔首弄姿、娇情百般的美女，皇帝心思全在欣赏女色呢！"校长大人急切地问："后来呢？""后来，"胡老师讲故事的声音非常温柔，"宋弘作为一个臣子，完全可以敷衍了事，但他却义正词严地打断了光武帝的兴致，说：'皇上，没有一个向往道德的人会像您这样喜欢女色的！'光武帝一听，不好意思了，赶快撤了屏风，跟宋弘谈起正事来。"

看到胡老师被押上台来，刚才那个唾沫星子四溅的女人，像被打了一针强心剂，精神头儿更足了。"呸，"她向胡老师的脚下狠劲地吐了一口唾沫，"啪啪"照那张漂亮的脸蛋就是两巴掌。"你这个臭不要脸的！资产阶级的臭小姐，"看到那张漂亮的脸上起了几道红红的手印，她有些得意忘形。她跳着脚继续骂，"你这个破鞋，骚货，浪女人，早就该进监狱呆着的野鸡。也不撒泡尿照照，一个彻头彻尾的狐狸精，竟敢拉革命干部下水，你还故意给校长讲故事……"她意识到什么，看了一眼台下，把到了嘴边的话咽了回去。然后，挺了挺身子，回过头来，想继续进行她的"控诉"。

正在这时，一个年轻人冲到台上，用手势示意她下去。她只好悻悻地从右侧台阶走下来。换下那个女人的男人，外号叫"太甚"，因为他习惯用"太甚"一词评价任何事情。他是校长暗示出马的，可能是校长怕那女人说出胡老师给他讲故事这档子事，让自己难堪。

"你，太甚。竟然侮辱无产阶级革命接班人是'黑孩子'！"

台下有几个女孩哭了起来。

"你听，你把革命的红苗苗摧残成什么样子？"这个人真是太甚，大白天胡说八道，"你说，你的名字什么含义，是不是'不爱中华'？"

一位教历史的女老师尿了裤子，她望了望门口，那里有戴着红袖标的人走来走去，于是只好低下头。

操场上。

批斗会已经开始了一个小时。

胡爱华、郑熙、戴眼镜的男老师依次排开。他们的身后分别有两个戴红袖标的年轻小将，架着他们的胳膊，使他们的身子向前弯曲，头快触到了地上。原先挂在他们脖子上的牌子，已经对应在他们眼前，横躺在地上。他们的两边，各有四五个"小反动"，都自觉地撅在那里。阿鱼和黑娃也在他们中间。

世界真是乱了套。年轻美貌的胡老师，居然也是阶级敌人。

我的思想开了小差。

和杨叔叔一样爱上我家玩的一位伯伯，是个画家，姓金。那时，各种建筑物的墙壁上画的巨幅宣传画，都是他画上去的。有《世界人民热爱毛主席》，有《毛主席挥手我前进》，还有《心中的太阳永不落》，好多好多。

一天，晚饭后，我正趴在我家的小饭桌上，照着一本黑板报宣传画册，临摹一幅《孙悟空三打白骨精》。我怎么也画不好孙悟空拿金箍棒的手。

金伯伯进来了。见状，向我要了一张报纸那样大的白纸，拿起我文具盒中的蜡笔，三下五除二，一幅孙悟空倒提金箍棒，手搭凉棚，高站云端的蜡笔画跃然纸上。我羡慕不已。从此，金伯伯便隔三差五地来我家，教我画画。

我有绘画天赋，也是金伯伯告诉爸爸的。

我学画的本子一天天多起来。

一天课间，一个高年级的女生来借我的绘画本子。我的画本常被同学借去翻看，这是我感到骄傲的事。

一堂课过去了，我正想着要回我的本子。借了我本子的高年级女生，让我到老师的办公室去拿。

"你借去的，为什么交给老师？"

"去了你就知道了。"她说话的时候眼睛看着地面，长了一颗黑痣的嘴角不屑地翘了翘，我一直以为她那张嘴棱角分明，美得让人倾倒。

我的绘画本子，已经摊开在一位女老师的办公桌上，那页赫然画着我从杨叔叔送给我的明信片上描摹来的北京天安门。

"为什么这里只是个方框？"女老师——她就是现在台上的胡老师——指着画面的正中间。

"我画不像，没敢画。"我小声回答。

"哦……"女老师像是在思索。然后，把本子合上，递给我，"以后要注意啦。"她像是在自言自语，又像是在说给我听。屋里没有别人。

我连"谢谢"都没说出来，就轻轻地退出了她的办公室。

大概是女老师告诉了我的妈妈。那晚，母亲破天荒打了我的屁股。

在我的哭声中，我的几本绘画本子，都成了母亲灶堂里的火苗。

郑熙力图挺直身体，缓解一点腰的酸痛，但是押着他的人使劲往上一抬他的胳膊，他的头又低下去了。我惊奇地发现，他课堂上经常架在鼻梁上的眼镜，竟然不见了。

天空聚集了乌云。要下雨了。

15 地府门前的恩遇

生活，真会开人的玩笑。

他，一个差一点被历史宣判了"死刑"的人，竟然在走向阴曹的途中，意外地获得了"自由"。人们既好奇又同情，为他叹息也为他庆幸。

望着他花白的头发，老年人流下了怜悯的泪水；瞧着他木然的瞳孔，青年人发出了怪异的嘘声。他，却像一个没有经历过任何坎坷遭遇的人一样，脸色依然，毫无表情。在他看来，他所经历的一切，就像电影中的一幕画面：他只是画面上一叶冲过波涛汹涌的浪峰的小舟；那些观望的人，只不过是坐在影院里坐席上的观众。

人们探求的目光，像影子一样追随着他："有过身陷囹圄的教训，为什么还不小心？"有人疑惑："许是还没尝够穿囚衣的滋味？"

被人调笑的他从那条小路上走来，腋下夹着书本，低着头，脚步匆匆。脸上仍然毫无表情。他的脚下从不会踏伤一棵小草，周围的景致也不会对他有任何吸引。他总是这样，来去匆匆，似乎有十万火急的使命。

他的身影消失在学校教学楼的门口。

傍晚，他又从学校的门口步上小路，依然夹着书本，低着头，脚步匆匆。

他走去的小路尽头，有一座只剩下半个泥像的破庙。

"一个古怪的人！"没有人接近他，更没有人能够接近他。

于是，人们好奇的眼光就更加好奇，疑惑的内心就更加疑惑，"他在那座小庙干什么？"许多人都想去那里瞧一瞧，可谁也没有去这么做。

人们在猜测中保持着对他的好奇。

一个偶然的机会，我接近了他。

这天是星期日。

清晨，天空笼罩着一层雾气。我跑上了那条小路，准备趁着大雾，去掏小庙后面那片树林中的一窝小鸟。

此时，我的心头只有那窝红顶小鸟，"大雾天，它们一定还在傻睡"，脚下的步子变得飞快。

突然，我与一个人撞了个满怀。"扑咚"，那人摔倒了，我也摔倒在地，身子还压住了他的一条腿。

我赶忙爬起来，欲搀扶起那人。不料，脚下一声响，什么东西被踩碎了。我还没来得及抬脚，忽见那人扑了过来，一下按住了我的脚："眼镜，眼镜啊！"

啊，我踩碎了那人的眼镜。我吓得站在那儿，一步也不敢移动。

忽然，那人松开了手，一屁股坐在地上，哭了。

"呜呜——"

他好伤心。

"啊！"原来是那个古怪的人。

"古怪，碎了副眼镜也哭！"我心里好笑，连忙弯腰，拾起了那副眼镜。"嘿嘿，"像电影《地雷战》里日本鬼子戴的那种，黑黑的，圆圆的。镜架的一条腿已经折了。地上的碎玻璃看上去挺厚。

"我赔，我赔……"

谁知他接过镜架，用手一摸，哭得更伤心了。

也许，他知道我不能在这地方很快配上同样的眼镜。

我束手无策。虽说我还是个孩子，但除了女人，我没见哪个男人这样哭过。

"偏偏遇上这样一个古板的人，小心眼。"我心里嘀咕着。掏鸟的事全忘在了脑后。

"没有了……生命，没有了……"他自言自语，声音微小，像是怕我听见，又像全没我这个人。

"至于吗！眼镜和生命有什么关系呢？"我硬着头皮，扶他起来。

突然，他抓住我一只手："你会写字吗？"那语气，那神情，分明怕我说出"不"来。我虽然七岁，但在幼儿园里，我认识的字最多。爸爸教我写字的时候，我才四岁，现在，已经会写一千多个字了。

我想说不会。但还是点了下头。

他像是没有看见，语气显得急迫："会吗？你。"

"会，但……"后半句没能出口，他就伸出另一只手拉住我的衣摆，借势站起来，然后挽住我的臂弯，好像这样他才放心。

"你，送我回去！"

真是无巧不成书。如果不是因为那一窝小鸟，我怎会有这样的遭遇。我不知道这遭遇是福是祸。

哦，我的红顶小鸟！

雾散了。我搀扶着这个古怪的人，向他住的那个破庙走去。

恐惧使我不敢迈大步子，好奇又催促我随他而去。

在大人们的口中，这小庙是破破烂烂的，里面的泥像也是西里哗啦。没谁愿意对我说起这破庙的来历，更没有人愿意到这个是非之地来，大人是绝对禁止小孩子接近它的。只有一次——那时这个破庙里还没有住人，我和阿鱼、黑娃，还有孟春，为了捉壁虎，几个人结伴，曾偷偷地潜进这个破庙。虽是夏天，傍晚的太阳还红红火火的，庙里却黑咕隆咚、蜘蛛结网、灰尘四挂。那次，我们共捉到了三只壁虎。这是种爬行动物，身体扁平，四肢很短。听人说，它的脚趾上有吸盘，能在墙壁上爬行。那时，淘气的男孩子，都爱用小木箱养这种小动物。它吃蚊子、苍蝇和一些小飞蛾，我们习惯叫"蝎虎"，老人都叫它"守宫"。三只壁虎不够分，黑娃最大，我们都听他的。"以后捉了再给你。"他们三人每人分一个，我不高兴也没辙。

刚才还被雾气包裹着的小庙，此时，轮廓清晰，周围幽静。"黄梅时节家家雨，青草池塘处处蛙"，可不远处的小水塘，一点蛙声也没有。庙门前，原来长满了荒草，如今已被清扫得干干净净。门旁，支着一个树墩，像我在金伯伯家里见过的根雕。树墩上，坐着一只旧铜盆，盆口搭着条手巾。全没有过去破败荒凉的样子，我怀疑自己走错了地方。

我抬头看看他，他脸色凝重。

要进庙门了，他像怕我溜了似的牵住了我的右手。

我被他带进了小庙。

一张简单的木床，一张三屉桌，一把木凳，一个由三块木板钉成的书架。再没别的什么惹眼的东西了。都说他古怪，哪有古怪的迹象！

他让我坐在桌前的木凳上。

三屉桌上摆着一摞稿纸，书架上插着一排书。

"莫非……"我趁他自己出去洗脸的机会伸手翻了一下那摞稿纸。也许是我心慌，弄出了动静，他又转回身来。我赶紧缩回手，装作若无其事的样子。

"你，你看吧。叫你来，就是为了它。"声音很小，我却听得清清楚楚，"我要到那个小水塘边去打水——"

"哦，你没了眼镜，要我帮忙？"

"不，这儿我很熟。"

我小心翼翼地捧起那摞稿纸，像捧着上帝赐给的什么珍宝，感到受宠若惊，反倒不敢轻易翻动了。

房间里很暗，我四下瞧了瞧，这里没有电灯，桌上只有一盏用墨水瓶制成的煤油灯。

"看吧，看完了，你就明白了。"他已经洗好脸，正用两个指头揉着眼角。

我抬头看看他，然后摇头。

"啊，我忘了，你还小，怕是看不懂。"

他又拍了拍我的肩膀。然后，独自爬上床去，像没有我这个人一样。

木床咯吱咯吱地叫。有一条床腿原来是用几块砖头垫起来的。

这位住在破庙里的人，就是郑熙。

我手中捧着的书稿，是他用一生潜心研究的结果。著作的名称叫《第二次世界大战的终结》。

我没看完几页，就把书稿递给了他。

"我知道的历史太少，好些地方，看不明白。"我不好意思。

于是，郑老师为我讲解。

这是一本反映苏俄军队和中国共产党领导的抗日武装与日本关东军作战的历史的书稿。

我第一次意识到，他的眼镜被我踩碎了，对他来说，有多麻烦。

那天，我自愿帮他。

他口述，我认真地记录。他的思维很快，我的记录太慢——经常有一些字不会写。

第二年春天，我上了小学，学习老是第一，大概和这件事有关。

"我想，你一定会高兴，有了我这样的帮手。"

"是了，我想是这样的。"

每天晚饭后，我都说"到孟春家里去玩"，妈妈很放心。孟春的爸爸是北京公安五处的下放干部，表面威严，其实人很厚道，是个京剧迷，和我父亲私交不错。

这个傍晚，天气晴好，且十分安静。

郑熙正在吃饭。花白的头发在昏黄的煤油灯光下显得很扎眼，在我眼里他像个老人。

一盘清炖小嘎鱼，一碟凉拌黄瓜。

"你也尝尝。水塘里有的是，闭着眼都能摸到。"他用筷子指了指那盘鱼。

"我吃过了。妈妈说，"我告诉他，"嘎牙子对皮肤不好。"

"哦，"他向门外努了努嘴，"那你到我开垦的菜地里，摘两个黄瓜，自己洗洗吃吧。"

我没动。

"他们都说你古怪。真那样吗？"我随便问一下，没指望他回答。

"南京，你听说过吧？"我知道这是个很远的地方。

"我是在那儿出生的，"他语气平淡，像是在说和自己不相干的事，"已经四十多年了。"

他收拾起碗筷。拉我坐在他那张咯吱咯吱乱叫的床上。

我俩侧着身子，面对面。

他的家，离明故宫很近，就在护城河的边上。小时候，他经常去"午朝门"玩耍。

"后来，我考上了东南大学。它于一九零二年建校，历史上几易校名。两江优级师范学堂、第四中山大学、国立中央大学，都是它用过的校名。"他还一口气说出了许多校长的姓名，我从来就没听说过。但是，有一个人我知道：蒋介石。

"那时，我也是个热血青年，酷爱读书。在解放前夕，"他声音太小，我有些听不清，"有人发起了一个'读书会'，我也报了名。解放后，被查出来，这是个国民党的外围特务组织。"他伸手挽住我的手臂，好像害怕他一松手，我就会跑掉一样。

破庙里静极了。

老人的呼吸显得很紧张。我的眼睛睁得老大，好像眼前真的就是一位杀人不眨眼的特务。

"你别害怕。这是历史，我没向别人谈过。"他像在安慰我，又像在暗示我，但他的手就是不情愿松开。

他示意我拉开三屉桌的抽屉。我的右手被他挽住，只好用左手去做。

他用另一只手拿出一张照片，举在我面前。

看得出，照片上的他很年轻。

"这是中山陵。孙中山，你知道吧？"照片的背景是许多台阶。

我没回答，却反问他："后来呢？"

"后来，……"老人像在沉思，又像忽然记起了什么，眼睛蒙上来一层雾水。

"你，应该知道的，人们恨死了特务，"他下意识地用拿照片的手，碰了一下自己的头，"我差点被打死！"

我感到有一种奇怪的气味，像这破庙里死过人一样，让我恐惧。

"还好。终于被他们调查出来了，我是上当才加入了'读书会'，根本不知道这是个什么组织，也没搞过什么活动。"老人的呼吸不那么紧张了，但神情还比较严肃。

"这不，还让我教书。"我感觉，他像刚听完别人的故事，很满足。

"为什么告诉我？"我问。

"不知道，我从不向别人说的，为什么偏偏告诉了你，不知道，真的不知道……"他那样子像做了什么后悔的事。

"……"我想说什么，但手被他攥得有些发麻，就盯着他的手，有点乞求他松开手的意思。

"你不会告诉别人吧？"他问我。

"放心。绝不会的！"

他慢慢松开手。

高尔基说，生活"像一条浑浊的河流，平稳而缓慢，年复一年地不知向什么地方流去。"我和郑熙交往的日子久了，并没有觉得日子过得慢。一个月以后，他的眼镜配好了，就不再用我帮他记录了。

我还是忍不住要上小庙里去。

看着他专心写作的样子，我的心里产生了一种钦佩之情。那时我就觉得自己受了他的影响，长大以后也要当一名会写作的老师。

这天，他又向我讲起了他的老家南京。

"南京是华东重镇，地处长江三角洲，应该算是中国十大城市之一了。毛主席的《七律·人民解放军占领南京》里的钟山，指的就是南京的紫金山。'钟山风雨起苍黄，百万雄师过大江。'"他忘情地背诵起毛主席的诗，就像突然忘记了他是在为我讲南京的事。

其实，南京是七大故都之一，建城已有二千四百多年。最早的城池是越王勾践灭吴以后修建的，后来楚国灭了越，传说楚威王看到南京地理形势险要，怕日后有人在此称王，就在狮子山北边的江边埋下黄金，以镇压王气，称为"金陵"，所以南京又有"金陵"之称。这些我已经不知道他讲过多少遍了，连我都能够背下来了，但我还是喜欢听他讲。

"你会背吗？我来教你。"

我知道他指的是毛主席的那首诗，摇头然后又点头。

"……天若有情天亦老，人间正道是沧桑。"当我能够背得非常熟练的时候，天色竟然全黑了。

"哎呀，很晚了。"我看一眼他三屉桌上的闹钟，八点多了，赶紧向他告别。

郑熙老师像是才从梦中醒来一样，怔怔地"啊"了一声，忙不迭地找手电筒，想送我回家。

我急急地出了门，小心翼翼地观察了一下前面的路，还好，有一点微弱的月光，就发疯般地往家跑。每天晚上回家不能超过七点，这是母亲规定的。母亲大概正在家里生气。

进了家门，发现只有弟弟一个人在家。

弟弟在看连环画，见我进来，就说："哥，妈去找你了，你怎么才回来？"

"爸呢？"

"爸被叫去开会了。"

"妈出去多长时间了？"

"好长。"弟弟不抬头，眼睛盯在小人书上。

我清楚，他说的好长，指的是一个多小时，看来母亲回来一定会大发雷霆。

"弟，一会儿妈回来，你帮哥劝妈，好吗？"我先拉个同盟。

"哎——"

母亲回来了。

我赶紧迎上去："妈，您回来啦！"

"哎！"母亲应着，又对炕上看书的弟弟问，"你爸没回来过？"

"没！"弟弟摇摇头。

我好生奇怪，母亲见了我应该会很生气的，就算不大发雷霆，也不至于连"你什么时候回来的？"这样令人紧张的话也不问吧！呵，我明白了，母亲是给我一个认错的机会！我像是犯了大错的孩子那样，双脚一并，笔直地站在母亲面前，低头认错："妈！我错了……"

母亲的眼光闪烁了一下，猛地把我的头搂在怀中，拥抱着。我抬头看一眼母亲，疑惑地问："妈，你怎么啦？"

母亲一把将我抱起来，放在炕沿上。边帮我解鞋带边说："你这傻孩子，天那么黑，疯跑摔坏了咋办！"

"你怎么知道我是跑回来的？"我惊讶。

"我看见了，"母亲的口气很平常，把我的鞋放在地上，然后摸了下我的脚，接着说，"瞧，脚底都跑出汗来了。坐着别动，妈给你打水洗一洗。"

母亲的爱抚像温馨的花蕊开放在我的心头，我几乎不敢相信，这就是我的母亲。我惭愧地想哭。趁母亲出去倒洗脚水的时候，我偷偷地揉了揉眼睛。

弟弟好像看完了小人书，抬头见我在揉眼睛，就说："哥，妈不是没骂你吗，你怎么哭了？"

我赶紧掩饰："没哭，刚才跑急了，被风吹了，有点发痒。"

母亲再进来的时候，我和弟弟已经钻进了被窝。

爸爸回家的时候，我已经睡了一觉。我起来想下地撒尿，却听爸爸和妈妈在小声说话，就忍住没动。

爸说："你真的听清了，他是在教小龙背毛主席诗词？"

妈说："是的，小龙见晚了，就往家跑，郑老师要送他，是我拦在门口没让他喊，怕小龙分心，摔着。倒是我的突然出现，把郑老师吓了一跳。"

"你咋不躲一下？"

"见小龙跑得急，我就想在后面跟上，又怕惊吓了他，慢了一步，正赶上郑老师出来要送小龙。"母亲说，"郑老师证实，小龙常上他那儿。"

16 今晚的月亮作证

批斗会，游街。

游街，批斗会。

两个月过去了，阿鱼的精神也崩溃了。

在我看来，阿鱼什么时候都穿着那身黑不溜秋的衣服。他原来干净利落的样子再也找不到了。

母亲烧了我的绘画本，我伤心地躲在家里，任谁也不见。

为了让我散散心，这天，放学后，母亲撵我出去。

我没地方可去。

我想起了阿鱼。于是，就向阿鱼常去的人工河边踱去。

阿鱼独自躺在那片荒草地上。他的眼睛呆痴地望着天空，好像没有发现我的到来。我装作到河边撩水，不看他。远处，不到四百米，有一棵歪脖柳树。树底下，有个背靠树干坐着的人影。那人好像在看书。

我有些记起来了，好像阿鱼在河边，那个人就在。但他面对阳光坐着，河水也反射出阳光，白晃晃的，所以看不清那人是谁。反正与我们无关，由他去吧。

一条鱼跳出了水面，在空中一个漂亮的转身，又一头窜进了水里。好大的一条鱼。

"你别烦，好不好！"阿鱼忽地坐起来，冲我吼道。

"你以为我烦你，我就是要烦你。不烦，谁上这儿来！"我也冲他吼起来。

"呜呜，呜——"他倒先哭起来了。他的肩一耸一耸的，太阳都让他吓得躲到水下面去了，你说多可气。

"你，没死爹没死妈的，哭什么？丧气！"我气不打一处来，没头没脑地骂他，他竟然不吭声了。

"说话呀，哑巴啦？"他不说话，我反而觉得没趣。

河面上不再有鱼跳出来，静极了。没了太阳的天空像燃起了一团火，看来明天又是个火热的日子。

"小龙，别怪我，陪我说会儿话，好吗？"他像忘记了刚才，我好惊讶。过去的阿鱼可不这样。

我走过去，坐在他旁边。我们面对河水，像什么也没发生。

"烧了就干净了，就像什么也没发生。"我想起母亲的话，心里就不舒服：

"阿鱼，你说，我憋了一肚子的火气没处声张，比被人扇了耳光还难受。再说，我也没有画毛主席像，怎么就这样对我！"

"多亏了你没画，画了你还不跟我一样了。我二叔在安徽，买了张毛主席像挂在房间的正中间，没想到那正是排烟的烟道，让人家说成是存心让毛主席受烟熏火燎，被定为'异己分子'了。你说你这算什么，幸运！"他拣起个土坷垃仍到河里，"嗵"河水溅起一大片。

"别说你的苦恼了，生在福中不知福。……"阿鱼说着竟然又抹起了眼泪。

"怎么说着就哭起来了？"他哭我也想哭，这次不是为我自己，是为阿鱼。要是换了我，可能早就挺不住了。

陪阿鱼哭了一阵，天要黑了，我怕母亲着急，先回家了。

阿鱼不肯走，他天天这样，只好由他去。

刚吃完晚饭，父亲就被杨叔叔叫走了，看那急迫的样子，像是有什么急事。

没多久，父亲又返回家来。

"小龙，晚饭前你和谁在一起？"

父亲的脸色很难看，问话的声音却不大。

"阿鱼。"

"在哪儿？"

"河边。"

"糟啦！"

父亲又急忙出去了。

我尾随着父亲溜出家门。

父亲去了人工河边。

头顶的月亮显得一点也不寂寞，与云朵结伴饶有兴致地玩着藏猫儿的游戏。

河边已聚集了很多人，我挤过去，地上躺着一个人，浑身湿漉漉的。

"阿鱼？"我不敢相信这就是刚才和我一起哭的阿鱼。

小虎的爸爸康大叔在给阿鱼做人工呼吸。康大叔的医术好，聂奇上次被马蜂蜇伤的脸就是他治好的。

"救阿鱼的人还在河里，快寻找！"不知是谁喊了一嗓子。

河面很黑，人们犹豫着。

有几只手电筒的光束扫向河面，河面上静静地，什么也没有。

有人沿着河岸找去了。

有人在不远处那棵树下发现一本书。

"是郑老师的。"

"对，是郑熙的。"

阿鱼终于醒过来了。

"谁救了你？"

"……"

"别瞎耽误工夫了，那人一定还在水里，快想办法！"

"扑通"父亲率先跳进了水里。我知道父亲的水性很好，他曾经在长春南湖的大桥上翻着跟斗跳进湖水，引得观看的路人一阵叫好。

又有几个人跳下去了，"哗啦，哗啦"，水声搅动得人心里好紧张。

夜晚的河水很凉，下河的人坚持不了多长时间。随着水里的人纷纷上岸，人们的希望也破灭了。

"等天亮了，到涵洞外看看吧！"人们说的涵洞是这条人工河通向外面的唯一通道，涵洞的外面是波涛滚滚的主干渠，直通松阿察河，再往下就是乌苏里江，直到大海。

在涵洞口，一个树杈上挂着一只鞋。我认识，这是郑熙老师的，我在他住的庙里帮他记录书稿时，见他穿的就是这样的鞋。

郑熙老师失踪了。

人们不愿意相信郑熙老师就这样死了，"失踪"就说明生和死都是个谜。

阿鱼投河也是个谜。

那天在河边，阿鱼的哭声里预示着这个不幸的发生，但我没有感觉出来，那时的我只顾自己的不痛快，根本没有想到阿鱼会寻短见。

我后悔当时自己走的时候为什么不把阿鱼叫上，但说什么都晚了。可是，我尊敬的郑老师现在又在哪儿呢！

我气不过，在阿鱼面前直问他："你，你说，你为什么要投河？"

"……"

阿鱼被我问得直翻白眼。

"你说呀！"

"你，你别逼我，这事说不清。"

"说不清也得说！"我竟然给了阿鱼一个拳头，他没还手。

"呜……"阿鱼又哭起来了。

"哭什么哭，你害死了郑老师！"

"呜——，别这样说，求求你！"阿鱼跪在了地上。

"呜，呜——"我也哭起来，我和郑老师的故事也被郑老师带走了。

杨叔叔又来找我父亲了。

杨叔叔说，阿鱼投河那天下午，阿鱼好像被什么人找去问过话，接着阿鱼就投了河，郑老师也失踪了。

有传言说，阿鱼在影院起火前去过现场，但阿鱼矢口否认，还说他不是故意投河，是不小心掉进了河中。

杨叔叔有理由认为品章格格知道这火是谁放的，但死人不会开口说话。

杨叔叔说，没想到，才几天时间，就发生了这么多意想不到的事情。

又是一个难解的谜。

17 "白蛇"事件

父亲随同那两个富家子弟到了他做梦都想见的北平城。

北平好大，灯红酒绿，车水马龙，比起长春来不知要繁华多少，父亲的眼睛有些不够用了。

"棉花团"和"大麻秆"带父亲住进了珠市口附近的一家客店，那儿离大栅栏很近，街道上人声嘈杂，人流如织。父亲从来没有见过这么多的人，行色匆匆，忙乎的人群在他的眼中就像拼命的蚂蚁，乱哄哄分不清你我。父亲第一次坐上了黄包车，车夫喘着气玩命地跑，让父亲以为他们的腿是铁打的。黄包车穿街走巷，满世界地瞎转，父亲也不知"棉花团"和"大麻秆"要干什么。父亲心中惦记着的是京剧，可那两个人没谁理这个碴儿。

一个星期过去了，北平的戏院仍然像隐藏在朦胧的晨雾中一样，让父亲感到离他是那样近，又那样远。

"今天我们不出去了，你自己上街转转吧。"第九天，"大麻秆"懒洋洋地对他的"保镖"说。

"棉花团"甩给父亲一块大洋。

父亲徒步去了大栅栏。

鳞次栉比的店铺让父亲眼花缭乱。他知道这些都不是他有意寻找的。

顺着前门大街向南，父亲找到了天桥。

一个舞枪弄棒的人跟前围满了看热闹的人们，父亲挤了过去。

那人的跟斗翻得蛮像回事，尤其是耍刀，让人觉得只有一道白光围着他转，人群中不时爆发出一阵叫好声。

"谢谢诸位捧场。"耍场子的那人拱手作揖。父亲摸了摸兜中仅有的那块大洋，狠狠心掏给了那人。

"谢谢大爷！"耍刀的人高声对父亲说。

这是父亲第一次听人叫他"大爷"，心里呼地涌上一种说不出的感觉。

两手空空的父亲只好盲目地在街道上转。

每一张面孔都是陌生的，父亲开始有了寂寞的感觉。

寂寞的人迈着寂寞的步子，找回到栖身的客栈。

"棉花团"和"大麻秆"不知去向，他俩不辞而别。

身无分文的父亲茫然地看着昏沉的天空，他好像才发现北平的空气是那么不新鲜，胡同里飘出的味道是那么令人恶心。一个小孩子手里的酥糖掉在了地上，一种饥饿感顿时袭来，他只好舔一舔嘴唇，很艰难地咽下一口唾沫。此时，他才想起了远在长春的父母，那个曾经想尽一切办法要逃离的家。

他要找一份工作，一份能糊口的工作。

北平的穷人太多了，想糊口的愿望像乞求上帝赐给一块玉米饼子一样难以实现。仅仅三天，饥饿让父亲再也不信上帝会对穷人发什么慈悲。

父亲昏迷在天桥的街道上。

那个耍刀的卖艺人刚好从父亲的身旁经过，他发现，这个昏倒在地的小伙子原来就是曾经给过自己一块大洋的人。

从此，卖艺人成了父亲的师傅。

这个救了父亲的卖艺人姓黄，单名坤，是回族人。他父母双亡，至今还是个单身。他曾想给父亲打个车票送父亲回长春，但父亲不肯。父亲铁了心要和黄师傅学武艺，黄坤才把父亲留在了他的身边。

父亲的武功长进很快，黄师傅看在眼里，喜在脸上，但心里也嘀咕："我这点功夫只能在天桥混碗饭吃，这小子天生是块练功的料，再下去恐怕没什么可以拿出手的啦，得想个法子。"

黄坤是个走江湖的人，做事讲究，他上天桥要把式卖艺，从不让父亲上场，父亲恳求了几次，黄坤都不肯。父亲总觉得像吃了白饭似的，平白地从黄师傅那儿学了不少东西，却不能为师傅做点什么。父亲正发愁，黄坤偏偏得了感冒，父亲端水端药，侍候黄师傅近一个星期，看看黄师傅的病情还不见好，抓药的钱马上就不够了。

这天侍候黄师傅睡下。父亲悄悄地担了师傅的挑子，来到天桥。

几天没来，天桥看上去比往天热闹，要把式卖艺的人却一个也不见。仔细看看，满街的人手里都举着小彩旗，像是等着什么重大的活动。问了身边的人，才知道北平和平解放了，人们正准备迎接解放军。

"解放了！"免受战火涂炭的人们，脸上抑制不住喜悦。这喜悦感染了父亲，他从一个学生模样的人手中接过一面小旗子，加入到欢迎的人群中。

做梦都想学京剧的父亲，竟然被新政府安置到一个戏班里做学徒，这个戏班后来成了北京某京剧团的前身。父亲简直是欣喜若狂，梦寐以求的事终于成了现实。

两年下来，父亲认识了不少的字，舞台上的功夫也学到了不少，偶尔还能上台跑跑龙套。仅此，他已经很满足了。

剧团里新换了一位领导，这个叫郑京的新领导的到任，让父亲的命运发生了一百八十度的变化。

有个姓白的旦角演员，是剧团里的台柱子，她不仅腰身美，扮相也俊俏，父亲对她演的《白蛇传》里的白娘子佩服到了五体投地的程度。她对练功肯吃苦的父亲很关心，让还在当学员的父亲感到亲切。

转眼七年过去了，姓白的女演员仍然那样妩媚，郑京对她有了想法，张口闭口称她"白蛇"。

"郑京不正经，专好……"剧团里有了传言。人们讳莫如深，女演员都设法躲开郑京的视线。

上部・

17

『白蛇』事件

　　已经从学员转为正式演员的父亲虽然二十岁挂零，但他整天沉迷在学戏中，只顾在戏台上演戏，却不知在台下也要演戏。迂钝的父亲只知道谁对他好，没心思注意别的事情。

　　父亲作为正式演员后仍然是以跑龙套为主，没跑龙套的那一次还是因为"白蛇"的极力举荐，否则，父亲想扮演个什么角儿，恐怕没那么容易。"白蛇"举荐父亲扮演的是《二进宫》里的兵部侍郎杨波，这是有大段唱腔的文戏，父亲练就的一身好武功得不到施展，但能够争取到这样一个角色已经很不易了。为了让父亲演好这一角色，她没少在私下里帮父亲对戏。《二进宫》讲的是明朝初期在宫廷发生的一场权利斗争的故事：太师李良利用太子年幼，欲夺大权；开国公徐延昭、兵部侍郎杨波极力反对，并与皇娘李艳妃发生争执；杨波调来军队保住皇陵，并第二次进宫，说服皇娘李艳妃，李艳妃也已识破了李良的阴谋，并恳请徐、杨一同保护大明的江山。"白蛇"主演皇娘李艳妃，这出戏有她撑着，父亲的表演还算成功。

　　父亲激动得忘乎所以，别人都走了，他还在帮剧务收拾东西。"白蛇"还没走，他要等着向白老师说几句感谢的话。

　　卸妆室的门关着，隔着门隐隐约约听到说话声，父亲停住步子，想回身，一声磕碰桌椅的动静又把他的脚拽住了。

　　"你以为你是谁？别忘了枪林弹雨老子都钻过，我只见过不怕死的土匪，却没见过不识抬举的婊子！"一个男人气急败坏地说。

　　父亲还没弄清是怎么回事，门被猛地拉开了，郑京一手捂着红红的脸，差一点和父亲撞个满怀。

　　父亲一怔，郑京也一怔。就在这种出其不意的对视中，时间似乎停止了。其实，那只不过是短短的一瞬间，一对惊疑的眼睛和另一对惊疑的眼睛的光对接了一次，仅此而已。时间没有停止，希望时间停止的是父亲事后的心境。也是从那天开始，父亲终于明白了，时间吝啬到了不肯等谁的时候，哪怕一秒钟也不肯，就是这个人决定命运的时候。

　　命运裁决父亲到北京市管辖最远的地方，他竟然没有怨言，因为那儿也有一个京剧团。

18 北京往北

　　火车轧着铁轨慢腾腾地向北行进，窗外的景色有些萧条，这正是南方人收甘蔗的季节。

　　父亲是第二次乘火车。第一次是在平津战役之前，同行的是"大麻秆"和"棉花团"，是命运让他和北京结缘。这一次，"大麻秆"和"棉花团"已不知去向。车厢里的空气很污浊，但父亲全然没有感觉，没有了"大麻秆"，少了"棉花团"，反倒利索得多。父亲不知道命运安排他到多远的地方去，只听说那儿还是北京市管辖的区域，那儿也有个京剧团，他去那里仍然可以演戏。

　　车厢里充斥着一股浓烈的大蒜味，父亲已经多年没有闻过这种气味了，他感到有些亲切。北方人喜食生蒜，他从小就生活在长春，自然习惯这种味道。他没有必要像旁人那样用手掩鼻，还对因大蒜味而呕吐的乘客感到好笑。其实，父亲对车厢里的空气是否污浊并不在意，只是觉得坐久了自己的腰有一些不舒服。他捶了捶腰，感到舒服些了，就向窗外看去。天空聚集了厚厚的云，厚得像要从天上掉下来，成群结队的蜻蜓在车窗外飞舞。他知道，这样多的蜻蜓飞来飞去，就快下雨了。过去，他常在长春的伊通河边捉蜻蜓，想象中那样的日子仿佛就在昨天。

　　昨天自己还在北京，还沉浸在出演杨波这一角色的激动中，而现在自己却坐在火车上，要到那个北方的京剧团去。"只要有戏演就行"，车上的乘客都要到什么地方去，他没心思注意这些。他只知道，坐在对面的那个人与他同路，要在当时铁轨铺设的尽头下车。

他转过身子，看了一眼对面的那个人，那个人始终一言不发。上面派这个人"护送"自己，一路上的吃喝都是由这个人安排的。记忆中，自己曾经以"保镖"的身份"护送"过"大麻秆"和"棉花团"，现在，这个人反倒像自己的"保镖"似的。

其实，从一上火车就有专人"护送"，父亲就意识到了什么，只是他太热衷于想象将要去的那个京剧团的情景，根本没有意识到自己已经成了另类——从上火车的那一刻起，他将和他的过去告别，过一种被别人打上"印记"的生活。

窗外的树木排着队在眼前消失。车头喷出的一些烟灰落在了面前的茶几上，他想用手去抹，车厢突然一阵剧烈地晃动，烟灰飞旋在眼前。他感到烟灰钻进了眼中，准备伸向茶几的手又改变了方向，放在眼上揉着。烟灰和着泪水沾满了手指，粘腻腻的，黑糊糊的。父亲想去洗手间洗一下，他抬起腿，欲向车厢的一头走去。

"上哪去？"声音是从坐在对面的那个中年人嘴里发出的。父亲觉得那个人的声音不大，但透着一种威严。父亲一愣，看了一眼那人。那人的眼光很严厉。父亲第一次有了一种不自在的感觉，但他从那人的声音和眼光中意识到了，自己的行动要得到他的批准。

父亲机械地愣在那里。他下意识地举了举自己沾了黑灰的手指，没坐下也没敢再挪动脚步。

"我去厕所。"他又是第一次发现自己的声音也那样怯怯地，一点不像是从自己的嘴里发出的。他又一次用惊疑的眼光看了下这个陌生的人，那人仍然坐在座位上，但浑身透出一种威严，威严得让人感到将要窒息。那人的头好像点了一下，又似乎没动过。明白了，这个人就是要送自己去那个遥远的地方去的人，从北京的站台上自己被人移交给这个人开始，自己的自由就受到了限制。

那人端坐在座位上，没再说话。透过那人严厉的眼光，父亲更明白了，自己和这个人之所以坐在同一列火车上，原因就在那次《二进宫》演出后两双惊疑的眼光的对接。

先前的猜测得到了印证！

父亲后悔，不应该在不合适宜的时间发生让领导尴尬的事，自己却傻头傻脑地做了。"白蛇"的身影在父亲的脑海中呼地一闪，仅仅是一闪而已，继之而来的是那个叫郑京的人的难以琢磨的笑。

"大家都知道，你很好学，基本功不错。北京在东北建了个农场，那里有个京剧团，很需要像你这样的年轻人。组织上研究过了，决定让你去。收拾一下，明天就出发。"那次和郑京的眼光对接后没几天，郑京就把父亲打发到了这列火车上。可怜的父亲直到刚才还在琢磨郑京的那几句话，很平常，好像还透着些许的亲切。

车厢里的空气显得有些燥热，脚下的车轮像折腾累了似的，"哐当哐当"地发出疲惫的声响，让人感到快要支撑不住了。

父亲举出的手不知应不应该放下，他又一次看了那人一眼，这回是疑问的眼光。那人的头应该是明显地点了一下，同时鼻孔里挤出了一个含糊不清的"呵"。父亲确信自己被获准，用舌头舔了一下干燥的嘴唇，将身体转向车厢的过道。但他的两条腿像两个木桩，沉沉地扭不过弯来。

父亲走进卫生间，突然一阵心慌，刚才那种让人窒息的感觉更加强烈地袭来，他差一点栽倒在马桶上。这种感觉是从来没有过的，他急忙抓住一根铁管，以免摔倒。火车又一下晃动，奇怪，刚才那种感觉竟然消失得无影无踪了。他借着车窗上的玻璃照了照自己的脸，发现自己的脸色晦暗，一种不祥的感觉掠过心头。他吓了一跳，迷离恍惚地像是看到了自己的老爸。几年了，他记不起来了，观念中从没有对自己背叛老爸的行为进行过评判，也没谁说过要他对自己当初的离家出走负责。火车好像驶过了一个小站，一束灯光斜射进来。天色其实根本没有黑下来，但灯的光芒像是锥子一样穿进了他的胸腔，他确信这一次真的看到自己年迈的老爸了，看到了老爸那条被日本人的刺刀扎伤的腿。他下意识地拧开水龙头，将手伸在水流下面，粘腻腻黑糊糊的东西随着水流消失了，老爸的影子却还在手指间晃动。他用手撩起一点水，打湿了自己的眼睛，老爸拖着那条伤腿慢慢地离去了，清晰得不容怀疑。

父亲发呆地站在厕所里，理不清头绪。火车开去的方向应该是离他的家乡越来越近了，他没有理由怀疑自己思念家乡亲人的想法，刚才的恍惚只有以此解释方能让自己信服。是啊，离家已经多年，他竟然没有主动和家里的亲人联系过！此时，父亲才意识到自己是个大逆不肖的人。

"是该和家里联系一下了，"他自言自语。像这样自言自语的情景，在他来说，以前是常有的事，只是从没有萌发过思家的想法罢了，"等到了地方，一定要给家里写封信。"他这样提醒自己，仿佛心安了许多。

他又坐回到原来的座位上。对面的那个人像是根本没有在意他回来没有，连眼皮都没抬一下。

火车像是进了一个大站，停靠的时间很长。父亲无意间向外看了一眼，突然发现站台上一个扒手偷了一名旅客的钱包，随后溜进了这节车厢。扒手装作若无其事的样子，向父亲这边走来，当他即将从父亲身边走过的时候，父亲突然伸出一只脚，将小偷绊住，随即一跃而起，将小偷反剪双手按倒在地。

"干什么？"父亲对面的那个人忽地站了起来，愠怒地问父亲。

"他偷人家东西。"

"他胡说！"小偷趴在地板上，极力挣扎。

"胡说？这是什么？"父亲从小偷的袖口中抽出一个钱夹，递给他的同行者，指了指站台上那个丢了钱包还不知道的人，"是那个人的。"

父亲的同行者将头探出窗外，问那个站台上的人是否丢了东西，此时站台上的人才发现自己丢了钱包。

　　小偷被移交给了乘警。车厢里的人们向父亲投来钦佩的目光。

　　父亲再次坐回到自己的座位上，他对面的那个人伸手拍了下父亲的肩，算是嘉许。

　　火车开动了，父亲的眼光再次移向窗外，一闪而过的站牌上"长春"两个字像魔石一样摄住了他的心，周身的血液直往上涌，大脑"轰"地一下像炸裂了似的，眼前一片模糊。

　　人的意识有时很奇怪，有些事情你本应常常想起，却无论如何也记不起来；有些事情你想回避，它却让你躲都躲不开。按理说，长春对于我父亲来说，本来不会有如此大的震动，那曾经是他极力想逃离的地方，但奇怪的是，这次偏偏让他激动不已。直到这时，他才真正明白，一个人什么都可以不在意，惟独家乡情结是无法回避的。

　　多年前，在这里，他带着追求京剧艺术的梦想登上火车；今天，火车在他应该梦醒的时刻又把他送回到这里。但是他已经不能随意决定自己的命运了。无论是出发还是返回，这里都只能是曾经而已。

　　"怎么了，有心事？"对面的那个人终于肯和父亲说话了。

　　这个人就是孟春的父亲，执行完"护送"父亲的任务后，就没再回北京，他也被下放了。

　　同行的这段经历，使他认定我父亲不是他想象中的坏人，就和父亲建立了私交。

上部·

18

北京往北

19 画地为牢

郑熙老师失踪的那个涵洞的外面是一条主干渠，渠水的下游就是松阿察河。

松阿察河位于黑龙江省的东部，与俄罗斯为邻。邻国的乌拉河流经基罗夫斯基后与松阿察河交汇，进入乌苏里江。乌苏里江流经虎林、饶河、抚远三市县后与下游的黑龙江汇合入海。对面的国度在列宁领导的十月革命之后，建立了世界上第一个社会主义国家。中华人民共和国成立伊始，两国建立了睦邻友好关系。我们那时称苏联为老大哥。那个形如葫芦的界湖位于松阿察河西岸几十公里，地理面积大概有八百多平方千米，是三江平原宜农荒地上的特有湖泊，人称葫芦湖。十七世纪初，葫芦湖还是中国最大的内陆湖，渔业资源丰富，周围的黑土地肥沃得能一把攥出油来。一八四零年西方列强用炮舰轰开了中国大门之后，沙皇俄国便利用与中国接壤的有利条件，觊觎中国东北的大片领土。一八五八年沙俄乘英法联军进攻天津、威胁北京的时机，出兵黑龙江，炮轰瑷珲城，用武力迫使清政府签订了不平等的《瑷珲条约》，割去黑龙江以北，外兴安岭以南六十多万平方公里的领土，并把乌苏里江以东的中国领土划为中俄共管。一八六零年沙俄又借助英法联军攻占北京的军事压力，以"兵端不难屡兴"相威胁，迫使清政府签订了《北京条约》，强行把乌苏里江以东约四十万平方公里的中国领土划入俄国版图。从此，中国失去了成为鄂霍次克海和日本海沿岸国家的地位，我们这片家园也远离了海岸线。

也许界糊和界江包裹着的这片沼泽是改造人的最安全的场所，于是有北京户口的一批人来到了这里。

来这里的人虽然远离了北京，但没谁觉得脱离了北京，因为这个北京市户口让他们心存了希望。

这里的房屋建筑街道格局没一样不带有北京的印记，惟一不同的是湖：北京的湖是人工挖出来的，除了颐和园里的昆明湖，北京的人工水面大多被称作"海"，像北海、中南海；而这里的水面真的像"海"，却被称作湖。

这里的湖其实就是一道天然屏障。那些拿着北京市户口的人，根本想不到，有一天这里会脱离北京市管辖。

我们家的人也都随父亲落了一个北京市户口，但除了父亲，我们谁也没有去过北京。

我家的后墙基下面就是湖水——当然是在我们搬进人工河围城前居住的马架子。

我被母亲接来后就和父母一起住在这里。

我的母亲就是在这里怀上我的弟弟的。

马架子房的后墙上面没有窗户，可能和墙基外面的湖水有关。因此我们不能在屋内欣赏湖面上的景色。湖水距离墙基不到一米，靠近岸边的水面上长满了芦苇。无风的天，透过芦苇可以看到清澈的湖面上飞翔着成群的鸥鸟，晴朗的天空蔚蓝得找不见一丝云朵。极目远眺，水天一色。父母上班的时候，我和弟弟喜欢在湖边玩耍。我们用苇叶折小船，用苇杆做口笛。当我们的小船在水面上飘荡的时候，我们就使劲地吹响口笛。口笛声穿过苇丛，送我们的小船远行，我们的心中就荡漾起无尽的喜悦。每到兴致高涨时，我们还会赤脚坐在湖边，用小脚丫拍打水面，激起的水花溅湿了衣裤，我们也不管不顾。

　　傍晚，月光泻在我们的土炕上，我和弟弟学着大人的样子盘腿坐着，静静地倾听隔着墙壁传来的野鸭声，心里好想能亲手捉到一只小野鸭。

　　不知什么时候，父亲懂了我和弟弟的心思，竟然在一天半夜捉回来三只小野鸭。我们高兴地将母亲洗衣的大盆放在地中央，里面盛上半盆水，让小野鸭在水中游动。野鸭惊恐地在盆中转悠，圆圆的小眼睛像不会眨动一样。我们伸手摸它们的扁嘴巴，往它们黄绿色的身上撩水，观赏它们划水的样子。

　　"这叫蹼，青蛙、乌龟、水獭等许多动物都像鸭子一样，脚趾中间就长着这种膜。对了，你们没见过黑娃家养的那只大白鹅吗？"父亲给我和弟弟解说。

　　"鹅，鹅，鹅，红掌拨清波。"弟弟歪着脑袋抢着显摆。我记起了品章格格教我们背诵的诗歌，就打了一下弟弟的手："不对，鹅，鹅，鹅，曲颈向天歌，白毛浮绿水，红掌拨清波。"

　　"黑娃给我吃过他家大白鹅下的蛋，可大呢，可好吃呢！"弟弟气我。

　　"别得意，你，吃过野鸭蛋吗？"我把弟弟问得直看父亲。

　　父亲拍拍弟弟的头，说："别着急。明天我下湖找几个野鸭蛋，让你们尝尝！"

　　我和弟弟高兴得直在地上打滚。

　　"别糊弄孩子啦，野鸭蛋哪那么好找啊！你忘了，黑娃他爸为了捡野鸭蛋，让水草缠住，差点丢了命？"母亲提醒父亲，其实是在下禁令。

　　父亲听了，摊开双手，伸出舌头，扮出一副无奈的样子。

　　见状，我们再不敢想什么野鸭蛋的事了。

　　起风的天，湖水怒吼着向岸边涌来，一阵紧似一阵，像要把我们的房子摧垮似的，我们只能在房中呆着。好在有小野鸭玩，我们并不寂寞。

野鸭不吃食，一只野鸭死了。

"野鸭绝食，它们离开了妈妈，不开心。"母亲说。

"那怎么办？"弟弟扑进母亲的怀里，好像母亲有办法。

"小心，被针扎了！"母亲手里在补一双袜子，那是父亲上班时要穿的。

"妈，你说呀！"弟弟央求着母亲。母亲曾经在我家的热炕头孵化出一窝小鸭子，共六只，可惜，其中五只公鸭，早被我们吃掉了，那只母鸭还没长到生蛋的时候，就冻死在入冬的湖水中。即使这样，弟弟依然认定母亲一定有办法。

"咳，没辙！只能把它们送回去，让它们找妈妈。"

"不！我要。"弟弟从母亲怀中挣出来，蹲到洗衣盆前，企图把野鸭保护起来。

"你们养不活它，怪可惜的！"母亲摇着头，叹气说。

第二天，我们在母亲的帮助下，端着洗衣盆到屋后放了那两只小野鸭。弟弟哭了一个晚上。

三天后，母亲买回来一个木头制成的玩具鸭子，有两只轮子，前面还有一根细绳子，用手牵着绳子，一拉，鸭子的两个翅膀会上下摆动，还"呷呷"地叫。

弟弟又开心了。

弟弟整天拉着他的玩具鸭子在街上跑，"呷呷"的叫声引得小孩子一个个羡慕不已。

我也很喜欢这个鸭子，但我很少能摸到它。我曾为此生气，甚至在母亲面前抹眼泪，但这都无济于事，弟弟就是不许我碰它一下。没法子，母亲只好在弟弟睡觉时悄悄地将鸭子拿给我玩。

这事竟然被弟弟发觉了，弟弟大哭大闹，谁劝也不管用。母亲只好拿出苹果来哄弟弟。那时，苹果对于我们来讲实在是一种稀罕物，谁家有了苹果也舍不得吃，都是放了又放、藏了又藏的，不到快烂的时候是决不会吃掉的。有的人家甚至怕被小孩子偷吃掉，干脆就用柜子锁起来。

因为苹果是稀罕物，大人们自然看守得非常严格，惟恐自家的小孩拿出去招摇。但东西少，小孩子偏要显摆，瞅准大人不留神就溜出去，等到大人发现了再撵出去已经来不及了，那孩子的周围聚集了街坊邻居家的大大小小的七八个孩子，你一口，他一口的，苹果很快就被消灭了。大人眼看着自家的苹果被别家的孩子分食，那种舍不得又不能表现出来，只好憋在心里，如同自己的钱包被别人抢去了一样，心痛不已。

我常见一些母亲教训自己家的小孩，就为这么一只普普通通的苹果。咳，一只小小的苹果，难为了多少做母亲的啊！

我的母亲也不让我们拿着苹果到街上去，但弟弟有办法。他偏会在邻居领着小孩来我家串门的时候给母亲出难题，"妈妈，我要吃苹果。"让母亲再不情愿也要装作泰然的样子。"这孩子，就是馋嘴！"母亲一边笑着跟邻居说着，一边拿出两个苹果，先给邻家的孩子一个，再把另一个切成两半，分给弟弟和我。

能够吃到苹果的时日毕竟是少的，玩那只鸭子比较现实。

一天，弟弟心血来潮，要给鸭子洗澡。他自己拐到房后，用湖水洗自己心爱的鸭子，浑身湿透的鸭子很滑，一不小心掉进水里。弟弟张大眼睛，鸭子沉了，又漂了上来。弟弟伸手去够，却见鸭子随着风浪漂向远处，弟弟急了，"扑通"跳进水里。湖水并不深，只到大人的大腿部，可弟弟还不会游水，他不但不能救出自己的玩具鸭子，还险些沉进湖底。他吓得顾不上鸭子了，拼命扑腾，怎么也挣脱不开湖水的纠缠。"救命啊！"弟弟没命地喊。还好，黑娃刚好赶到，他水性好，跳下去抱起弟弟，救上岸。

等我们顾上寻找鸭子的时候，它已经不知被风浪卷到何处去了。

玩具鸭子没了，黑娃成了弟弟的救命恩人。

那天傍晚，母亲破例，拿出了家中仅存的十几只苹果，亲手做了一桌苹果宴，请黑娃和他的父母到我们家做客。也是那一天，我才知道母亲会烹调那样多的美味，有糖拌苹果丁、拔丝苹果、夹心苹果饼、油炸苹果条。

其实，做这几样菜的方法再简单不过，无非是苹果为主料，以白糖、鸡蛋为辅料，比如两片苹果之间夹一片炒鸡蛋，就是夹心苹果饼；把苹果切成条，外表裹上一层鸡蛋清，在油锅里轻微地炸一下，就是油炸苹果条了。

今天想来，母亲费尽心思翻新苹果的花样，无非想表达对黑娃救命之恩的感激，这种感激之情是发自肺腑的。在她眼里，人家救的是她宝贝儿子的一条命啊！

20 女孩的心事

　　傻丫头拿着一本薄薄的书在家里看，那书只有巴掌大小，是用普通的白纸做的封皮。她聚精会神，全没在意有人进了她的房间。

　　"看什么呢，那样入迷？"我揪了一下她的小辫子，她吓了一跳，慌忙中想将书藏进怀里。

　　"让我看看。"我一把抓住书，想夺下来。她脸急得通红，死命地捂住，生怕被我抢了去。

　　"好啊，你看反动的东西，看我给你汇报！"我吓唬她，但手并没松开。

　　"别，别，我没看什么，求你好吗？"

　　"不让我看，求也没用！"

　　"好——吧，"她吓得话都说不利落了，"你，你真不汇报？"

　　"当真，骗你是小狗。"

　　她不情愿地小心地慢慢松开了手，脸由红变白。

　　这书没名，原来的封面已经被撕掉了，那张白纸封皮是后糊上去的。里面有一页画着人体，像我刚上学时在学校医务室墙上见过的那种，没什么希奇。再往后翻，又有一页画着一个像三通管道的画，细看有点像个很怪的虫子，又不太像。

"这是什么，怪怪的？"

傻丫头也一脸茫然。

"你看过了，一定知道。"我认定她想骗我。

"这书上说，这是女性生殖器。我也没弄明白。"

看来傻丫头的茫然不是装出来的。

"什么，女性生殖器？那是个什么东西？"我第一次听说这么个词。

"好像是和生小孩有关。"傻丫头脸又一红。

"瞎说。小孩不是拣来的吗？我妈就说我是我爸在山上拣来的。"我反驳她。

"可这书上说，"傻丫头顾不上脸红了，"你不信，可书上说小孩是从女人的产道里生出来的。"她指着书，大声解释。

我迅速瞄了一眼，可不，书上真是这样说的。

"那我妈骗我啦，不会吧？"我有点不那么理直气壮了。

"大人就是骗小孩。"傻丫头像是发现了真理。

"我只知道女人蹲着撒尿，没听说过女人还有产道。"傻丫头简直是在胡说八道，我相信我妈不会骗我。

"那为什么有的女人肚子鼓鼓的，大人就说她怀小孩了，要做妈妈了？"傻丫头见我不信，眼泪都快掉下来了。

"你不也是女的么，那你也会生小孩了？"

"我是女孩，不是女人。"傻丫头哭起来了。看来她也说不清，到底还是傻丫头。

"不和你玩了，就会哭。"我把书仍在地上，头也不回地跑出她家。

"小孩是从女人的产道里生出来的！"傻丫头的话老在梦中搅扰我，长这么大，我还是第一次遇到这种情况。我发现我的小鸡鸡硬起来像个小棍棒，用手触摸有一种很舒服的感觉。

我吓得用被子裹紧自己，怕被父母发现。

整整一天，我没心思上课，老是偷偷地观察傻丫头。她像平常一样，低着头听课。

好不容易放学了，我故意和傻丫头一路走。

"到你家，把那本书再拿给我看看。"我怯怯地说。

"没羞！"傻丫头也懂害羞？但她没脸红，分明在讥笑我。

"反正没人知道，就我俩看。"

"不行，要是被大人发现，会挨打的。"

"不让我看，我就告诉你妈，要不我告诉老师去。"我装作向回走的样子。

"好……吧。"她费了挺大的劲儿，才从嘴里挤出这句话。

"看，看你能弄明白！"进了她家，她小心地把门插上，才拿出昨天那本书。

卵泡、子宫、阴道、月经……一大堆没听说过的名称，从这本书上还是看不出小孩是怎样生出来的。

"不明白，还是不明白……"我嘟囔着，傻丫头也傻笑着，似乎我比她还傻。

"说你弄不明白，偏要逞能，我是女的，都不明白，这回信了吧！"傻丫头竟然嘲笑我。

"反正，反正女人肚子里有一个子宫，小孩就藏在那里，等女人想要做妈妈了，小孩就从产道里爬出来了。"

"你怎么弄明白的，我不信！"傻丫头被我说得一头雾水，惊讶地望着我。

"不信？你见哪个不想做妈妈的女人肚子大了。书上说，小孩要在妈妈的肚子里，不，是子宫里待十个月，才生出来。"我很得意，竟然找到了依据。

傻丫头被我镇住了，张着大嘴说不出话来。

"哈哈！我对了，"我把书仍给她，"我弄明白了，小孩不是拣来的，是女人生的！"我跳着，大声喊着，背起书包拉门，怎么也拉不开，忘记她原来把门插上了。

　　傻丫头连着两个星期上课无精打采，她被小孩藏在肚子里的说法
吓住了，天天担心自己的肚子里也藏着一个小孩。

　　她的母亲这天来找我的母亲，说我和她女儿一起研究小孩是怎样
生出来的，闹得她家那个傻丫头对着镜子看自己的阴部，说是找什么
产道。

　　当母亲阴沉着脸训斥我的时候，我才明白，这种问题，小孩子是
不能够研究的。

　　田野里的风是温润的。

　　风吹过的时候，我抓不到也看不见，更不知道它是怎样吹来的。

　　远处，泛黄的麦子等着人收割，绿色的水稻在风中摇曳着，看上
去像一片野草。

　　我有太多的郁闷。

　　我在田野里呆了整整一个下午，当我郁闷地推开家门的时候，母
亲对我说："阿鱼走了，咳，不幸的孩子！"

　　"走了？走哪去了？"郁闷的事情太多，我实在有些承受不了。

　　"谁知道啊，他只留给他妈一张纸头，说就当没养他，是死是活
就别再惦记他了。"

21 宝岛传来了枪声

一九六九年三月，珍宝岛自卫反击战打响，全世界的眼光都被吸引到这个形状像元宝的小岛上来。

珍宝岛离虎头镇九十二公里，在乌苏里江主航道上，长二千三百米，宽五百米，面积零点七四平方公里，距我岸一百米，距对岸三百米，是由于江水上涨长期冲刷形成的沙洲岛。此岛自古就是我国领土，我国渔民长期在岛上捕鱼生产，二十世纪六十年代对岸的苏军频频在我边境制造事端，每每侵入珍宝岛地区，开枪开炮打死打伤我边防军民，在忍无可忍的情况下我边防部队被迫还击，取得了战斗的胜利。

形势发生急转，中苏关系也发展到了白热化，备战备荒准备打仗，全国人民都行动起来。北京市建在这里的农场人员过于集中，关系也过于复杂，需要紧急疏散。

命令来了，这个农场从此脱离北京市管辖，直接划给沈阳军区，成立生产建设兵团，无论监管人员还是被监管人员一律就地听从安置。

上百辆解放牌汽车像一条长龙，我第一次看到这么多的汽车排在一起。我们三四家上一辆汽车，连人带东西好像还塞不满一辆车厢。

小虎哥爬上了我家前面那辆车。一个小女孩一步不离小虎哥，就是上了汽车，她的小手也没忘记牵住小虎哥的衣襟。她是品章格格的继女，随着那场大火变成了孤儿。

一阵风吹来，小姑娘头上的蝴蝶结被吹落到车下，她拽了下小虎哥的衣襟，又抬头看看小虎哥的脸，然后眼睛紧盯着地上的蝴蝶结。小虎哥就迅速跳下车去，拾起蝴蝶结，顺手在自己的衣服上擦了下灰尘，再爬上车厢，亲手把蝴蝶结别在小姑娘的头发上。

小姑娘的眼中流露出感激的光。她比小虎哥小六岁，却要叫小虎哥舅舅。隔着将近十米的距离，我第一次发现这个小姑娘长得很漂亮，是地道的北方女孩子的那种美。可惜，本该快快活活的小丫头，俊秀的眼中过早地流露出一种忧郁。

一辆辆汽车启动了，那样多的人因为从对面的国度传来的枪声，开始了他们命运的又一次大迁徙。汽车将他们载向何处，谁也不知道。

汽车行进的速度很慢。

汽车穿过过去繁华的街道，驶向了湖边。

结冰的湖面平静地反射着银白色的光。

车轮行进中的摩擦声和车身在北风撞击下发出的挣扎声直刺耳鼓。没有人说话，每个人的心中如一潭死水。

湖边一排低矮的马架子房在不算寒冷的风中摇曳。

母亲的眼中噙满了泪水。

那栋将要倒塌的马架子，曾经就是我们的家。

母亲辞去了会计工作，只好去粉坊做漏粉工。

漏粉的工作很累，每天天不亮就得起床。母亲的任务是要把土豆变成粉丝，可土豆变成淀粉不算难，淀粉变成粉丝就不容易了。粉坊的设备主要就是那口特大号的铁锅。母亲先把铁锅中蓄满水，再点燃木柴，将水烧开，然后把淀粉冲成糊状。糊状的土豆粉很像南方人吃的藕粉羹，因为那时奶粉紧缺，许多家庭就用这种土豆粉冲糊糊喂小孩子。我小时候就经常吃这种东西。母亲在铁锅上架一个架子，架子上支着一个有许多洞眼的大漏勺，漏勺里装满了糊糊。母亲站在铁锅前，蒸汽熏得母亲汗流浃背，她顾不上擦一下，事实上是母亲根本腾不出手来。她的双手在不停地忙着，右手一下接一下砸向漏勺里的糊糊，细细的粉丝从漏勺下面挤出来，左手还要快速地把粉丝导进锅中。另一个人则负责把粉丝从锅中捞出，拿到晾晒架上晾干。

人们都说，母亲肯钻研，漏粉的手艺一般人比不上，原因是"砸粉"，这个工序里面的讲究很多——动作慢了淀粉糊糊会结成坨，制不成粉丝，快了淀粉进锅后会粘在一起，影响粉丝的质量，用劲大了粉丝过粗晾不透，用劲小了粉丝漏不下来，用劲不均匀粉丝粗粗细细，既不好看又不好吃。全场的人吃上好的粉丝，靠的就是母亲的这一双手。

母亲做了漏粉工，天天起大早，天不亮漏粉，白天晒粉，晚上收粉，很难有空闲。

母亲不仅要起早，她还要给我们做好早饭才能上班。她的手脚是那么麻利，让所有熟悉她的人都赞叹不已。我喜欢吃母亲做的面食，她烙的千层饼是我们那儿当时很闻名的。一张看上去很普通的烙饼，用筷子一夹，竟然一层一层的，每一层还形成螺旋式的丝状，口感既柔软又劲道，吃过一次谁也忘不掉。

星期天的早晨，母亲照例做好早饭：一小盆玉米粥，两张白面烙饼，两块棒子饼，一盘炖豆角。她把昨天晚上剩下的饭菜自己吃了，再将新做的饭菜温在锅里，悄悄地带上门，走进晨风中。

这天，父亲和我们兄弟俩一起"懒被窝"。外面下着雨，父亲无事可做，干脆不着急起床，躺在炕上哄我们兄弟俩开心。我跳下炕，从锅中拿出两张饼，弟弟一张我一张。父亲舍不得吃，要等我们吃饱了才会吃锅中的棒子饼，这是一种和炖豆角一锅熟的贴饼，用玉米面制的，其实就是锅贴，很硬也很粗糙，我和弟弟是咽不下的。

三下五除二，我和弟弟手中的饼一转眼的工夫就下去了一半，父亲用手撮着我和弟弟掉在被窝里的饼屑，细细地品着，那种满足的神情，让我们看了都觉得好玩。

"慢点，别噎着了。"父亲说。

"你馋不？想不想尝一口？"我举着半张烙饼，问父亲。

"我不馋，但你们这样吃没味道。"父亲现出一种特神秘的表情。

"怎样吃？"我和弟弟抢着问。

"谁把饼给我，我就教给他。"父亲笑一笑，他的笑分明是在告诉我们他不骗人。

"给——"弟弟有些舍不得，趁他稍有犹豫，我抢了先。

父亲看看我递给他的饼，饼的中间已被我咬去了很大一块缺口，他说："我给你咬个月牙儿，好不？"

"太好了！"我催促父亲。

"中亏则成牙儿也。"父亲念念有辞，我不管什么亏不亏，只等着看父亲怎样把烙饼变成月牙儿。父亲在饼的缺口上慢慢地用嘴修理着，凸出的部分被他一点点地咬掉。他那种不紧不慢的样子，好像到了他嘴里的饼，真的就是多余的东西，非他吃掉才有意义。

果然，我的饼在父亲的手中变成了一只"月牙儿"，弯弯的，像空中高悬的月亮船。

"真棒。"我接过月亮船，在弟弟面前炫耀。

"我也要！"这回弟弟赶紧把自己的饼递给父亲。

父亲好像也来了兴致，他翻身坐起，用被子围住身子，朝弟弟挤眉弄眼："给你咬个元宝。"

弟弟的烙饼很快就变成了元宝。弟弟高兴地将饼举过头顶，那份得意，让我羡慕不已。

"让我尝一口你的月牙儿。"弟弟边吃自己的"元宝"，边盯着我手里的"月牙儿"，似乎我的"月牙儿"比他的"元宝"还好吃。

我知道纠缠不过弟弟，向他提出了交换条件：

"让我也尝一口你的元宝！"

　　"行。"

　　我咬一口他的元宝，他咬一口我的月牙儿，我们吃得津津有味。

　　我们的饼渐渐地变小，弟弟的已没有他的手掌大了，我的比他的还要小。

　　"我还会咬'没影儿'。"父亲又发话了，表情显得更神秘。

　　"咬我的！"弟弟说。

　　"咬我的！"我和弟弟争着。

　　"咬哥哥的吧？"父亲征询弟弟的意见，弟弟终于妥协了。

　　原本不大的一小块烙饼到了父亲的手中。只见他先慢慢地咬去外围，然后像是品尝，又像是思考，细细地咀嚼，再夸张地咽下去。我和弟弟睁大眼睛，看着父亲坐在那里表演。他手里的饼小了一圈，"没影儿"还不见模样。

　　我的心里直着急："爸，'没影儿'什么样子？"

　　"别急，就快见分晓了。"父亲开始咬第二圈。

　　该第三圈了，父亲手里的烙饼明显又小了许多，"没影儿"的样子还是一点也看不出来。该不是"没影儿"不好咬吧？弟弟也瞪圆了小眼睛，想从父亲的嘴里看出什么稀奇来。

　　父亲手里原来和五分钱硬币一样大小的烙饼终于只剩下一分钱硬币那样大了，我闷不住了："'没影儿'还没好啊！"

　　"别急，马上就好。"父亲不屑质问的眼神让我看出里面藏着一种诡秘的笑。

　　我忍不住要去抢夺父亲嘴边仅剩的那一小口饼了，但还是晚了一步，父亲的嘴再不像刚才那样慢条斯理，大口一张，我们期待的"没影儿"终于没影了。

　　我的自尊受到重挫，忍不住的小手猛地伸了出去，在父亲张开给我们看的嘴里扣了一下，什么都没剩下。我被欺骗激怒了，放开喉咙大哭。

　　弟弟用手紧紧护住残缺不全的"元宝"，瞪大惊疑的眼，生怕再被父亲哄去。忽然，他伸过饼来："哥哥，不哭，我们分着吃！"

自然，我用不着分吃弟弟剩下的饼，因为父亲很快就从碗柜里拿出了另外两张饼，那是母亲特意留下来给我们中午吃的。

父亲见我们破涕为笑，开始吃他的包谷[1]面饼子，父亲称它作"金不换"。黄橙色的饼子在他的嘴里是那样地香甜，让我们感觉这世上再没有比这东西更有滋味的了。

"想不想品尝品尝？"父亲轻声地问，那语气让我们听上去就像不情愿。虽然我们心里清楚，这看上去很诱人的东西实在不好吃，但我们还是忍不住要再试试。

"慢慢地嚼，细细地品，别急于咽下去，回味无穷，"父亲掰给我俩每人一小块，大小像拇指肚，放进我们的嘴里，一边自己示范着嚼，一边指着被铁锅烤焦了的那一面说，"这是真正的锅巴，过去的皇上都吃不到。"

弟弟忍不住吐出来了，父亲赶紧用手去接，被弟弟嚼过的锅贴很自然地进了父亲的嘴里，好像这锅贴被弟弟嚼过别有一番滋味。

父亲像这样陪我们玩的时间很少，他要去练功，起早也是父亲的家常便饭。

平时，遇有大风天，房后的湖水拍击堤岸，发出很大的响声，母亲怕我们兄弟俩害怕，就在炕沿上粘一节小蜡烛，点燃的烛光照亮了房间，我和弟弟就不会哭泣了。

这是一个寒风刺骨的早晨，北风"呜呜"地怪叫着，父亲要去练功，母亲要去粉坊，我和弟弟蜷缩在被窝里，不让母亲走。母亲无法，只好又像往常那样给我们点上一节小蜡烛，她在炕沿上滴一滴蜡泪，将蜡烛粘上，再为我们准备一盒火柴，以防蜡烛熄灭。

我和弟弟盯着跳动的烛火，听蜡烛燃烧时发出的"劈啪劈啪"声，感到很好玩。我取出一根火柴，对准火苗，"滋——"火柴头的

---

[1] 包谷：即玉米。

磷遇火向四周发出一种喷射，虽然只有瞬间，但美妙极了。我又把燃烧的火柴杆高高地举起，在空中划一个弧，待火苗将要烧到手指的时候，猛地一下仍到地上。弟弟学着我的样子，"滋——"火柴的突然燃烧吓得弟弟赶快松了手，火柴杆落在了被子上，被面着火了。紧急中，我摸到一把清扫炕席用的笤帚，狠命地拍打了几下，火苗熄灭了，但还冒着黑烟。我俩赶紧躲到墙角，烟还是不停地冒，我跑到门口，打开房门，以为放一放烟就没事了。我那时还不懂棉花燃烧时是不起明火的。我又跳回到炕上，和弟弟挤在墙角里。

棉被燃起的烟雾从房门中向外冒，路过的画家金伯伯发现从我们家冒出的烟不对劲，进屋来把我们俩抱出去，用另一条棉被裹住我们的身子，告诉我们不要乱动，又冲进屋去，抱出正在冒烟的棉被，踹到雪堆中。

我们家仅有的两条棉被烧掉了一条，母亲没有责打我们，反倒责怪自己不该只留我们两个孩子在家中。

"险些要了我的命！"母亲这样念叨着，像丢了魂一样，不知道把我们怎么办。

汽车徐徐地在松软的沙地上爬行，我们曾经居住的马架子消失在一片还没有吐绿的树林后面，迎面吹来的湖风冷飕飕的，让人挺不直腰杆，我们只好蹲伏在车厢里。

汽车摇晃着，像喝醉了酒一样。渐渐远去的树木和房屋告诉我，这条车轮下面的沙岗是唯一能够走出这片湖泊的路。

这样，我们走出了葫芦湖，汽车把我们全家送到了它的下游乌苏里江边一个靠山的小村子。

下部

22 重返舞台

　　乌苏里江被冰雪封住了，又化开了；化开了，又封住了。冰雪在江水的顽强面前又一次退却了。

　　品尝着乌苏里江水的甜润，我们终于走进了中国恢复高考的这一年。

　　我接到了师范院校的录取通知书。

　　父亲也接到了一份通知，那个湖畔里的京剧团也恢复了。

　　"祝贺你，孩子！"

　　"也祝贺你，爸爸！"

　　"瞧你们爷俩！"母亲好像比我们还开心。

　　"来，喝酒！"父亲举起酒杯，这是他第一次允许我喝酒。

　　"爸，你又重返舞台了，别忘了带着我。"弟弟给父亲斟满一杯酒。

　　"咋，不像你哥考学？"父亲伸手拍了下嘎子的头。

　　"不，我跟你学戏！"这句话声如落锤，笃定了嘎子今后的命运。

　　"我说啥来着，你就离不开你爸！"母亲指着弟弟，憧憬着即将开始的新生活，脸上溢出了藏不住的笑。

　　但仅仅过了六年，母亲就为她说的这句话后悔了。

下部·

22

重返舞台

149

父亲离开京剧舞台这么多年，骨子里生了根的东西仍然是京剧。

从这个角度看父亲，我明白了一个道理，人是有惯性的，这种惯性一旦被定性为一种观念，观念再转化为记忆，有时仅靠外部的一般强制是很难改变的；改变它，除非有超乎寻常的强制力，否则任凭多大的外部冲击也很难将它摧毁。记忆如同历史，年代越久，越难以靠外力在一瞬间荡涤干净。雪压青松松更挺，大概印证的就是这一点。或许，在别人眼里，一朝被蛇咬，十年怕井绳。而我父亲只会记住被蛇咬过，绝不会对井绳有丝毫的畏惧。这可能属于异常的情况。起码，我可以肯定，他属于那种只要外部环境稍稍放松，与京剧有关的记忆就会复苏的人。

如果，命运安排父亲不再跨出这个依山傍水的小村庄，或者就这样安排他以一个马车夫的身份度过一生，那么，他即使不能忘记自己曾经是个京剧演员的经历，也几乎再无缘与京剧发生瓜葛。因为与他朝夕相伴的是些淳朴的农民，他们的眼里只有山上的石头，林中的鸟兽，田间的庄稼，河里的鱼虾；京剧离他们太远，远得如同天上的星星，不像太阳、月亮那样实在。然而，不知是历史与父亲开玩笑，还是他的经历与历史有什么默契，总之，他采取了多种措施进行驱赶、费尽心思进行抗拒的东西，一夜之间，就那样平静地、充满温情地、毫不吝啬地回到了他的身边。

已经习惯了面对超乎寻常的事情而不激动的父亲，突然觉得历史又赋予了他一次难得的机会，他不想在这次回归的路上徘徊。他清楚，任何犹豫都可能让他与这次回归告别。告别是痛苦的，而且是刻骨铭心的。

那天他赶着马车到生产建设兵团团部去拉麦麸，在经过俱乐部的门前时，无意中向里面望了一眼。仅此一眼，父亲的命运就又一次发生了转变。

俱乐部里正在排练京剧样板戏《沙家浜》，舞台上演练的是众战士越墙的那一段，是第九场"突破"中的一个情节。扮演新四军的演员是从爱好文艺的知青中选调上来的，没有舞台经验，武功的基础还欠火候，"墙"在眼前，就是越不过去，急得导演团团转。

"仓多八乙台，接'扫头'末锣，起——"父亲的马车怎样就停住不走了，他事后一点都回忆不起来，他只记得自己下意识地喊了这样一句话，随后舞台上的人都回过头来看他。

这时父亲才意识到自己失态了，他赶紧推开车闸，扬了下鞭子，向团部的粮油加工厂赶去。

麦麸还没装车，父亲就被几位年轻人围住了。

"你是不是姓方？"

"过去演过京剧？"

"你会功夫？"

又是刚才惹的麻烦，父亲没敢轻易点头，但又不情愿摇头。

"来！跟我们走！"几个年轻人不容父亲表示什么，架起他的胳膊就走。

父亲被"请"到了那个俱乐部的舞台上。

"来，翻一个试试！"父亲的激情就在那一瞬间被这几个年轻人点燃，竟然毫不犹豫地脱去了外衣。

当父亲的脚轻触起跳板的时候，他的意识里没有了任何杂念，他又回归了自己的演艺境界，身子腾空而起，旋转三百六十度后，竟然稳稳当当地落在了舞台中央。

"好！就是他！"始终没有说话的导演终于发话了。

"你回去等通知，没有特殊情况，明天你们连长会接到命令。"团部政治部门一位姓聂的股长说。在赶着马车回我们连队的路上，父亲一直还怀疑那位姓聂的是在和他开玩笑。

第二天，连长通知父亲，他被借调到团部组建的《沙家浜》剧组，还强调这是政治任务，今天就得去报道。

"家里你就别管了，连里的'千里马'专程送你去。"大个子连长历来执行上级命令是从不含糊的。

就这样，父亲又回到了他热爱的京剧舞台，虽然他只演了十八个伤病员中的一个不起眼的角色，而且一演就是三年。

三年中，父亲随着《沙家浜》剧组，走遍了沈阳军区所属的正规部队和生产建设兵团，那是他最开心的一段日子。

三年后，父亲再一次接到了通知，那个湖畔里的京剧团也恢复了。

23 小站上的巧遇

　　父亲要去办调动手续，嘎子说他去帮父亲办。父亲有点不放心，但为了锻炼一下嘎子，就叮嘱说："你和你妈是随迁，别忘了。"

　　"没问题！"嘎子接过调令，自信地出门了。

　　嘎子心里高兴，明年他就高中毕业了，他已经打算好了，不准备像自己的哥哥那样考大学，他要同父亲一起学戏。戏里的人物多让人着迷呀，李逵、武松、林冲这些《水浒》中的人物更让人喜欢，再画上脸谱，多神气啊。

　　嘎子的脚下生风，不消半个时辰，就把该办的手续办妥了。时间还早，嘎子决定再到哪儿转一转，过几天搬家了，这儿就只有怀念了。

　　"呜——"一声汽笛，空气在火车的呼啸中震荡。

　　听父亲说，湖里不通火车，干脆趁现在多看几眼火车。

　　这是个小站，上下车的旅客不多，显得很清净。嘎子看了下候车室里的列车时刻表，一个小时以后才会有一列客车经过。就等这趟列车，看完了就回家。

　　嘎子心情好，看什么都新鲜。一名铁路工人手拿着一把小锤子，在铁轨上敲打，叮当的声音，嘎子听来是那样悦耳。他忍不住跳上路基，用脚踢着小石块。石块在乌黑的枕木间跳动，看上去像青蛙在跳跃。被车轮磨亮了的铁轨泛着白亮刺眼的光。他想，顺着这个铁轨，也许能够走到长春走到北京，可惜他只坐火车到过长春，至于北京有多远，他也说不清。他像走平衡木那样在铁轨上走，先是摇摇晃晃，渐渐地就稳当了。

一个女孩子从他的身边经过，肩上挎了一只乳黄色坤包，长发下垂，刚好到领口露出的锁骨。嘎子下意识地看了一眼，只看到了一片模糊的白。他觉得这女孩子有种让人目眩的美丽，就忍不住站在铁轨上目送女孩子进了候车室。嘎子就是这种人，连眉眼都没看清楚，他就觉得美若天仙。

嘎子又一次进了候车室。他看到那个女孩子刚刚买完票，正小心地把车票放进钱包。女孩子坐在对门的长椅上，把钱包放进坤包，又从坤包中取出一本书，埋头看。阳光从门外照射进来，映亮了她的脸，脸上挂着一丝淡淡的笑，几乎不被人察觉的笑。嘎子觉得这就是温柔。

嘎子挑了一个斜对着女孩子的长椅子坐下，他有一种说不清的冲动，潜意识里就是想多看几眼这个漂亮的女孩。

女孩子专注地看书，根本没有在意嘎子在观察她。

一个候车的男人站起来，很随便地扭了几下腰，像是坐累了活动活动。他走到那个女孩子的跟前，突然抓起她身边的坤包就向外跑。

"我的包，"女孩子没想到会有这样的事，等她反映过来，那男人已经跑出候车室了。她急忙追出去并大喊，"抓贼啊！"

嘎子也没想到发生了这样的事，女孩子的呼喊提醒了他，急忙起身追了出去，不知道哪来的一股力量，健步如飞。他追赶时并不呼喊，与那个抢包的人的距离越来越近，那人急了，竟然一头钻进了道边的女厕所。

嘎子追到女厕所前，他不敢进去，那个凄然地躲在女厕所里的窃贼更不敢从女厕所出来，两个人就这样僵持着。

那个被抢了包的女孩子也追到了女厕所前，嘎子对她说："快报警，我在这守着！”

窃贼抓住了，女孩子的包重新回到了她的手中。

火车来了，女孩子欲言又止，临上火车前，深情地给嘎子行了一个鞠躬礼。嘎子目送着女孩登上火车，幸福极了。

人都有一些说不清的经历，像这次擒贼助美，他就说不清，他为什么要到车站来，为什么偏偏遇上了这个美丽的女孩子，这个女孩子姓什么，从哪来，到哪去，他一概说不清。但能为令人心动的女孩子做一件事，他觉得幸福。幸福已经足够了，何况今后还有回忆呢！

嘎子是满足的，他会把这种感觉告诉哥哥，但不会将这事告诉其他人，他要将这作为自己的秘密。

嘎子不懂爱情，他只是对美丽的女孩——一个自己根本就什么都不了解的女孩有了向往。梦中，女孩深情地注视着他，向他鞠躬，欲言又止。

嘎子悄悄地喜欢上了一个女孩，一个连姓什么都不清楚的美丽女孩，想起来他就觉得浪漫。

把浪漫的事藏在心里，转学后的高中生活一眨眼就结束了。

嘎子开始学戏。他学戏很刻苦，从不知道自己很招女孩子喜欢。

钱惠茹就喜欢嘎子。

钱惠茹是师姐师妹中最出挑的。她学的是文旦，扮相美，嗓音甜润，已经出演《拾玉镯》了。她和嘎子同岁，只是生日比嘎子小两个月。

她总会找一些借口要嘎子帮她做事，当然都是一些很容易做的小事。事情做完了，嘎子就走了，一点也没想过什么。其实，嘎子只要细心，就能发现钱惠茹非同寻常的用心。嘎子懵懂，哪个女孩子要他帮忙他都不会拒绝，只是不会和女孩子多谈两句话，不会在女孩子的面前脸红，女孩子在他眼里只是师姐师妹。

钱惠茹心里着急，一起学戏的几个女孩子都表现出对嘎子有好感，要是不想办法捷足先登，这样好的男孩子今后就可能是可遇不可求的了。

钱惠茹照了照镜子，镜子里的她粉白的脸蛋，杏仁似的眼睛，五官的每一处都让自己满意。她要用自己的智慧赢得嘎子的爱情。"我就不相信，那个傻小子会把我当成一个省略号！"

嘎子心仪的女子不知多少次在梦中出现，睁开眼温柔的女子又不在眼前。于是他常常沉浸在自己的遐想中，以纯洁、纯真、纯情的思绪想象着。遐想让嘎子的脸上放着光彩，多憨的人也明白，嘎子陷入了爱情。

嘎子不明白，不懂爱情的是他自己，懂爱情的是钱惠茹。

钱惠茹想尽了办法缠住嘎子，不让他有和其他女孩子接触的机会。可是在夜晚她无法看住嘎子，只能莫名其妙地盯住悬在房间里的灯泡发呆。灯泡有时也会莫名其妙地晃动，她以为是自己的眼睛花了，揉一揉眼睛，灯泡分明是在晃动，晃动的光晕中似乎有那几个女孩子窃窃的笑。钱惠茹无法抑制自己的失眠，失眠的夜晚是那样漫长。她时常用手梳理散乱在枕上的头发，那感觉就像嘎子在抚摸她的身体一样。好几次，她都觉得自己的下身潮湿一片，原来喜欢一个人是这种感觉！

钱惠茹是个纯洁的女孩。纯洁的女孩的爱情也是纯洁的。钱惠茹准备冒一次险，这是她无意中触痛了自己的乳房后做出的决定。恋爱中的女孩是疯狂的，疯狂的女孩的思想却很单纯。

钱惠茹邀嘎子帮忙——她要去湖边拾贝壳，但她害怕，请求嘎子陪陪她。

嘎子习惯了，师姐师妹找他帮忙，这已经是见惯不怪的事。

夕阳毫无顾忌地洒在沙滩上。沙滩上像被谁有意染了一层红色。

涂满红色的沙滩上静悄悄的，只有钱惠茹一个人的身影在沙滩上移动，嘎子远远地看着。钱惠茹的身影幻化成火车站台上那个女孩子的影像，嘎子感到很幸福。

"嘎子哥，你过来！"钱惠茹向嘎子招手。

"干什么？"

"帮我拿着贝壳，我拿不了了。"

嘎子像是听到了一种湖水的声音，从很远的湖面上涌来："小哥，谢谢你帮了我！"

湖水又远去了，尽头是消失的火车。

"过来，快啊！"

"什么？"嘎子像是没有听清楚。

"看我捡了好多贝壳，给你串个手链好不？"钱惠茹喊。

嘎子抬腿跑过去，对钱惠茹说："天要黑了，回去吧。"

"你好像没长大吧，天黑怕什么！"钱惠茹的声音发着颤，嘎子却听不出，那颤动的声音里有一种脆弱的甜蜜。钱惠茹要的就是天黑，天黑了，她才能降伏嘎子。

"给，帮我拿着。"钱惠茹的语气款款地，没有迟疑。

嘎子接贝壳的时候，无意间发现钱惠茹的脸红得像玫瑰。嘎子关心地说："累了吧，捡那么多贝壳？"

"你也知道心疼人！"钱惠茹的灵魂深处荡漾着一种声音，像得意的潮水的声音。

钱惠茹装作很热的样子，漫不经心地松开了胸前的两颗纽扣。眼睛里闪烁着一种人见人爱的微笑。见嘎子羞怯地扭开眼光，她心里骂道"胆小鬼"，嘴上却说，"我累了，你也不帮我，一点怜香惜玉的心都没有，够嘎的！"

"你不是说你害怕，要我陪着就行了吗？"

"我说的你就那么听？好，坐下来，陪我歇会儿！"钱惠茹拉嘎子和她并排坐在沙滩上。

"瞧，多美！"钱惠茹指着天边的最后一抹晚霞说。

嘎子没有出声。

"看你紧皱眉头的样子，"钱惠茹用她烫人的眼光看着嘎子，嘎子猝不及防地低下了头。钱惠茹却不管不顾，"我想游泳。"

"你好像没带泳衣吧！"嘎子提醒她。

"怕什么，就我们两个人。"钱惠茹想象着嘎子看她裸体的样子，激动得解衣扣的手指都发颤。

这是嘎子感觉漫长的一个晚上，沙滩上难得那样清净，没有旁人，连风都没有，有的只是钱惠茹胸前的乳罩和镶花边的三角裤。

嘎子见到过变幻莫测的夕阳，却没见过不穿泳衣游泳的女孩子。钱惠茹像一只轻灵的燕子，白腻的身影在他的眼前一闪，就消失在湖水中了。嘎子定睛，才发现水中一个晃动的小白点。

嘎子痴呆地坐在沙滩上，眼前的世界让他感到是那样不真实。虚幻占居了他的意识，一种模糊的东西包裹着他：像梦，令他目眩；像雾，感觉飘渺。

"救命啊——"嘎子忽然听到了一声呼喊，他像是又回到了那个火车站上，听到了那个美丽的女孩子发出的呼救声。

"救命啊！"这次他真切地听清楚了，呼喊声来自湖水中，他猛地意识到刚才钱惠茹一个人下了水，他一下站起来，连脱掉衣服的念头都没来得及出现，就跃进了水中。

嘎子拼命地跑，湖水很浅，跑了十几米远湖水还没没过小腿肚子，他忽然记起这是一片浅沙滩，五十米以外才可以游起来。嘎子的球鞋灌满了湖水，脚抬起来很沉，他定睛扫视了一下湖面，霞光已经散去，湖面上却还很亮，远处不到二十米处，一个人影在水中起伏。他咬咬牙奔了过去。

"我来了！"他到钱惠茹身边的时候，顾不上细看，抱起钱惠茹就往岸边走。他想跑，但鞋和裤子都湿透了，再抱上一个人，他真的跑不起来了。

钱惠茹依偎在嘎子的怀抱中，咯咯笑了。

嘎子终于明白了，钱惠茹在骗他。他一下把钱惠茹放到了水里。

"傻样，连鞋子都不脱，衣服都湿了，快到岸上换下来！"钱惠茹坐在水中，看着嘎子气红的脸，笑着说。

年轻漂亮的女孩子有一种本领，能化腐朽为神奇，再刚强的男孩子在她们面前也会气消怒散。

嘎子刚才那种勇猛劲儿一下被消蚀掉了，竟然也坐在了水中。

"好了，衣服全湿了，看你怎么穿回去。"钱惠茹站起来拉起嘎子，"快到岸上脱了吧！"

嘎子身上只剩下了短裤，钱惠茹把他的衣服鞋子在湖水中洗干净，拧干水，放在沙滩上晾。

"好了，等干了再说吧，"钱惠茹推着嘎子的后背，"下水吧。"

嘎子下水撩起一捧水洗了一把脸，钱惠茹从后面赶上来，伸手拉住嘎子的手，向湖水的深处跑去。

晚霞散尽，天边只剩下一片淡淡的金色。嘎子知道，金色消失，天就会彻底黑下来。嘎子的心里反倒亮堂了，天黑下来，穿着湿衣服回家也不会被人看出来。

湖水没过了两人的腰。钱惠茹停下来盯着嘎子的脸。嘎子奇怪，自己刚刚洗过的脸上又有了什么东西？用手摸摸，没发现什么，觉得钱惠茹怪怪的样子很好笑。

钱惠茹伸出左手，嘎子以为她要帮自己擦去脸上的东西。钱惠茹突然勾住嘎子的脖子，吻了一下嘎子。一阵短暂的晕眩，远方仿佛有火车的汽笛声……嘶鸣的火车从湖面上飞驰而来，一个美丽的女孩子深情地弯腰致谢，然后登上火车，长久地向他挥手。嘎子陶醉了，陶醉中情不自禁地迎合钱惠茹的吻。

钱惠茹发现了嘎子的迎合，她简直有些心花怒放了。她忘情地把自己吊在嘎子的脖子上，根本不想松开那张幸福的嘴。

钱惠茹流泪了，她梦见无数次这样的情景，只有今天才真的不是梦。这是她的初吻，为了这一天，她不知道花费了多少心思，要是她知道这也是嘎子的初吻，她也许会痛哭一场，让全世界都知道，她是这世上最幸福的女孩。她紧紧地搂着嘎子，感受着嘎子的体温，感受

下部·**23** 小站上的巧遇

着嘎子身上散发出来的男孩子的气味，感受着嘎子迎合自己的那种美妙。她要把爱全倾泻出来，让自己的身体融化在这纯真的爱里，哪怕在这一吻之后上帝就让她变成一个丑陋的老太婆，她也决不后悔。

嘎子第一次听到了自己身体里血液流动的声音，他以为自己登上了那一列火车，一列魅惑力极强的火车，那个美丽温柔的女孩子真就当着车厢里的人拥抱自己，亲吻自己！爱情之花一旦绽放，妩媚得全世界都会为之喝彩。

钱惠茹是个好女孩，好女孩容易被伤害。嘎子不想伤害钱惠茹，当嘎子意识清醒的时候，他后悔地一头潜入水中，好长时间没有出来。刚才还沉浸在幸福中的钱惠茹怕了，怕得头脑一片空白。她四下里寻找，拼命地呼喊，但无济于事，眼前只见茫茫的湖水，却不见嘎子的身影。幸福与恐惧竟然衔接得那样近，近得让这个天真的女孩无法接受，甚至都来不及冷却刚刚燃烧起来的青春的温度。钱惠茹哭了，她原本是该哭的，为自己争取来的幸福而哭，但此时她是为恐惧而哭。

"回来呀，嘎子！"

"嘎子，我知错了，你回来吧！"

"你不要我，也别死啊！"

湖水的倒影中，钱惠茹青春曲线的轮廓在挣扎中变形。当她终于看到嘎子从湖水中冒出来的一刹那，她扭曲了的身体竟然从来也没有像现在这样充满力量，这力量来自对生命的依恋，对死亡的恐惧。

黑夜降临了，两个青春的身体并排坐在沙滩上。

嘎子哭了，哭诉自己对那个只有一面之交的女孩的思恋。

钱惠茹哭了，哭泣自己初恋的短暂。

两个哭成泪人的少男少女再一次拥抱，这拥抱是一种仪式：一个是对深爱自己的人的歉意，一个是对自己深爱的人的道别。

拥抱中钱惠茹像是突然长大了许多，她说："我给你三年时间，对，就三年！如果三年中你找到了那个女孩，我就做你的妹妹；如果找不到，我就要做你的新娘！"

24 黑娃泡妞

世界真小，我又一次回到了这个湖畔，这个在珍宝岛枪声中告别的葫芦湖。

孟春来车站接我。他的身边还站着一个我几乎不认识的人，高大的身材，黝黑的肤色，肥硕的手掌，让我一下子与我小时候认识的人对不上号。

"事先没告诉你，想让你有个惊喜。"孟春说着，接过了我手中的提包。

"真不好意思，一下子蒙住了。"我迟疑地伸出右手，那人的手劲好大。

"贵人多忘事。想不起来，待会儿罚酒。"他这样说，我反倒愈加不好意思了。

"哈哈，救过嘎子的。"孟春连忙提醒。

我的脑海中出现了弟弟的玩具鸭子和母亲的苹果宴。

"黑娃？"

"对路！"黑娃使劲拍了下我的肩膀，我咧嘴一笑，心想这家伙还这么卤莽。

我四下张望。

"别看了，嘎子排戏，正忙。"孟春已经在前面带路了。

"变样了吧？这已经是个大镇子了。"黑娃介绍说。

"记得吗，这就是你们家住过的地方？"孟春指着路边一幢四层楼房说。

我搜寻儿时的记忆，一排马架子在寒风中瑟缩着，湖水拍打着它的墙基，发出沉闷的哗啦声。

"变了，真的变了。"我自语，努力把眼前的建筑与印象中的房屋进行比较。可是，马架子与我的记忆已经化为一体，新的游戏怎么也无法开展下去，即使在想象中。

"又想起往事了？"黑娃问。

我必定要搜寻，那是一段无法忘却的记忆。可黑娃的眼中燃烧着一种迷人的火焰，一点也找不见曾经陪斗的那个"小反动"昏暗的眼神。

街道很宽，我仍然感觉有许多人从我的身边走过，我留意每一张面孔，都很陌生。是啊，岁月能磨损多少东西呀。

"到了，这片砖瓦房是才起的。"隔着一座花园，我看到了一片圆弧顶的砖瓦房，这在北方是不多见的。

"咚咚"我的身后传来一阵脚步声，我的眉毛一抖："嘎子！"

"哥！刚排练完，我就先跑出来了。"

"爸呢？"

"导演还要和他商量点事。"弟弟喘息着说。

嘎子的胸膛宽阔了许多。他冲到我面前，扳着我的肩膀看了又看，忽然指指先前看见的那幢楼房说："孟春哥哥说那儿是我们过去的家，你还记得吗？"

我点点头。

"你就是在那儿出生的。"我说。

"真的？"他惊喜，随即流露出疑惑，"为啥不上医院？"

"应该去的，可来不及了。妈没跟你说？"

"没。早产，难产？"

"说不清。听说流了不少血，差点要了妈的命，多亏兰姐发现，喊人送到医院，才保住了妈的命。"

兰姐是孟春的姐姐，比我大十余岁。

"妈说怀你时反应很大，是你给她托了梦。好像是秤盘上坐着一个小男孩，黑黑的。妈才决定生下你。"我语气尽量放松，怕嘎子吓着。

"这听妈说过，只是后来的事情妈不肯说。"

"那以后，妈不能再有孩子了，没女儿，妈遗憾。"

"往后对妈好点，不惹妈生气了。"我头一次听弟弟说出这样懂事的话。

"干妈，小龙回来了。"推开门，黑娃抢先对我妈说。

"干妈？"我大为惊讶，"啥时认的，我怎么不知道！"

"没几时，妈听说黑娃哥的妈妈去世了，想起黑娃哥救我一命的事，就认他做了干儿子。对吧，妈！"弟弟解释。

"好哇，我又多了个哥哥。可，为啥不先告诉我呢？"

"干妈说，小龙这几天就回来了，到时说也不迟。"听口气，黑娃倒很愿意的。

"妈不是想认个女儿嘛，没物色到？"我问。

"还上学的人呢，物色？你当是猫是狗啊！"妈一见面就挑字眼。

"别介，怎么说我也是您的亲儿子吧！"我故意在母亲面前争宠。看母亲笑得挺开心，我冲孟春和黑娃挤挤眼。

"刚回来就没正经。"母亲递给我一条湿毛巾，我接过来擦把脸。路上灰尘太大，还是母亲细心。

我把毛巾搭在脸盆架上，转身拧开自来水龙头接了半瓢水，刚举到嘴边，就被母亲夺下了：

"冷的，喝了肚痛。早就给你准备着了。"

母亲给我一杯白糖水，温的，喝着正好。

"哈，妈还当我是小孩子！"

母亲到厨房里忙的时候，我们哥几个闲聊。

"黑娃，不，黑娃哥。"我说。

"啥哥啊哥的，还是叫黑娃，亲切。"黑娃拦下我的话头。

"有嫂子没？"

"先前差点有一个，跑了。"黑娃摊开双手，耸耸肩。

"咋，跑了？"我掩饰不住惊讶和错愕的表情。

"没泡牢，嫌他黑，"嘎子挤眉弄眼地说，"飞了。我没见过那女的，但听说很漂亮。"

"他呀，连正眼瞧那女孩都不敢。我白教了他许多话，他一句都说不出来。"孟春说。

"那女的不是咱这儿的，在湖外，一个水库管理站，离这儿好几百里地呢。"黑娃显得有些气喘。看得出，一谈起那女孩，黑娃就像刚做完剧烈运动。我了解黑娃，小的时候总挨批，光想掩藏心里的自卑，不善和女人搭讪。

"哪个水库？"我问。

"叫什么来着——哦，云杉水库。"黑娃费了好大的劲才挤出这句话。

"我知道那儿。"我想起过去听说的一件人命案，一个女知青被站长强奸，女知青的男朋友就往站长的暖水瓶中下了毒药，站长被毒死，惊动了省里，派了好一大帮子人来破案，结果还没等查出凶手，那个下毒的男知青就自己跳进水库泄洪的闸口下面，在旋涡中淹死了。

"你怎么会搭上那儿的女孩？"我问话的腔调也许像审案子，黑娃看看我，呆楞一会，摸摸自己的头，无言。

"他哪有那个本事呀，是那小妞自己找上门来的。"孟春解释道。

"喔，是春风自度玉门关哪！"想不到黑娃还有漂亮的女孩来投怀，有这等便宜事。

"那女孩真的漂亮，"黑娃忍不住还是开口了，看来这家伙对那女的是真的念念于怀啊。他抬手蹭了下鼻子，接着说，"你没见，当然不信。她穿着，"黑娃用手比划，"有腰身的短白衬衫，前面还有一些小碎花，那种有弹性的裤子，奶黄色的皮鞋。"

我猜黑娃说的有弹性的裤子，可能是现在最时髦的那种高弹体形裤，这可是我同学中的女孩子不少人喜欢穿的。

"穿得好就漂亮，我女同学中多了去了。长相？"我百无禁忌地问。

"大眼睛，水汪汪的，像干妈年轻时那样——"黑娃话到了嘴边，迟疑了，没吐出来，还是把"漂亮"一词吞回去了。

"净瞎扯，我都不知道我妈年轻时啥样，说别的。"我其实心里想说，你小时候连照镜子端详自己模样的勇气都没有，现在竟然到了没羞耻状态了。

"头发，长，带波浪的。漂亮！"

看来确实是个非常漂亮的女孩，要是跟了黑娃，还不得让天下的男人一头撞死。

"那女孩叫什么？"

"她说她叫瑞琦，对了，她还说她管虎子叫舅舅。"黑娃显得有些尴尬。

"虎子？"我几乎不敢相信自己的耳朵。

"对，虎子，就是小时候和你最要好的虎子。"

"真是虎子？"我的记忆牵着我回到了珍宝岛枪声骤起的那一年，我和小虎哥就是在那一年分手的，还有那个小女孩。

小虎哥爬上了我家前面那辆车，那个小女孩一步不离小虎哥，就是上了汽车，她的小手也没忘记牵住小虎哥的衣襟。

一阵风吹来，小姑娘头上的蝴蝶结被吹落到车下，她拽了下小虎哥的衣襟，又抬头看了看小虎哥的脸，然后眼睛紧盯着地上的蝴蝶结。小虎哥就迅速跳下车去，拾起蝴蝶结，顺手在自己的衣服上擦了下灰尘，再爬上车厢，亲手把蝴蝶结别在小姑娘的头发上。

小姑娘的眼中流露出感激的光。她比小虎哥小六岁，却要叫小虎哥舅舅。隔着将近十米的距离，我第一次发现这个小姑娘长得很漂亮，是地道的北方女孩子的那种美。可惜，本该快快活活的小丫头，俊秀的眼中过早地流露出一种忧郁。

"这么说，小虎哥在云杉水库！那个小女孩现在长成大姑娘了！"我激动地说，"我那时就发现这女孩很美，不过她的眼中有一种忧郁。"

"你这样一说，我倒想起来了，你们一同住在围子里，好像是影院起火后品章格格留下的那个小丫头。"孟春插话，"我说呢，怎么看都觉得那女孩子的眼睛会说话。"

算来，那女孩应该才十六岁。

"她应该是个娇嫩的女孩子，决不会大老远来找你谈对象吧？"

"哪呀，她是来找我打听人的。"黑娃现出了憨相。

"打听谁？"我倒显出迫不及待的样子。

"她好像问过一个'杨叔叔'，可她又说不出他叫什么名字。我哪知道谁是她要找的那个'杨叔叔'啊！"

我清楚杨叔叔是谁，但我顾不上解释。

"还问过别人吗？"黑娃的出现已经够我意外的了，他身上还有这么多让我发生兴趣的事。嘎子和孟春见我这样有兴致，瞪大眼睛瞧着我，好像我这人有什么毛病。

"还问过阿鱼，大家都知道阿鱼失踪了，我跟她也说不清楚。"

"那怎么会出现你和她谈对象的事？"我已经揣摩出那女孩的来意了，但还是要印证一下。

"嘿嘿，那是我自己的想法，"黑娃到这时才显出拘泥，但他毕竟是个憨厚的人，挠挠头发说，"那么漂亮的女孩，谁见了能放过呀！"

"哦，你不会对她怎么样了吧！"我不知道自己为什么竟然格外关心这个女孩。

"哪能呢。她只在宾馆里住了两天，我是陪她在这转了转，然后她就跑了。"

"喔，这就是你说的差点有一个的意思。"我悬着的心放下了。看来我的猜测没错，那个女孩是来了解情况，想解开那段谜团的。可惜，她那时太小，应该不会记住许多事情。要是换了我，我也会像她那样，谁愿意带着疑问生活呢！

有些事情，虎子也是说不清的。历史就是历史，总有一些疑问让后人去追寻。

25 今夜高谈阔论

父亲回来后，简单地问了问我在大学的情况，家宴就开席了。

说是给我接风，其实谁都比我能喝，六十度的老白干，我总共喝了不到半两，剩下的四瓶酒一滴没浪费，起码有三瓶酒进了孟春和黑娃的肚子。

"你们年轻人唠吧，我去里屋歇会儿。"父亲点燃一支"阿诗玛"，这烟卷是我这次特意带给他的。父亲喜欢吸烟，但他舍不得买价钱贵的。我还是个学生，花父母的钱，给父母买礼物讨他们欢心，也只能这样投机取巧了。

说不喝了，可父亲转身进里屋后不到一分钟，嘎子就又拎出一瓶。黑娃不客气，先自己喝了一口。

"好酒量，"我对黑娃说，"看来我们分开的时间太久，我真不了解你啦。小时候你受了那么多委屈，竟然让人看不出来。"

"小龙，我说你书读多了，脑子进水啦？人生如戏，谁让咱赶上了呢！该哭的时候，眼泪就要往肚子里流；该笑时，就要仰天长啸。亏你还有个在梨园行的爸爸，连这都不懂！"

酒壮英雄胆，这小子在我面前装大！我心里想，嘴上却说："真不懂。你比我大，见识一定比我多，要不我妈会认你做干儿！"

"来，"他端起酒瓶就往我的杯子里倒，"干，别娘们家家的。干了，我给你上一课！"

黑娃脸上透着红光，眼睛直勾勾地盯住我的酒杯，这种时候，我不喝也得喝了。

"小龙，你说我过去受了不少委屈是吧？不就为一句话吗，他们就给我扣上一顶'小反动'的帽子！起初我也想不通啊，跟阿鱼一样。可没人帮我解释呀，一辈子想不通，就一辈子窝囊呗。还别说，倒是电影院里烧的那把火，把我照明白了。那个说斗谁就斗谁的纪司令，不是被大火烧死了吗！可惜呀，到今天也不知道这火是谁放的。"

黑娃端起酒杯，谁也不让，自己喝了一口，然后像南方人边喝茶边聊天那样接着说：

"我不是还好好地活着吗？所以，那时我就开窍了。我，和大家没什么两样，每次被批斗的人不是我，我只是在那儿陪着而已。大家不是都陪着嘛！——批别人的人扯着嗓子叫喊，多累呀；参加批斗会的人只不过面对我站着，再好点也只是赏了一个规规矩矩地坐着，不敢乱说乱动，一样没自由！次数一多，我也自然习惯了，干脆把腰一弯，头一低，眼一闭，什么也看不见，什么也听不见。没有感觉，哪来的痛苦啊？"

"真有你的啊！"我不得不佩服这小子。人们都说憨厚之人有福，我才明白'憨'字后面为什么带个'厚'字！

"别人都以为我委屈，小龙你不也这样认为吗？其实，我根本不需要也不希望同情。就说游街吧，不就是我跟在挨批斗的那个人的后面走，你们跟在我的后面走嘛。在我眼里，这没什么区别。非要说出区别来，我倒认为我比你们轻松多了，你们有资格呼口号，就得边走边喊，使劲地喊，没命地喊，多累呀！我呢，没资格，就不用喊了，跟着走就结了。孟春，你说，你那时那么卖力地喊口号，图个啥，不就是图不像我一样走在游街队伍的前面吗？"

"是，到了也没怎么样，现在我和你同样都是打鱼的。"孟春点头称是，伸筷子夹了一片鱼肉，品着。

"这条鱼还是黑娃哥抓来的呢。"嘎子指着餐桌上的大白鱼说。

"想不开我就吃不上这种美味了，"黑娃接着说，"谩骂，侮辱，批斗，游街，全是为了摧残人的心灵，你把自己的心先打上麻药，任他们玩去，玩累了，他们就放过你了。等你睁开眼，你就发现他们已经忘了你了，特别是他们发现了新的目标，你不就解脱了。"

听着黑娃的一番高论，我根本就不敢插话。有这种见地的人很少，人们总是喜欢冤冤相报，以为只有这样，自己的损失才能从别人身上补回来，殊不知耗损别人的同时也在耗损自己。

"我寻思，太爱面子，才会有那么多寻死觅活的人。记得阿鱼吧，他那时就想不开。咳，也不知道这家伙是死是活地哭啥，我劝过他几次，没用！我可不像他，没人理我，我就躲回家里睡大觉。有的时候，别人根本不想给你面子，你争也争不来，保也保不住，何苦呢。见过猫捉老鼠没有，老鼠越想逃，猫越想戏弄它，抓过来，拨过去，非把老鼠的胆子吓破，绝不一口吃掉。老鼠要是想明白了，反正也逃不过猫的手掌心，左不了就是一死嘛，干脆眼一闭，装死，猫没了兴趣，兴许连吃它的胃口都没了，倒有可能绝处逢生。"

"不能说你说的没有道理，但我总觉得你的话有些消极。"我自认为读了一点书，总得有点批判精神。

"消极？积极消极你不都得面对现实！你能找到一个与尘世的喧嚣完全隔绝的地方吗？我知道没有，所以也不找。厌世者才会向往天堂！"黑娃的声音高昂了许多。

"嘘——"孟春示意黑娃小声点。

房间里忽然显得静谧，隔壁传来我父亲的鼾声，一声一声很有节奏，像有人在拉风箱。空气中弥漫着混浊的酒气，我起身推开气窗，夜风裹着一种清新袭进来，似乎有意渲染什么情绪。

我这人需要刺激，有喜欢刺探别人隐秘的怪癖，大概与小时候在那个破庙里呆过几天有关。

"噢，以前我们一起抓过壁虎的那个小破庙还在吗？"我返回桌前，边问边抛给孟春和黑娃每人一支烟。

"早没了，新建了一所幼儿园。"

烟气袅袅地升腾，扩散。

"往事如烟。"我自语。

"如烟就对了，乐观才有明天。坐在地窖里乞求太阳的温暖行吗？只有运动，身体才会发热，才有机会离开冰冷的地窖。"黑娃是这种谈兴很浓的人，我以前真没看出来。一定是酒精的作用，否则他如何这般健谈。

我印象中的黑娃，外表邋遢，抑郁寡欢，与现在的挺拔健硕判若两人。如果在我们校园里，他一定是那种女同学追崇的目标。

"可你刚才关于猫捉老鼠的比喻听来就像在逃避。"我说。

"策略，懂吗？什么山上唱什么歌。"

"你这样现实，总该恨纪司令吧？"

"那个被火烧死的人？恨有什么用，我倒希望那把火是我放的。"

"可那人留下了一个女儿啊，就是那个叫瑞琦的女孩。"我不知自己怎么会说出这种话，但话已经说出口，只好坦然地等着黑娃的反应。

"她是那个混蛋的女儿？"黑娃英雄一世糊涂一时的样子让人觉得就像装出来的。

"也许你那时整天把自己捂在家里，没人跟你说？姓纪的有个前妻，死了，留下个小女孩，品章格格是她的后妈。"

"罪过！姓纪的是个混蛋，可女孩善良可爱，跟他不是一路货。

别说我当时二呼呼[1]的，就是现在我知道是他的女儿，我仍然觉得可人。只是我没机会追她。"

"你比她大了十岁，不可能的。"

"你以为我那是鲁莽，我是被她的美丽征服了。"黑娃又点上一支烟，"小龙，我要是有你这样的资本，我就想办法把她拿下。"

"我可没你那么大的妄想。"

"我想小龙学校里那么多女大学生，不会没找不到红颜知己吧！"孟春的舌头有些发硬，一连用了三个否定词。

"学校里管得严，还没敢长那心思。"其实班里有个女同学追我，我不想说。

"对了，孟春，明天认认新嫂子。"我知道孟春三年前就结婚了，连女儿都两岁了，只是我没见过。

"还什么新——新嫂子，家庭妇女呗！"孟春见嘎子歪在椅子上睡着了，就给他盖了件褂子。

"我看你是得便宜卖乖，嘎子来信说嫂子很贤惠。"

"这倒不假。又怀上第二个了。"

"现在不是计划生育吗？"我说。

"头一个是女孩，可以有二胎，但愿生个儿子。"

生男生女的事不好说，我还是转移了话题：

"黑娃，你就没在跟前物色一个？"

"物色？我看上的人家不理我，我看不上的倒有对我穷追不舍的。"

"别要求太高，知根知底的好过日子。"我在择偶方面也算个挑剔的人，可劝别人时倒有点不疼不痒。

"我其实也明白，人最大的毛病就是越真实的东西越不愿意相信。再现实的人也存在幻想不是？"

---

[1] 二呼呼：傻呼呼。

"那你就讲讲你不愿意相信的那个真实。不过，要来真的，不许虚构。"我明知道黑娃不会讲假话，可非要这样强调。

"保真。傻丫头你记得吧？"

傻丫头？我真觉得世界太小，转了一圈，我的岁数增了一倍，童年接触的人一个个又蹦了出来。

"太熟悉了，我俩同班。我和她还有一段故事呢！"

"故事？"黑娃一问，我马上意识到不妥。我们已经成人，小时候的荒唐事，有的是不能告人的，何况傻丫头已经是个大姑娘了。

"我曾经抢过她的一本小人书。我这人欺负不了别人，只好欺负女生。"我撒谎时好脸红，现在有酒精挡着，想必黑娃也看不出来。再说，这种话是对不上账的，即使傻丫头做了黑娃的老婆，黑娃也不会对这事在意。

"到小庙里抓壁虎，我就故意欺负你，没分给你，你也没敢吱声。"黑娃倒不怕揭短。

"全是些陈芝麻烂谷子，还是说说沈慧娟吧。我记得她原来姓蒋。"

"她现在又把姓改回来叫蒋慧娟了。"

"其实改不改姓也没大必要。你说她追你？"我这人就喜欢直入话题，却不愿承认有些话题是自己岔开的。

"蒋慧娟出落得不算难看，比小时候俊多了，可就是那股男孩子的个性没变。"

听得出，黑娃有点敲拨浪鼓[1]的意思。

我不再打岔，鼓励他往下说。

---

[1] 敲拨浪鼓：意为得意。

26 野菜团子的味道

傻丫头二十了，还没找到婆家。

有人说是她"傻丫头"的外号让人觉得她缺心眼，也有人说是她的性格太像假小子，男人都愿找贤惠温柔漂亮的女子为妻，傻丫头一点儿都不沾边儿，自然待嫁闺房了。

傻丫头心里清楚，她还没到二十四岁，等到这个年龄，再嫁不出去，就真成老姑娘了。

她妈说，傻丫头十八岁之前没急着找对象，好像她心里一直有个男孩子的影子，又估摸不出是谁，大约是去年，她可能打听到了那男孩子的下落，自知自己配不上那男的，这才死了心。那男的也真他妈混蛋，捂得严严实实，像个鬼影子似的，谁都猜不出来，傻丫头她妈也问不出个究竟。

就凭这一点，大家都说傻丫头并不缺心眼，口风能把得那么紧，一般人都做不到。

黑娃讲到这儿，喝了口酒。

傻丫头好赖不济也上过高中，只不过没学多少文化，那时大家不都这样！

高中毕业，她被分配到医院的食堂做了炊事员。活虽然累点，但总比在学校、工厂的食堂里轻巧。

　　住过医院的人都说傻丫头做饭炒菜的功夫不错，有几个长期住院的病号干脆就不让家里人再送饭，还说谁家娶了她做媳妇，保管省却了一日三餐的挑剔。

　　傻丫头不含糊，知道自己的事自己做主。

　　思来想去她看中了我黑娃。

　　黑娃得意地笑了笑，然后伸手抓过桌上的香烟，我急忙帮他点上火。

　　黑娃收拾好渔具，望了眼西斜的日头，进了湖边的小屋。

　　小屋是打鱼人歇息的地方，平时不会有外人来，黑娃有时不愿意回家，就在这小屋里独自将就一夜。这小屋里有一套炊具，年头长了显得很陈旧，是孟春从他家里拿来的。闲暇时湖中捉一条鱼，开瓶烧酒，大家一直就这样打发时光。

　　这天，场子里放露天电影，大家都提前回去了。黑娃捉了一条湖鲫，不想去看什么电影。用湖水炖鲫鱼，他喜欢这一口。

　　黑娃坐在桌前，独自饮着烧酒，不觉天已经暗下来了。他伸手点燃了桌上那半截蜡烛。

　　有人敲门。

　　这么晚了，一般不会有人光顾，黑娃没动身子，问了一句："谁啊？"

　　"我——"一个女声。

　　黑娃激灵一下，平白里有了女人的声音，这可是这个小屋历史上没有过的。

　　黑娃感觉自己和平时不一样，要么是意外，要么是恐惧。他战战兢兢地起身，又战战兢兢地拉开门，门外竟然站着傻丫头。

　　傻丫头一步跨进门，手里还托着一包东西。

"你来干什么？"

"看看你啊，不行？"

"不是演电影吗，怎么不去看？"

"没劲，"傻丫头说着，把手里的东西放在了桌子上，"我拿来一点稀罕物，给你助酒兴。"

"别不是你从食堂里偷来的什么吧？"

"把我蒋慧娟看扁了怎么的，我是那种人吗！"

傻丫头伸手打开了那包东西，几个绿色的圆蛋蛋呈现在黑娃的眼前。

"菜团子？你没搞错吧！"黑娃一脸惊讶。

"就想到你会吃惊不小，果然被我猜中了。"傻丫头有些得意。

"这算什么稀罕物呀，亏你想得出。"

"这就不懂了是不？"傻丫头神秘地说，"绿色食品，有益健康！"

"闹了半天，你拿几个野菜团子来糊弄我呀！想找我开心，也别这时候来啊，眼见就黑灯瞎火的啦，多不方便呀！"黑娃连坐都没让一让，就独自坐下，准备接着消灭那条湖水炖鲫鱼。

傻丫头也不客气，自己拽了张凳子，坐下后说："拿我当不速之客，不欢迎是吧？忘了小时候我给你送糠菜团子吃的事了。"

黑娃想起自己当"小反动"的时候，经常吃不饱，傻丫头有同情心，就趁忆苦思甜发糠菜团子的时机，把发给自己的两个菜团子偷偷地藏起一个，等没人注意时塞给黑娃。野菜团子不好吃，但总比挨饿强。

"今非昔比啦，不挨饿了是不？"傻丫头不待黑娃说什么，就追问了一句。

"哪儿和哪儿呀，有什么事就直说，能帮的决不含糊。"黑娃想给傻丫头倒杯水，"喝水吧，可惜没茶叶。"

"甬介，"傻丫头不在意喝水的事，表情坚决地问，"这可是你说的，决不含糊？"

"说吧，不为别的，就凭你送我菜团子吃，我也得答应。"

"我说了你可别后悔。"

"不会的，说吧。"

"我，我想和你好——"傻丫头声音很低，话没说完，自己先脸红了。

黑娃这人独自挨着的时候就想女人，真有了女人站在自己面前的时候又不知所措。不知所措说明他真喜欢女人，骨子里对女人还是尊重的。兴许是尊重的缘故，他从不敢对女人大兴攻势，更不相信有哪个女人会主动向自己投怀。

"你说什么？"

"后悔啦？"傻丫头像春天里头顶着红彤彤鸡冠的小母鸡，羞赧地瞟了一眼黑娃，"人家就知道你会反悔。"

"说话吞吞吐吐的，痛快点。"黑娃本想提高声音，可嗓子里像卡了一口痰。

"我，我，我说要和你好。"傻丫头心里涌动一股潮水般的激情，不表白她才不会心甘。

黑娃整天夜里梦见女人，可从来就没梦见过傻丫头。他承认自己忍不住对漂亮女人的想入非非，但傻丫头从来也没让他产生过兴趣。

"不会吧？"黑娃一开始就认定傻丫头是在犯傻，该不是这女人发情了找不到交配的主，上我这找替代来了。

"什么会不会的，都说我傻，看来你比我还傻！"傻丫头被黑娃的态度激起了一股怨气，刚才的羞赧一扫而光，"我今天是有备而来的，痛快点，答应不答应！"

"行不行让人考虑一下总可以吧，畜生还懂得有个过程呢！"黑娃一摔筷子。筷子落在桌上的声音清脆无比，如同用脚踏爆了一只鱼鳔，他马上就意识到了自己的粗俗，但来不及了。

"你敢骂我畜生，没良心的！"傻丫头冲上去一下就把黑娃推倒在地。黑娃倒地的同时，她的身体也压在了黑娃的身上。

时间就像突然凝固了，寂静的小屋里只能听见他们两人的呼吸声。

黑娃梦想过女人为自己暖身子的情景，但还没有过任何女人像今天这样近距离地贴近他。白天想夜里梦，想象的事情就是不发生，可现在分明一个女人压在自己身上，他却动都不敢动一下。

傻丫头也为自己的举动震惊。她的体内涌动过无数次潮水般的感觉，她也为有这样的感觉羞涩过，却想不到现在竟然把一个男人压在了自己的身下。她也不知所措了，连动一动身子的勇气都没有。

"女人！"此时，黑娃的意识里只剩下这两个字，他那个平日里耐不住寂寞的下身不知不觉地躁动起来了，他曾经为这种躁动寝食不安。女人的身体实实在在地压在自己的身上，唤起了他抑制了很久的欲望，裤裆就像吹气球一样鼓了起来。

黑娃伸手搂住了傻丫头的身子，傻丫头挣扎了一下，两个人就在地上搂抱着滚了起来。

"你好坏！"当黑娃把傻丫头压在身下的时候，傻丫头率先发话了。

傻丫头的话像是给了黑娃鼓励，他的手慌乱地往她的胸前摸索，隔着那件薄薄的衬衣，她的乳房在黑娃的手中膨胀。黑娃一下子就撕开了傻丫头的衬衣，将自己的脸贴在了傻丫头丰满的乳房上。

"你答应了？"傻丫头问她身上的男人。

"我要！"黑娃喘息着说。他没等身下的女人回应什么，就挺起上身，迫不及待地松解她的腰带。

傻丫头用双手捂紧自己的腰带，说："你不后悔？"

"不！"黑娃的眼睛放出一种光来，一种亢奋的光。

傻丫头的手松开了。

黑娃的眼前是一片裸露的黑色丛林。

黑娃就像在梦中，凝视着身下这个暖烘烘的身体。傻丫头在黑娃的眼中看到了一种欲望，这种欲望迅速地传递给她，她的身子开始发软。

一股夜风透过门缝钻进房来，黑娃像被风吹清醒了似的，起身抱起傻丫头光溜溜的身子，放在自己的床上，然后眼睛不再有半点眨动，闪电般地松解开自己的衣裤。

　　桌上的烛火摇晃着发出最后一声叹息，小屋里一片漆黑。

　　听完黑娃的讲述，我按灭了手中的香烟，站起来说："好啊，看来我得准备一份厚礼了！"

27 少女瑞琦

　　我的学校离云杉水库只有六十多公里的路程，趁一个星期天休息的日子，找了一个会开吉普车的朋友帮忙出一趟私车。朋友很爽快，开来了他老爹的吉普车，一大早就拉上我上路了。

　　到了云杉水库，我忽然发现这地方好像很眼熟，想了半天，终于被我想起来了。原来我上高中的时候，上面有次拍摄记录片，表现的是热火朝天修水库的场面，为了使场面壮观，硬是动用了十多辆解放牌汽车，把我们近千名高中生拉到这个水库的大坝上，混在修水库的人群里，装模作样地搬石头抬箩筐，摆弄了大半天。那是我第一次看到拍电影，对拍摄电影的机器和人都很好奇，可惜，摄影师离我太远，没看清楚。回学校的路上有人说，这个片子我们看不到，只会拿南方去放映，我听了还很遗憾。

　　"那年月作假的事不少，但这水库却是实实在在修的。瞧见没，"开车的朋友说，"这下面肥沃的良田全靠这水库的灌溉了。"

　　"是啊，山清水秀的，多亏了这座水库！"我不禁赞叹道。

　　吉普车在坝堤上行进了有二十多分钟，我们便到了堤坝西面一个小村子，这村子比一般的村子小了许多，水库管理站的人都住在这里。

意料之中，没费多少周折，我就打听到了虎子的家。

我的突然出现让虎子深感意外。他像不相信自己的眼睛似的，上下观看了我好长时间，突然拥抱着我大哭起来。

我来时的路上想好了一肚子的话，虎子一哭，我竟然一句也想不起来了。我一急，反倒拥着虎子哭了个痛快。

我的司机朋友见我们两个大男人拥抱着痛哭，悄悄地退出门外去了。

人是这样的，眼泪一旦闯出眼眶，想忍也忍不住。有些事情就像眼泪，没出现时忍不住地想它出现，真出现了又忍不住怀疑它是真的。谁都不想做一个分不清真假的人，可真真假假的事情一多，人就分不清哪些是真实的，哪些是虚假的了。虎子自从到了这个水库管理站，就再没有走出过这个区域。以前的事情他常常回忆，回忆多了，他就以为那都是一些虚幻的东西。我的突然出现，又把他一下子拉回到现实当中，坚强的人此时也会变得脆弱。

我看着虎子，发现他比我想象得苍老多了。才二十几岁的人，皱纹已经爬上了他的脑门，他过去犀利的眼光能一下望穿湖水，但现在是那样地闪烁不定，青筋凸起的手掌，磨成毛边的蓝色的涤卡上衣，让我怎么也找不见记忆中的小虎哥的模样。他为我倒水的时候表现出的赧然的表情，让人很难想象他曾经有个很会喝龙井茶的父亲。

"康大叔呢？你的父母还好吧？"看到虎子痴呆的表情，我才知道我问了不适宜的问题。原来他的父亲在六年前就去世了，母亲渐渐地有些精神失常，常常在夏天里裹着厚厚的棉被，不肯出门，不肯见一切人。两年前就被她的胞弟接回北京去了。

虎子和他姐姐一样，读了不少书，应该是个很健谈的人，这一点我是深信不移的。可是他回答我问话时表现出的迟疑，让我真不敢相信，岁月竟有滴水穿石的能力，让一个聪慧凌厉的人变成了一个迟缓苍老的人。

姐姐的死在虎子的心中留下了一个永远解不开的结，为了这个结，他已经失去了走出云杉水库的勇气。

往事不堪回首，虎子连回忆往事的勇气也失去了。我实在不想再问一些让虎子神经紧张的事情，但我还是忍不住问了那个叫瑞琦的女孩子的情况。

"她在鸡西卫生学校读书，这孩子老是放心不下我，两个星期回来一趟，今天中午又该回来了。"看来，有这个小女孩，虎子就有活下去的勇气，我一定要见见这个女孩子。

"哦，你的那个司机朋友哪去了，找回来，别怠慢了人家。我去弄两条武昌鱼，水库里养的，咱们要好好喝几杯。"

坐了将近六个小时的火车，再从离这里最近的一个火车站赶二十多里的路，瑞琦到家的时候已经是中午十二点多钟了。人还没进屋，就听到她清脆的声音："舅舅，我回来了！"

一个扎着马尾辫的清纯女孩子从门外飘了进来，虎子的眼睛亮了，我想我也是的。

"快，见过小龙叔。"虎子招呼着瑞琦，介绍着我。

"小龙叔？你就是小龙叔？"瑞琦张大眼睛，脸上放出一种羞赧的光，"这不是梦吧？"她定在屋地上，眼神里游弋着莫名的惊喜。窗外射进来的阳光给她的身形罩上了一层金色，她浑身散发着少女特有的青春气息。

我的司机朋友像没见过美女一样，眼光始终没离开过瑞琦。我递给他一支烟，他才意识到自己的失态。

"是的，他就是你要找的小龙叔。"虎子说。

"太好了，"她几乎要跳起来，"小龙叔！"

算起来，我才比这女孩大四岁半，我推辞着说："别叫叔吧，怪不好意思的。"

"那怎么行，你是我舅舅的好朋友，还是我妈妈的好朋友。"

"你妈妈？"我一时没有反映过来。

"她管品章姐一直叫妈妈的。"虎子解释着，眼中闪过一丝悲哀，恐怕除了我别人不会察觉出来。

我如梦初醒般地偷着掐了下自己的腿。这是一个不幸的女孩，但她的心地善良又使她幸福无比。我从她那陶醉的神情里没有发现曾经见过的那种忧郁，但我不敢肯定她的伤痛是否真的痊愈了。

她倒了一杯水一口气喝下去，转回身坐在了我的身边："小龙叔，我找你找得好苦，再找不见，我就要发寻人启事了。"

"你要是早发就好了，那我不就早来了。"我心里清楚，这女孩聪明，我就是今天不来，早晚也会被她找到。瑞琦是一个惹人疼的女孩，见过她的人，没谁会对她不在乎。

"几时毕业？"

"明年，"瑞琦毫不迟疑，提高了声音，"小龙叔，能向你打听一个人吗？"

我知道她问的是谁，那个和她的继母康品章有过一段恋情的杨叔叔，但这孩子该怎么称呼他，我还吃不准。

"我托人打听过，他好像在大连，据说在一家报社做校对，但还没有联系上。"我说。

"这孩子到底知道多少？"趁她到厨房洗碗的空间，我悄悄地问虎子。

"我知道的都对她说了，不想瞒她。这孩子不容易，怪可怜的。你在外面，有机会多帮帮她。"

那天我们喝了整整一个下午的酒，我本就不胜酒力，连我的司机朋友也喝得酩酊大醉，只好在虎子的家里住了一晚。

第二天，我们起了个大早，瑞琦也要赶回学校学习，我的司机朋友就拐了一个弯，先送她上火车站。

火车就要开了，我忽然发现瑞琦像是在寻找着什么，那是一种游移的眼神，里面隐藏着一种不容易被人察觉的渴望。我恍惚记得嘎子说过，他在车站搭救过一位姑娘，那姑娘的美让他难以忘怀。嘎子对别人保密的事情，对我这个哥哥却毫无隐瞒。

"瑞琦，你是不是有一个坤包，乳黄色的？"

"是啊，你怎么知道？我放在学校里了。"她惊异地望着我。

火车已经启动了。

"被人抢过？"

"是的，你认识那个男孩？"瑞琦把头探出车窗，惊喜地问。

突然，火车吐出的烟气在我和她之间形成了一道幕墙，我们已经无法看清对方，我只好大声地说：

"下次我带你去见他！"

28 邂逅在天池

日子过得紧张就觉得快，一眨眼的工夫，我就由一名大学生变成了一名大学辅导员。办好报到手续，还差半个月开学。

我的朋友铁丹打来电话，他办了一个边贸公司，想去长白山采购一批"关东三宝"，约我陪他走一趟。

长白山是与五岳齐名的关东第一山，据说，长白山是满族的发祥地，清朝时定它为圣地，曹雪芹就是以长白山为背景撰写了《红楼梦》。我早就有心到那里看看了。

一路上没用我破费，铁丹全包了。

长白山坐落在吉林省东北部与朝鲜接壤的边界上，是东三省地区的生态屏障，稀有生物资源丰富，以盛产关东三宝——人参、貂皮、鹿茸闻名于世，被联合国教科文组织列入世界生物圈自然保护区网，是国内外知名的旅游胜地，素有"千年积雪万年松，直上人间第一峰"的美誉。

到了长白山，我迫不及待地提出先去看天池。

"有的是时间，急什么！"

铁丹拗不过我。

天池是昔日的火山口，海拔两千一百八十九点一米，山势险峻。当我看到一泓碧水高悬于天际的时候，已经是气喘吁吁的了。

"不是仙境，胜似仙境！"铁丹脱口赞叹。铁丹的身体

下部·

28

邂逅在天池

185

就是比我好，刚经历跋涉攀登，却看不出疲劳。

站在天文峰绝顶之上，我想起了一本旅游资料里介绍的一句话"水菹疑无地，云低别有天"。向前望去，天池像一块瑰丽的碧玉镶嵌在雄伟绮丽的群峰之间，湖边奇峰秀峦倒映水中，岚影波光绚丽夺目。我的整个身心都被这壮美景色陶醉了，先前的疲劳感一扫而光。

湖边上有一个旅游服务部，我想租一架高倍望远镜，欣赏湖对岸朝鲜的边防哨所及其周围的奇丽风光。

我掏钱时随手点燃了一支香烟。

"哥们，这可是保护区，禁烟的。"卖货的说。

"不好意思。"我赶紧掐灭了香烟，猛然发现这卖货的男人好面熟。

"先生，您好像不是这儿的人吧？"我问。

"好眼力——"他抬头答话，突然打住了话头，眼睛疑惑地盯住我，张大嘴，样子像在搜寻什么。

"见过？"我又问了一句。

"你不是第一次来这里吧？"他仍然是一脸疑惑的表情。

"不，是第一次！"我说话的时候脑子快速地翻找记忆中的东西，但什么也没找到。

"贵姓？"

"免贵姓方。"

"方，"他四下打量我，"小龙？"

"你怎么知道我的小名？"我已经坚信这个人是我过去认识的了，只是还想不起他是谁来。

我凝视着他，黑瘦的脸，高高的鼻梁，他的样子太像阿鱼，可阿鱼失踪后再没有任何消息，连他的父母也在两年前搬走了。难道眼前的人真是阿鱼？我实在不敢做出这种判断。

那人像女人怕看男人眼光一样显出一些羞涩，这就是阿鱼的眼睛，这双眼睛习惯了躲闪，只有在人工河边的时候，它才不会回避什么，我太熟悉这双眼睛了，这是一双喜欢看水面上折射的阳光的眼睛。

"阿鱼！"我肯定自己没有认错。

长白山下一个不大的镇上一座普通的平房，这就是阿鱼的家。

"真想不到，这地方也有你认识的人。"铁丹在下山的路上说过这句话，等进了阿鱼的家门，他还在慨叹。

"你不知道，他是我小时候的朋友，在认识你以前，我俩就在一起。"

有人说世界太小，记忆中的人和事是刻骨铭心的，即便你再不经意，不期而遇也是常会发生的。我是真信了，保不定明天还会发生什么让我惊讶的事。

"来，喝点冷泉水。"阿鱼说。

我喝了一口，有种麻辣味。

"喝不惯，是吧？我父母就住在二道河火车站边上卖冷泉。冷泉在长白山是著名的药水泉，水温常年保持在八度左右，有'天然汽水'的美称。"

"听说你父母搬家了，原来也搬这儿来了。"我说完又喝了一口冷泉水，麻辣味直达舌根，真有喝了汽水的感觉。

"说来话长。我出走后一直没和家里联系，直到改革开放，没人再去追究那段历史，我才敢和父母联系。"

"我就是不懂，你怎么会逃出葫芦湖的。"

"你不能理解，我那时几乎精神要崩溃了，郑熙老师的失踪启发了我，于是我设法偷了套红卫兵穿的绿军装，悄悄地爬上一辆往外运粮食的车，躲在车厢里的麻袋中，才逃了出来。"

说着话，阿鱼切开一个西瓜，热情地往铁丹的手上送。我示意铁丹别客气，然后对阿鱼说："老实说，你的失踪给我们留下了一个很大的谜团。"

"这是我在那个河边痛苦地思索了很长时间才决定的，我也想过，一旦不成功，我的日子会更不好过，但我就是铁了心了。不得不承认，人承受漫长重负的心是脆弱的，我是有体会的。"

"你们两个谈吧，我到街上遛遛。"铁丹说着站了起来。

我理解铁丹，他不想成为我和阿鱼谈话的障碍。

"行，你出去走走，可别迷路。"

铁丹出去后，阿鱼的话让我明白了一个道理，邂逅是什么，就是让两个熟人回到过去。

还是让我从那个人工河边说起吧。

我听人说，如果一个男人在追求过许多女人之后，他一定思考的是女人身体以外的东西。我没有过追求女人的体会，但我想道理是相同的。我那时已经是个被痛苦折磨得不能自拔的人，思来想去，我把仇恨集中在了纪司令的身上，我想找机会杀了他。

那天刚批判完一个反动学术权威，天色已经很晚了，我发现姓纪的把那个反动学术权威反锁在放映间里，隔着门板让那个人给他讲有关对女人的研究。我偷偷地观察了一阵，觉得这是个好机会，就回到人工河边，把藏在那里的一把刀子取出来，准备趁姓纪的不备，拿刀捅他。

可是，当我再次返回的时候，我发现格格已经在那里了，她像是和姓纪的发生了争吵。忽然姓纪的抱着脑袋喊头疼，原来这家伙有这种病。他居然跪下来求格格给他药吃，格格就给了他一瓶药，他吃了不到一会儿，就歪在一张椅子上睡着了。

我反正已经豁出去了，就趁这个时机冲进去，拔出刀子想杀了那个人，可格格死命地抱住我不放手，她对我说，她也恨这个人，用不着我动手，那样会毁了我，这件事情交给她来办。我不相信她会恨这个人，因为她是他的老婆。可她说得那样肯定，我从她的眼神里看出她真的恨他，但我不知道为什么。她告诉我她准备了一样东西，她要用这东西惩罚这个人，但要我帮她一个忙。我答应了。她从外面取来一个大肚瓶子，把瓶子里的液体全倒在了那个人的周围，然后让我帮她把这个瓶子带走，连同那个药瓶，一起仍进河里。她催促我快走，说：记住，你没来过这里，什么事情都不知道！

我趁人不注意，到河边把瓶子灌满水，沉入河底，然后就回家了。

后来的事情你就知道了，那场大火烧死了那个该死的人，可惜格格也死了。

后来负责破案的人找我问过话，我想起了格格对我说的话，就一口咬定什么都不知道。

你说我为什么投河，其实我根本不是投河，我是担心那沉到河里的瓶子被人发现，想下水里把它们踩到泥里去，没想到那水那么深，我原本就不会游泳，结果在河边那个树下看书的郑熙老师前来救了我，自己却沉到河里没有出来。

我这人一下就欠了两个人的命，你说我的心里能安生吗？以后我再去人工河边的时候，我的眼前老是漂着两只瓶子，像两个冤魂，随时都有可能把我拖进河里。天空也像悬着两把大锤，随时都会砸下来，让我恐惧得再也不敢上河边去。

于是，我就策划了那次出走。

你知道，我这人怕水，可命运偏偏又把我送到了这个天池边上，也许真有上帝在主宰这个世界，我逃离了那个界湖，又来到了这个界湖，原以为我会带着这个秘密离开这个世界的，可今天偏偏又遇见了你。

有人说，命运之神在人出生的时候就给每个人的脖子上套了一个看不见的绳套，解除这个绳套的办法只有一个，那就是把自己心中的秘密告诉应该知道这个秘密的人。我想，你就是上帝派来了解这个秘密的人。好了，我再不用为保守这个秘密而睡不着觉了。

"忘了告诉你，这房子是我岳父留下来的，他是个心地善良的老人，在告别人世前，他把独生女儿许给了我。"阿鱼说。

"我想，时间是最好的朋友，我们解决不了的问题，时间会帮我们解决。你现在有了一个幸福的家庭，这就是证明。"

"哦，我妻子很贤惠，她去上货了，呆会儿就该回来了。"

29 载满幸福的火车

瑞琦毕业了，我答应过她，在她毕业的那天，我会带那个她一心想见的男孩到这个火车站来接她。我还向她保证，我在带那个男孩来车站之前，不会向男孩透露一点消息。

我对嘎子说，我有个惊喜给他，让他务必赶来我的学校见我。

嘎子从没有怀疑过我这个做哥哥的话，准时地赶来了。

我对那位司机朋友说："你不是想知道瑞琦的故事吗，那就再送我去一趟那个火车站吧！"

朋友又爽快地答应了。

这是个没有站台的小站，不卸货，只上下旅客。准备上车的旅客不多，我们三人站在铁道旁，等待着那列绿色的客车开来。

嘎子不知道，这对他来说是一列幸福的列车，幸福得这辈子都会感激我这个做哥哥的。

火车徐徐地开来了，嘎子并不太在意我要他一起接的是什么人，镇定得让我忍不住偷着笑。

瑞琦早就做好了下车的准备，火车的车门刚刚打开，她就跳下车来。我其实早看到瑞琦了，但我没有动，我要看看，嘎子和这个女孩是否真的像他们流露得那样。

"小龙叔，我在这儿！"瑞琦挥动着手，奔过来。

我看出来了，这姑娘的眼睛不时地扫视着我的周围，终于在嘎子的身上停住了，离我们还差五六步远的时候，她突然站住了，盯住嘎子，脸上现出一层羞赧，竟然连手里的旅行箱也落在了地上。嘎子几乎是惊呆了，他干脆不相信自己的眼睛了，这个一闭上眼睛就会梦见的美丽女孩，真的就从那列火车上出现了，他揉了揉眼睛，又疑惑地看看我，终于发出一句话：

　　"哥，你没骗我吧！"

　　我点头，微笑。他似乎坚定了自己的判断，一下就奔向瑞琦。我以为他们两个会冲动地拥抱在一起，这可是大庭广众之下没人做得出来的事情。

　　嘎子冲到了女孩的面前，瑞琦也似乎向前迈了一步。

　　"真的是你！"嘎子说。

　　"真的是你！"瑞琦说。

　　嘎子从地上拎起瑞琦的旅行箱，轻松地举上肩，一转身奔那辆吉普车去了。但他在经过我身边的时候，感激地发出了一句话："哥，你真好！"

　　"小龙叔，你真好！"瑞琦走到我的面前，竟然也说了这样一句话。

　　我的司机朋友疑惑地问："这就是你说的抓小偷的那个男孩？"

　　"是啊！"

　　"他是你弟弟？"

　　"是啊！"

　　"没这么巧吧？"他还是不太愿意相信，"你不是身上带着什么巧合因子吧！"

　　"你不是都看见了，一个男孩和一个女孩重逢了，就这么简单。"

　　"不简单，真的不简单！"他发动了车子，竟然忘记了松开脚下的刹车，车子突然熄火了。

下部·

29

载满幸福的火车

191

　　我工作的那所大学校门的正前方二百米处就是那条铁路。这条铁路上曾经驶过多少列火车，谁也数不清，可我知道，这条铁路上有一列火车被瑞琦和嘎子称作幸福火车。

　　幸福火车把这对幸福的人一同送到了虎子面前，由虎子做主，他俩订了婚约。但他们有一个愿望，要等我结婚后，他们才完婚。

　　给嘎子娶一个嫂子，反倒成了我这个做哥哥的一项任务。

　　我要想结婚立马就能实现。我在乌苏里江边居住的时候结识了一位叫腊梅花的女孩，她是铁丹的表妹，曾是我的同桌，一直在等我，但我实在不想让她因为文化水平的差异而使自己自卑，因每天仰视我而形成一种心理负荷，那样的日子，对一个女孩子来讲，实在是一种过于残酷的事。没有经历过，她可能不会理解我的用心，但我宁可让她恨我一辈子，也不愿让她在那样的痛苦中挣扎一辈子。

　　我明白了，自己是该找一个伴侣了。

　　我心里想什么，上帝好像全知道，我还没彻底拿定主意，一个女孩就闯进了我的视线。我想迟疑，上帝都不允许。

　　这个女孩名叫欧阳婷。

　　我留校报到的那天，她也从另一所大学毕业分配来，跟我在一个系。系主任安排我做辅导员，却直接安排她做了我的恩师郑教授的助手。

　　说起郑教授，我必须罗嗦几句。

　　郑教授就是郑熙。

　　天下的事有时就是让人难以预料。因救阿鱼而失踪的郑熙老师，竟然突然出现在我求学的这所大学校园里，成了中文系的教授。

　　见到他的时候，我以为自己出现了幻觉。一头的白发，风度翩翩，与我在小庙里见过的郑熙判若两人；鼻梁上架着的一副眼镜，虽不是我所熟悉的那个，但款式、镜片的厚度与我记忆中的基本吻合；身高，还有他说话的声音，像极了我记忆中的郑熙老师。

"您，您是郑熙老师？"我嗫嚅地发问。

"你是——"他决不会想到，眼前的我是那个曾帮他记录书稿的小龙。

"我是方世龙。"

"小龙？"

"是啊，我是小龙。您真的是郑老师？"我惊喜地扑上去，拥抱他。

"没想到，你都长这么大了！"他很镇静，这意外的重逢，好像没能在他的心中掀起巨大的波澜，说出口的话听上去是那样平静，"好，好，好啊——"

"我当时就不相信……您果然还活着，……"我是太激动了，一时找不到合适的词汇。

"还活着，是啊，还活着——，活着就好，活着就好——"

我和郑老师的重逢，并没有帮我解开他失踪的谜团，因为我多次提起，也没能够让他说出只有他自己才知道的秘密。他总是在我引出话题的时候，用这样一句话来回避："过去了，就让它过去吧！"。

我不甘心，总设法提出疑问。

"小龙，你还是没有长大。要知道，有些事情是说不清的。"我不清楚他在回避什么，可我知道，他总不会回避他的书稿。

"啊，书稿，你说的是那部书稿，你帮我记录的那部书稿？"

"是啊！"我自己知道心中的疑问是什么。

"正准备送去发表。"

他的话真是让我摸不着头脑。

"您，——您的书稿不是没在您的手里吗？"

"是的，被他们发现了，一定会被烧掉的。我是靠记忆又恢复了它。"

"你靠记忆，恢复了？"我实在惊讶，竟然连称呼都变了。

……

郑老师失踪了，我无法接受这个事实，我希望他已经回到了那个小庙里，就拼命向那儿跑去。

小庙的门紧锁。

我想起来了，有一次他出门时把钥匙放在了门楣上。

我寻来一些砖头瓦块，垫在脚下，果然找到了那把钥匙。

小庙里和原来一样，我不清楚自己进来的目的。

突然，我的脑海里灵光一闪，把那部书稿藏在了怀中。我希望郑老师还能回来，回来找这部书稿。

我出来后又把房门锁上，但没有把钥匙放回原处。我没忘清理掉那些砖头瓦块。

……

我拿出用油纸包着的那部书稿，书稿里夹着那把钥匙。

郑老师的眼睛湿润了。

"想不到，真的想不到！"他抚摸着失而复得的书稿，手颤动得像喝多了冷酒[1]后落下了毛病。

"有些内容我正愁记得不准确，太好了……小龙，你真让人意外！谢谢！谢谢啊！"

他居然给我鞠躬。我赶忙扶起他："您这是做什么，您让我折寿了！"

欧阳婷写日记，喜欢把每天发生的事情原原本本地记录下来，连一些细微处也不放过。这是郑教授跟我说的。

"你想看看她的日记吗？"郑教授问我。

"女孩子的日记我怎么好看呢！"

---

[1] 喝多了冷酒：北方人喜饮高度白酒，但冬天要将冷酒温热后再饮，如果长期喝冷酒，会在年龄大了之后落下一种病，即双手颤抖，无法控制。

"你要想看，她会愿意的。"郑教授的眼睛里流露出一种我还察觉不清的东西。

"真的？"我长这么大，还没有一个女孩子给我看过她写的日记。大学的女同学中有不少人喜欢记日记，但我觉得，那里面应该记录着她们心灵深处隐秘的、不可示人的东西。能够给异性看的话，除非是她们心仪的人。这种幸福会轻易降临到我的头上吗？

"你是真不懂还是装傻呀？"郑教授看来是认真的，"说句痛快话，是让我转交还是让那女孩子自己送给你。"

这是一个突如其来的事件，我的心理上好像还不能接受。但欧阳婷修长的身材，白皙的肤色，端庄的脸庞，玉树临风的气质，早就打动了我的心，只是我自愧不如，没敢存这份梦想。再说，让一个女孩子主动，我总觉得有些失男子汉的脸面，更让女孩子缺少了几分骄傲。

我说："不！"

"怎么，这么好的女孩子你还挑剔？"郑教授有些吃惊。

"不，我主动约她。"

"好，我没看错你！"

夏日傍晚的田野上，一片淡黄的花吐着芳香。晚霞烧得格外红，在那通体的红光中，我第一次牵了我女同事的手。

我和欧阳婷的婚礼，是在火红的八月举行的。

铁丹、虎子、黑娃、孟春、兰姐、瑞琦，还有傻丫头，那么多我小时候的朋友齐聚在我的婚礼上。向我的新娘介绍他们的时候，我竟然忍不住激动的泪水。

"可惜，"瑞琦说，"我没能在小龙哥的婚礼上见到杨叔叔和阿鱼。"

杨叔叔我已经联系上了，他确实在大连。只是他不肯回北京，更不肯来葫芦湖。他说，这都是他想起来就伤心的地方。看来，岁月给他的内心深处留下了一道抹不去的阴影。他邀请我到大连去玩，我答应他，在嘎子结婚的时候，我会和虎子陪他们一起去。至于阿鱼，是我故意没有发出邀请，我不想因为我的婚礼使他旧地重游，那样对他是残酷的。

"瑞琦，你好像又长了一辈，你该叫我小龙叔的。"

"嫂子，"她拿欧阳婷做挡箭牌，"你该管好大哥，他想吃我豆腐。"

"好，你嘴硬，看你管虎子叫什么！"我知道，我的婚礼之后，母亲就该为这个小美人筹备婚事了。

"我就叫舅舅！"幸福的瑞琦，她的眼中找不见小时候的那种忧郁了。

"各论各叫，各论各叫。"虎子也显得年轻了许多。

"瑞琦，别忘了帮虎子找个意中人。"黑娃说。

"瑞琦告诉我了，"孟春说，"虎子已经有了，你怎么还蒙在鼓里？"

"好啊，瑞琦，这么大的事竟然不跟我说！"

"你光顾心疼新嫂子了，哪顾上问啊！"

"哈——"大家开怀大笑。

30 上帝发了一次疯

　　远处，一条渔船上的四个年轻人在那里惬意地摇着桨，小船在夕阳中慢慢地荡着，看上去像静止不动似的。看来，那四个年轻人是来享受入冬之前在清波上荡舟的乐趣的。他们并不急于离开那片水域，过了今天，也许就要等上半年的时光，才能再有这种泛舟的机会了。嘎子眯起眼睛，侧逆着阳光，欣赏起眼前的景致。船上的年轻人仿佛忙于交流感受，并不在意岸上的事情。

　　闲暇的人好快乐。嘎子这样想着，用情地深望一眼沉静的湖面，特想大吼一声，看看父亲已经穿插裤[1]下水了，就忍了忍，没有出声。

　　父亲的动作今天显得有些缓慢，但捞起网片，却得心应手。几条白晃晃的鱼不经意间就滑进了他腰间的网兜。嘎子知道，这属于父亲艺术修养的范畴，别人捕鱼用的是技巧，而父亲讲的是艺术，什么事情一旦进了艺术的境地，就算哑摸到了精髓。现时的父亲，动作是缓慢了些，但他的每一个动作都那样协调，出手的力度并不大，在别人看来沉甸甸的

---

[1] 插裤：也叫叉裤，是捕鱼人在水中作业时穿的一种套在衣服外面的防水裤，鞋与裤腿连接，形成一个整体，直至胸部，一般适宜于腰部以下深的水面作业，通常在水温较低时使用。

网片，在他的手里就像一片鹅毛，轻松得让人难以置信。为了防止湖水倒灌插裤，父亲的姿势始终直立着，偶尔变换一下，幅度也不大，虽然湖水只有齐腰深。父亲离岸上的距离有三十几米，那是他们下网的尽头，再往前，湖水就会漫过腋间，平时这个位置，父亲是禁止嘎子进入的。

嘎子换好了插裤，小心地下到水里。他找到了第二片挂网，距离父亲有二十米远。今天好幸运，出手就起到了一条大白鱼，足有六斤重，这样重的大白鱼已经好长时间没有见过了。按时间掐算，这该是他们封湖前最后一次起网了。此时起到的鱼也是一年中最鲜美的，它蓄积了一个秋天的能量，全是为了过冬的需要。有了这条鱼，今天就没有白来，市面上这条鱼的价格起码要一百多元，过两天把它送给新婚的哥嫂，一定让他们惊喜一番。

嘎子好不容易将大白鱼装进挂在腰间的网兜里，慢慢地向岸边走去。这条鱼太大，得先把它送到岸上去。他像俘虏那样举起双臂，一下下地向前挪着步子。湖水很凉，压力仿佛比平时增加了许多，走动起来感到很费力。父亲已经先行到了岸上，正蹲在那里抽烟。

"爸，看，好大的白鱼！"嘎子上岸后，晃动一下腰间的网兜。

"好，有种！"父亲点了下头，猛吸了口香烟，手指一弹，烟头飞落湖水中。

父亲站起来，做了个弯腰的动作，又用手掌拍打了几下小腿部，对嘎子说："喘口气，抓紧点时间，太阳快下山了。"

嘎子望望湖面。

岸边的芦苇静静地立在水面上。透过芦苇丛，那四个兄弟还在远处惬意地荡舟，湖面上显得空旷了许多，先前的蓝色褪去了，被晚霞烧得有些暗红。凭直觉，他知道现时已近七点，没时间欣赏这湖面的美景，就又随着父亲再次下到水中。

嘎子又起到两条白鲢。

嘎子高兴，哼了两句《打鱼杀家》。父亲回头看看他，他回了父亲一个傻笑。

天暗下去了，但湖面上仍显得白光光的。

嘎子觉得脚下像有一股暗流，与往常有点不一样。他抬头望望，湖面上确实没有风，远处那四个兄弟像是准备向回划船，因为他们的船头正斜向嘎子。也许是他们的船桨搅动的缘故。嘎子这样认为，就又沿着网片的走向慢慢地挪动了几步。

嘎子觉得自己仅仅挪动了四步，突然发现水面上泛起一片鱼鳞状的波纹，不等这波纹散开，空中袭来一股强风，掀起的波浪陡地将那四兄弟的船抬起，不到一秒钟，时间也许凝固了，但波浪退去的速度之快，是嘎子此生首次眼见的，那船像一块重石一样砸向水面。

嘎子的心陡地一提，一股更大的暗流冲过来，击得他几乎没能站稳，他觉得自己的眼前发黑，等定下神来，他才发现湖面上已经一片模糊。

"不好，快上岸！"嘎子分明听到了父亲的一声呼喊，但随即就被巨大的波涛声淹没了。

"爸——"嘎子也发出了一声呼喊，然而他没能再次听到父亲的回应，湖水就突然变成了粘稠状。他拼力转过身体，但水面比他的动作要快得多，一下子就结成了冰。

嘎子几乎不敢相信自己的眼睛，刚才还是澄净的湖水，瞬间就变成了明晃晃的冰，气温下降的如此之快，听也没听说过。

嘎子是喜欢冰的，特别喜欢在冰面上溜爬犁抽冰杂儿，但没想到冰来得这样不温柔。

他想父亲功夫好，可能已经先到了岸上，他不能怠慢，要尽快地与父亲会合。

这样想着，嘎子平添了一种无法言说的力量，竟然在湖水围着他迅速弥合的一瞬间，跃到面前的冰面上。插裤里已经灌进了一些水，但他来不及顾这些，前面是湖岸，到了那里就安全了。

他试着向前爬了两下，发现冰面竟然能够承载他身体的重量，于是他猛地站了起来，迈动有些僵硬的双腿，迅疾地向前跑去。

其实，嘎子错了，错得让他都来不及后悔。

人一生中值得后悔的事情很多，那是因为他有的是时间后悔。但嘎子没有时间，连停一下判断方位的时间都没有。在他迅疾地向前跑的同时，世界已经变得模糊一片，他只是依稀掠视到前面有一丛芦苇，他就向那儿跑去。他记得自己下水的地方是有一些芦苇的，但是，他错了，真的错了，一错而成千古恨！

"扑通"一声，他突然跌进了湖水中。这是一个暗坑，他的身体急速地下降，降到了湖底，湖水迅速地灌进了他的插裤，但没能阻挡他浮出水面，嘎子的水性不比父亲的差，真的。他果真浮出了水面，他认为自己还会像刚才那样跃到冰面上，但灌满了水的插裤，比碾砣还沉，坠住了他的身子，下面是一个深达三米多的暗坑，他努力了两次，都没有成功。即使是在风平浪静的情况下，不慎跌进这样深的暗坑中，就是没穿插裤，水性再好也是有生命之虞的，何况此时。当然，如果他能够脱掉插裤，或许还有一线生机，但事实是不承认如果的，有谁能在这一危机时刻，保持头脑高度清醒，知道该怎样做才对，那这个世界就会减少许多悲剧了，条分缕析是局外人的事，危险中的人只有一种求生的愿望。嘎子拼足了力气，再一次向上跃去，这一次他抓到了一把芦苇，芦苇牵引着他，使他的身体没能再坠到水底，但脚下却失去了依靠。他只能抓住这把芦苇，使自己暂时不至于沉下去，他已经没有力气了。

上帝一定是发疯了，封湖的动作还在继续。

嘎子胸口以下浸泡在水中，水很快结成冰，他的身子完全被冰箍住了。他一动不能动，死命地抓住那把救命的芦苇，悬在那里。

他的耳边只有风的呼啸，但他的心是活的，信念是坚定的。他相信父亲会来救他，他会和父亲一起脱离苦海。

嘎子在暗坑中挣扎的时候，父亲已经从冰面上跑到岸上。但他发现儿子没有回到岸边，又一次回到原先起网的地方。他要找回儿子，他不能丢下儿子不管，这是他做父亲的义务。但是，父亲也错了，错得让他也来不及后悔。他在背叛父母去北京的时候没有后悔过，他在被人算计来到这个湖畔的时候也没有后悔过，但寻不见儿子的时候，他后悔了，后悔刚才为什么没让儿子在岸上等着，后悔此番不该带儿子来起鱼。一切都来不及了，上帝发了怒，显示了它的威严。

狂风搅得湖面上什么也看不见了。父亲哭了，他哭喊着儿子的名字，可他的哭喊声被无情的风吞噬了，他既听不到儿子的呼救声，又无法判定儿子在什么地方。他插裤里的水也开始结冰，他的身体也开始变得僵硬，他只能在冰面上爬行。

父亲呼喊着，爬行着；爬行着，呼喊着。

他的声音嘶哑了，呼喊变成了呻吟。

渐渐地，他的呻吟连自己都听不到了，但他还在努力地张着嘴。

他的身后，上帝为他留下了一行清晰的爬行痕迹，为了让后来的人们知道，作为父亲，他努力过。

后来，当人们发现他的时候，他仍然匍匐在冰面上，睁着祈望的眼睛，张着呼喊着的嘴。

父亲走了，带着与他形影不离的小儿子走了，那样仓促，那样不情愿！

弟弟走了，跟着爱他比爱自己生命还珍贵的父亲走了，那样痛苦，又那样充满信心！

父亲不知道，那四个船上的兄弟，在上帝发威的瞬间，弃船逃生，竟也被冰封在湖水中。他们也错了，错在弃船。

弟弟不知道，他在等待父亲营救的时候，那四个兄弟也期待着上帝的慈悲，结果结伴去了天国。

"我知道，麟儿回不来，你的父亲也回不来。"说这话的母亲让我相信了一点，她原来是了解我父亲的。

31 挽歌中的低吼

母亲了解父亲，这还在她的回忆中得到了印证。

我的祖父见自己的小脚女人不再开怀，就给存活下来的六个儿女重新排序，为的是在称呼上，尽量不勾起我的祖母对那六个不在了的儿女的伤感。

我的父亲在做了那两个富家子弟的保镖之后，很少回家。父亲迷恋戏楼，祖父说自家养了个不肖子，有跟没有一样，就叫父亲"多余"。祖母说，"活着已经不易啦，你还嫌他多余，还是多多好，就叫'多多'吧。"

从此，祖父母都称父亲"多多"。

"兵荒马乱的，光穷忙，也该给孩儿们张罗张罗娶媳妇的事啦！"祖母挪动着小脚，对祖父说，"是不，当家的?"

"咳，这些年就攒下了七块大洋，"祖父叹口气，和祖母商量，"还是先把这临街的房间拾掇拾掇，开个小饭馆，兴许能挣俩钱。到那时再张罗娶媳妇也不迟。老大在李家的铺子里帮工，背地里也学了些手艺。"

"这话中[1]，明个儿，咱就搬到后厦子里住。"祖母历来就听祖父的。

---

[1] 中：中原一带方言，意思是行、成、好。

临街的房间被改成了小饭铺。开张的那天，祖母还亲手剪了窗花，"富贵有余"、"恭喜发财"的图案是她当姑娘时学会的。

祖父的饭铺不大，但干净，老少无欺。包子、煎饼、大果子，顾客样样都满意。一年不到，就攒下了十几块大洋，乐得祖母合不拢嘴。

"当家的，把香儿许出去，娶个媳妇进家吧，我也该抱孙子啦。"祖母又想起了娶媳妇的事。香儿是我的姑母，我父亲惟一幸存的姐姐，那年十七岁，比我父亲大不过三岁。

"我看，麻家的大丫头挺受看，人也本分，找人批个八字，看合不合。"

麻家的祖上在山东平度附近的麻兰，以吹糖人为生。德国强占青岛那年，麻家就闯关东到了长春，定居在离我祖父家不远的桃源路口。也算是门当户对。

"俺这小脚不出门，那丫头眉眼也没见，模样配咱老大不？"

"咋没见过，你怀多多他三姐——"祖父顿了一下，把到了嘴边的话咽了回去，装作挑拣簸箕里的花生，偷眼瞄了一下为他鼓过十二次肚皮的小脚女人。

"多多他三姐"是祖父不在世的两个女儿中最小的一个，是我祖母生的第十一个孩子，比我父亲大一岁，名晓岚。这个我听说过但不可能见上面的姑姑，在伪满洲国皇宫附近的二道河菜市场，玩耍时发现烂菜堆里有半个苹果，拣了后吃了，结果，不到半夜，就开始不停拉肚子，没过三天全身浮肿，脱水而死。

祖父见祖母并没在意他谈及她那死去的女儿晓岚，才接着说："那年，麻家让他们的丫头送来两串糖葫芦，你咋忘了，你还说那丫头是个美人坯子。"

"哦，是这丫头，中！"祖母点点头。

就这样，麻家的大丫头被祖父家的轿子抬进了门，成了我父亲的大嫂。

麻家的大丫头不是我现在的大伯母。

麻家大丫头进了方家大门，着实给方家带来了不少的喜庆，远近邻舍无不眼羡，都夸方家娶进了一个贤淑俊俏的媳妇。新媳妇确实俏丽，双眼皮，大杏眼，一对浅酒窝，特别是那双眼睛，水汪汪地会笑，不单我的伯父着迷，就连被她公公称作"多多"的小叔子也整天围着她转。胡同口外有一群毛头小伙，在新媳妇三天回门——携新姑爷回娘家那天，竟然尾随到了麻家，穷极无聊地瞎转磨磨，为这档子事，其中一个尖嘴猴腮的小子还被多多打掉一颗门牙。说来也怪，多多自从当上了"保镖"，与那两个富家子弟打得火热，三天两头逛戏园子，虽然分文没有，却也不愁吃喝，因此个把月难回一次家。没成想，新嫂子进家门，他却隔三差五往家跑。这可乐坏了他的母亲，颠着小脚夸自家的新媳妇贤惠。

贤惠的女人少生事，漂亮的女子是祸根。我们那儿的人都这么说。

麻家大丫头——不，应该称呼方家的新媳妇，因为直到今天我也不知道她叫什么名字——贤惠是实实在在的。自从进了方家的门槛，一心侍奉公婆，虽然方家在东天街口用自家的门脸开了一个小饭铺，她却从不在那里露面。

方家的媳妇漂亮，这消息不胫而走。原本就生意不错的方家饭铺因此日益兴隆。饮酒吃饭的客人每天挤满了一屋，风传是方家漂亮的媳妇亲手下料，饭菜别有风味。有些食客一边吃饭一边偷偷往里间的门口瞄，这情景让祖父祖母添了心病，格外关照小儿子多多要留心保护好他的新嫂子。

这日，全家都去铺子里忙乎，只留下多多陪伴嫂子。在家人眼里，多多并不是个勤快的主儿，就是去了铺子里也帮不上什么。

晌午时分，多多喊肚子饿了，新媳妇就到后院子给小叔子煎蛋。荷包蛋在锅中滋滋响着，后院的破木门却突然被人踢开，闯进五个蒙面的彪形大汉，没等新媳妇叫出声来，一条毛巾就堵住了她的嘴。不由分说，来人架起她就走。小叔子多多听到动静，急忙冲出屋子，迎头撞上两个凶悍的人把着门口，手里还举着一把二十响的匣子。多多本就是个能冲敢打的"保镖"，又受他父母和兄长的委托，自然急得眼睛直冒火，哪管来人手中有枪，抡起胳臂就打，怎奈毕竟是花拳秀腿，打打小痞子还能照量一阵，这当口，自然寡不敌众，没到三拳两脚就被踹趴在地，头刚好碰在已经冒烟的锅沿上，左腮当即裂开一个大口子。待这个刚满十四岁的"保镖"爬出院门，新媳妇已被一顶轿子抬走了。

"嫂子被人抢走了！"多多腮帮子上淌着血，连忙往前院爬，等到他的二哥——我后来的养父——奔到他面前，他还趴在地上没能起来。

"土匪抢亲啦！"小饭铺顿时乱成一锅粥，满屋子的吃客呼啦一下全都拥了出来，七手八脚帮着把受伤的多多抬到了街口对面的东大药房。

小脚女人刚做了快意的婆婆，突然遭到这样的灾祸，承受不起打击，一病不起。

多多的伤治好后，脸上却落下了伤疤。这伤疤不能让他忍下这口气，不仅为了心地善良疼爱自己的嫂子，还为了恸哭不已的母亲，就发誓早晚要报这个仇。

多多要去报仇的心事被他的二哥发现了。

他二哥原本是个忠厚之人，想劝多多别冒险，但多多一副天不怕地不怕的样子，根本不听劝，反而声言，别说有人明目张胆地抢走了他的新嫂子，就凭给他脸上留下的这块伤疤，他也不会善罢甘休。

于是，他天天打探消息，终于探听到了那伙土匪的下落。

"别急，更不能声张，一切听我安排。"情急之下，多多的二哥这样安慰他的老兄弟。

关键时刻，当哥哥的自然显得比弟弟有智慧。

他俩悄悄地准备着，家里人没谁察觉。

二哥授意多多望风，他设法把家里积攒的大洋偷出了几块，然后伪造成被盗的样子，哄骗小脚的母亲伤心的泪水又多流了几日。

兄弟俩像没事人一样，暗地里购买了一只土枪，两包炸药。随后用了大约两个月的时间，暗中观察那伙土匪出没的情况，想伺机抢回他们的新嫂子。可是，麻家大丫头竟然也是一个刚烈的女子，她被土匪抢到山上没几天，就一头撞了石墙。

土匪抢亲的事情虽说不常发生，但遭遇这种不幸的人家都清楚，被抢的女子几乎没有活着回来的，即便个别家道殷实的设法赎回了人，也要倾尽家产，甚至负债，何况有的人赎回时已被折磨得只乘下一口气，有的只是一具尸体。

方家决定，就是倾家荡产也要赎回自家媳妇的尸身。于是，方家托人与土匪接洽，不想那人惊慌失措地赶到方家说，方家的媳妇撞了石墙后并没马上咽气，残忍的土匪头子竟然让他手下的喽罗轮番糟蹋，最后将尸体扔下了石砬子喂了野狗。

嫂子的死，更增添了兄弟俩的报复心。

机会终于来了。

那伙土匪原本只有二十几个人，遇有出山的活动，一般山上只留三五个人看老窝。这次他们瞄准了一家当铺。按常理，讲究的土匪是不轻易抢当铺的，即使"抢当"，一般也不需要倾巢出动。可那家当铺门面大，还有自己的武装。几番商议，土匪还是倾巢出动了。

土匪的山寨里只留下土匪头子和三个小土匪，那头儿是个好色之徒，只有抢美色的时候他才会亲自下山。这天也该他倒运，让两个土匪守山门，留下一个土匪陪他吃酒，三喝五喝就迷迷糊糊睡着了。方家的两兄弟就是利用这个时候，从后山潜进了他们的老窝，把两包炸药掩埋在房基下面，点着了导火索，又顺着原路逃离。结果，那个土匪头儿和陪他喝酒的土匪一同飞上了天。

据说，抢了当铺的土匪回山寨后，连他们头儿的尸身都没有找全。他们下了很大的工夫，四处查寻，到底也没查出端了他们老窝的人是谁。不到一年，长春就解放了，这事就成了一件无头案。

长春解放之前，我的父亲就去了北平。

我想，这次事件，也许就是父亲决定去北京的其中一个原因。

32 隐没在雪地上的飞机

　　安葬了父亲和弟弟之后，母亲的情绪越来越不稳定，偶尔，还会悄悄落下一把泪水。泪水挂在脸上，如同冻凝的水珠，又似窗上的霜花，更似窗外飘舞的雪花，形成动与静的互衬，望一眼，都觉寒意逼人。

　　语言所能表达的安慰，都无济于事。

　　我望着那些泪水，沉默。

　　当沉痛到了无以复加的地步，哭泣已不是标志。心寒莫过于心死。

　　我想逃避，上天却要我面对。

　　"还我一个幸福的母亲！"我祈求，每天傍晚，对坐的却是一位悲苦的妇人。

　　我不只一次读过鲁迅的《祝福》，无论怎样，也不愿把母亲与祥林嫂联系在一起。母亲毕竟还有一个我这样的儿子，不存在无以为生之嫌。

　　凭此，我又添了些许的慰藉。但我又错了。

　　一个人用尽了一生营造的幸福，瞬间被毁，她心灵的创痛，是任何物质也替代不了的。

　　我终于明白，但我无法做到。我只能让语言缺席，这是我今生最大的遗憾！虽然母亲的眼里没有谴责。

　　那年的冬季，北国的冰雪，在我的脑海中定格为抹不掉的凄寒——泪花、霜花、雪花。

为了减轻心房悸动的寒冷，我随着南下的人流，步上了寻觅"天堂"之路。

母亲告诉过我："南国有个地方叫天堂。"

我选择了西湖。

"苏堤春晓"没能引发我的诗意。

"南屏晚钟"让我晕眩的灵魂朦胧。

"断桥"不断，"长桥"不长，"孤山"不孤。

只有"断桥残雪"，使我流连忘返。但是，每每，我希图找寻的像北国的冰雪，这里没有。

"已经四年不下雪了。"一位在御碑下歇息的老奶奶告诉我。我在失望中再一次失恋。

那是一种透彻骨髓的残酷，并非一般意义上的寒冷。

只有在那种特定的环境和特别的心境中，你才有那种刻骨铭心。"悲剧是把美的东西撕裂给人看"，但没有心灵的碰撞，眼前就只有被撕裂的东西。

雪好大，没过膝盖。

父亲以我为自豪。我总爱在下雪天回家，虽然只是小憩，路途不便，父亲也会陪我在大街上走走。遇上熟人，人家客气地夸奖我两句，父亲就乐得满面春风。此时，常让我想起小时候，急切盼望父亲下班回家的情景。那时，父亲总能给我和弟弟带来一些惊喜。能吃的东西实在太少，能玩的东西更是一种奢望，父亲带回家的，大多是他厚了脸皮向别人借来的各种书籍。傍晚，全家人围坐在煤油灯下，听父亲念书中的故事。浓浓的暖意，至今让我缅怀。

又是一个风雪交加之夜。我和弟弟盼望父亲归家，急切地站在门前的雪地里。早一步回家的母亲，看到自己的孩子的小脸蛋被冻得通红，心痛地发了脾气。挨了训斥的我们，只好被迫挤在火炕上，等候父亲的归来。

父亲终于推开了家门，头上的狗皮帽子厚厚地落了一层雪。我和弟弟高兴地嚷着，抢着问父亲带回了什么。父亲顾不得抹去眉毛上的白霜，赶快摘下狗皮帽子，抖掉上面的积雪，在帽檐中寻找着什么。

"哪去了，我分明放在帽檐里的！"父亲尴尬地说。

"不急。"母亲的面色明显有些焦急，却劝着父亲。

我们的泪水都快急出来了。

父亲终于垂下了颤抖的手，霎时眼里充满了懊悔。

母亲好奇地盯着父亲，惊讶地问了一句：

"你的棉手套呢？"

父亲抬起头，像犯下滔天罪过一样，怯怯地解释着。

原来，父亲卖掉了自己的手套，买了一个小玩具飞机，把它藏在帽檐里，想给自己的孩子一个惊喜，可偏偏在风雪中丢掉了。

父亲急得脸像紫茄子似的，呆呆地站在屋地上。忽然，他急转身冲出门外，等母亲回过神来想要拦阻，父亲的身影已消失在他来时的风雪路上。

父亲很晚才回家，他的手已经冻出了泡，有几个手指肿得像小胡萝卜。这是他用手扒开积雪，寻找玩具飞机的结果。

"丢就丢了，还犯什么傻？"

母亲一面埋怨，一面端进来一只洗衣盆，里面盛满了白雪，让父亲用雪搓手。她又快速地从仓房的梁上揪下几棵辣椒秧和茄子秧，麻利地撅断后扔进锅里，熬成汤。等父亲的手在雪中搓热，母亲又检查过没有发黑的迹象，才让父亲把手浸泡在这种汤里。

"知道为什么要用凉水拔冻梨、冻柿子吗？"母亲严肃地问我们。

我们傻傻地摇头。

她解释说："冻了的部位不能用热水浸泡，否则寒气出不来，皮肉就会溃烂。用辣椒秧、茄子秧熬的水，有防治冻疮的作用。"

那天，我们没太在意母亲的话，心里一直惦记着那个消失在风雪中的小飞机。拥有一架玩具飞机的幸福，就在那样一个风雪之夜破灭了。我和弟弟满怀遗憾，悄悄地在被窝里抹眼泪。

现在，年龄已超过当时父亲的我，才体会到当年那种失落的幸福。记忆中那架无缘谋面的玩具飞机，伴我度过了无数个不眠之夜，特别是在飘雪的日子，我的眼前，时时会出现躺在雪地上的飞机的影像。

思念是一种痛苦。

同时思念两个亲人，痛苦就变成了煎熬。

渐渐地，母亲的眼泪少了，人也显得更加麻木了。

她长时间地坐在屋内，一句话也不说，什么人也不见。

她面前摆放着一台十二寸的黑白电视机，她目不转睛地盯着它，偶尔，伸出颤抖的手，抚摸它。这台电视机是父亲生前最喜爱的家电，他常用它收看戏剧节目。父亲走后，这台电视机再没人打开过。电视机的边上，放着一只旧的文具盒，塑料的，颜色淡黄。这是弟弟上高中的时候用过的，不知什么时候，母亲把它翻找出来，摆放在这儿的。文具盒的开合处有一点裂缝，已经被人贴上了透明胶带。我不清楚，是弟弟生前自己贴的，还是母亲贴的；但我知道，这个文具盒是母亲亲手为弟弟买的。

"睹物思人，"前来安慰母亲的兰姐悄悄地对我说，"你要想办法把这些东西从她的眼前拿掉，否则，她会陷进这种情感中不能自拔。"

"那是不是太残忍了？"我拿不定主意。

"为了她好，只能痛下决心。"

"文具盒我可以想办法藏起来，但电视机——"

"就说我想买一台电视机，设法让她同意转卖给我。"

"你家里不是有一台吗？"

"就说我那台被孟春搬去了。"

"她不会同意的，我想很难说动她。"我还是有顾虑。

"试试吧，我来说。"兰姐很理解人。

"那好，等烧过'三七'，我把我妈接到我家去，离开这儿，会好些。"

"不行，我不能卖！"母亲这样对兰姐说。

兰姐看了我一眼，意思是我们没猜错。我不敢开口，等着兰姐劝母亲。

"婶，我——"

"别说了，"母亲截住兰姐的话头。我心里想，看来，兰姐也劝不动母亲了。可接下来，出乎意料，母亲竟然说，"你搬走好了，但我不卖！"

母亲强调了"不卖"两个字。

兰姐又看了我一眼，我赶忙点点头。

"那好，一会儿，我让孟春来搬。小龙说，"兰姐想解释，怕母亲疑心，"他新买了一台十四寸的彩电。"

"我知道。"母亲说。

我理解，母亲是用了双关语，她不是指我家里的彩电，而是理解我们的用心。

"这个你也收起来吧，"母亲对我说。她拿起文具盒，用掌心抚摸，像是舍不得，眼里涌出一股泪水。有几滴泪水溅落在文具盒上。她慢慢地用衣袖擦拭，直到觉得干净了，才像下了决心似的，把它递给我，"保管好！"

33 坠落与上升

  这片湖水给母亲留下的创痛太深，使我不敢再让母亲在这里多呆一天。料理完父亲和弟弟的后事，我便安排车接母亲到我自己的家。

  起车的时候，瑞琦执意要跟着母亲走。虎子悄悄地拦住她："你去了，她会想起嘎子。还是先和我回去呆几天。"

  孟春赞同虎子的意见。

  瑞琦哭着对我说："大哥，拜托你照顾好母亲。我过几天去看你们。"

  不幸的瑞琦撵着汽车边跑边哭："妈——"

  母亲怔怔地看着我，像是听到了她的哭喊声。我狠狠心，急忙摇上车窗。

  我的这个家对母亲来说是陌生的。我以为这样对母亲会好些。但我还是错了。

  噩梦一刻也没离开过母亲。

  此时的母亲，已被连续不断的噩梦纠缠得精疲力竭，她越是清醒，痛苦越是沉重，她越是想摆脱噩梦的袭击，噩梦越是纠缠她不放。

  "老妹子，认命吧！认了，就没痛苦了。"我家前院有位苦命的老太太，无儿无女，说这话时她已经嫁给了第三个丈夫——是个鳏夫。她正在现身说法，以图安慰我的母亲，"你瞧，我不是，让算命的说着了，说我一生要喝三眼井水，果不其然，我的前两个老公真就走了，老伴啊老伴，没一个伴我到老，没辙，只好再跟了这位。"

她说的喝三眼井水，就是前后嫁三个老公。

母亲听了这个已经过了花甲的老太太的话，感到浑身上下一阵钻心的疼痛。她难以置信，人的命运真就自己把握不了？母亲一生只认一个理：好人应该有好命。

"老姐姐，你就别掺和了，我的事由我自己来管，"母亲拒绝命运的说教，她要扼住命运的咽喉，断然说，"我就不信，让命运摆布！"

"不信？"喝过三眼井水的老女人笃信自己的经历，岂能善罢甘休，"我也想不信，行吗？你没见我老姐夫，有儿，怎样，都二十了，还不是给汽车撞死了。人说他头上长了斩子剑，命里没儿。"

老太太的姐夫我认识，是个邮电所的所长，那年开报刊发行会，在会上介绍过经验。他的两眉之间竖着一道很深的纹路，谁见了都不会忘记。

母亲的眼睛睁得大大的，直勾勾地望着对面的老太太。老太太指指天，仿佛上面真的悬着一把利剑，由不得你不肯缩脖子。老太太好像发现母亲关于命运的事还没听懂，其实母亲是被她骇住了。她继续为苍天歌功颂德："这个世界由它说了算，你不顺着它，它就让你好看。直到你跪地求饶，求它放你一条生路，老天爷还不一定理不理你！不信，你再问汤寡妇，她想嫁人，人都说她是克夫的命，没人敢要她。前几年她相上了一个退伍军人，那人的老婆得绝症死了，拖着个女儿，和她好了没三天，想是连她的炕沿都没挨上，凭空响了一个闷雷，你说咋的？他就一头栽倒在门槛下，完了。这叫暴死。"

老太太瞅了一眼她家的大花猫，那猫正用舌头舔吮母亲的手背，母亲下意识地抽回自己的手，顺势拿起炕桌上的纸牌，手一哆嗦，纸牌撒了一地。

母亲欲拾起掉在地上的纸牌，刚弯下腰，眼前一片漆黑。

她像跌进了深渊。

……

一个声音从黑暗中传来，清晰地敲击着她的耳鼓："你以为你是谁？抛弃我还为时尚早，你错了！你没见地上的灰吗，风一吹就没了，飞到哪儿去都没商量，自身难保！"

"自身难保！自身难保！自身难保……"母亲的眼前出现了一个龇牙咧嘴的恶魔，手中挥舞着一把利剑，一下就飘到母亲面前："风一吹就没了，你说是不是？说！"……"吱——"，一阵急刹车，汽车的保险杠上挂着一个人，他在喊：妈妈，救救我，救救我呀！……突然一条大狗耷拉着血红色的舌头，疯狂地向母亲扑来：看你往哪逃！

……

母亲抱着头，发疯似的跑出这个老太太的家门，老太太还在后面招呼着："大妹子，你咋啦？"

母亲逃回我家，慌忙插上房门，一头扎在床上，用被子把自己捂得严严实实。她盗了一身汗，还说自己身上发冷。

母亲病了，一病两个月没下床。

姑姑从长春来接母亲："到老家散散心，孩子上班，自己躲在屋里怪闷的，咱姐俩就个伴。"

母亲去了长春。

母亲执意要住在我表哥家。

表哥家离南湖只有三百米。表哥家窗前的那条路直通南湖的正门。

南湖，长春人引以自豪的母亲湖，像一只凤凰栖息在一片大草坪上，位于凤凰腰身的南湖大桥，像一道彩虹横跨东西两岸，湖水澄碧，像一面镜子。正是夏季，这里的游人如织，市区的居民大多云集此公园避暑嬉戏。阳光下人头攒动，男人只穿着一条三角游泳裤，皮肤泛出古铜色的光泽，像一匹健壮的公牛穿梭在波光粼粼的湖面上，让人感到惬意而轻松。女人在浅水区嬉闹着，各式各样的泳装让人眼花缭乱，特别是那些妙龄少女苗条婀娜的身姿，总让岸上的男人的眼球像被磁铁吸住了一样，忍不住心房中的小兔子砰砰直跳。一位年轻的母亲牵着一个小男孩，欢快地在沙滩上奔跑，母子俩幸福的笑声让老年人羡慕得发出叹息，仿佛每叹息一次，自己的青春就能恢复一次似的。

母亲被眼前的情景深深地感染，眼睛像被湖水反射的阳光刺痛了一样，溢出两行热泪。

"哦，我的南湖！"母亲喃喃地，仿佛进入了一种幻境，全不知拭去脸颊上的泪水，引得游人好奇地观望。

......

母亲拉着小儿子的手，飘啊飘，飘落在一片澄碧的湖面上，湖水荡漾着轻波，阳光伸出温柔的手在轻波上搅动，轻波上跳动着一粒粒翡翠似的光斑，光斑上扬起一团轻柔的雾。母亲携着小儿子在雾团上温馨地飘游，惬意地像在透明的梦中游泳。

......

"哦，我的南湖......"母亲痴痴地，记起了自己是喝着南湖水长大的。她的秀美来自于南湖水的滋润。

......

一个扎着两条小辫子的农家女孩，在兄长的呵护下，捧着玉米饼子坐在窗前读书。一片阳光挟着春日湖水的气息很温暖地从窗外漫进来，泻在橙黄的玉米饼上，像透明的液体甜蜜地供女孩咀嚼。玉米贴饼粗糙的颗粒在女孩的舌尖摩擦，像老太太的磨叨，翻来覆去。难以下咽的饼子对于这个女孩来讲并没什么，难咽的是她眼前书中的东西，她要把它全部消化，消化到能为自己换来个"A"，为了这个

"Ａ"，玉米饼子被咀嚼出了甜美的味道，像龙须面一样细腻爽滑，饱含着美妙，在送进咽喉的那一刻，已被编织成了幸福的梦。

母亲的梦就是在南湖畔孕育的，越来越牵魂，越来越难以割舍。

"小妹，下次吃高粱米饭好吗？"兄长的眼镜下泛着微笑，但她知道这只是一种安慰，为了节省粮食，他们兄妹俩只能将高粱米熬成粥，干饭是吃不起的，那太奢侈了。

"别逗我，你舍得！"女孩也送给兄长一个微笑，随后用舌头舔了一下嘴唇。嘴唇上粘了一点玉米饼的碎屑，进了嘴里几乎品尝不出什么味道，但女孩觉得像梦一样余味无穷。

……

湖面上泛起一片碎银似的波光。

母亲望了一眼。她像记起了什么，眼睛急忙转向岸上的一棵柳树，偏巧树下站着一个小男孩，手里拿着一个硕大的杏。

母亲不由自主地盯着那个小男孩手里的杏，眼前一片模糊。

34 永远的杏核

    我知道母亲是有初恋的，否则，她不会一辈子保留着那几颗杏核。

    杏核不大，但很光洁，轻轻摇动，能清晰地听到杏仁发出的哗啦声。在母亲和父亲结婚时才有的那个柳条箱中，我发现了它们。那时候，它们是被一小块红绸子包裹着的，不多不少，正好五颗。

    可惜，在母亲去世后，我只能将其中的四颗放在母亲的棺木中。我知道这杏核对母亲的意义，不敢将它留在世上。

    少了的那颗杏核，是被我和弟弟偷偷地砸开的，我们以为那里面的杏仁一定很好吃，不想，干硬的杏仁还没有黄豆粒大，却枯涩得狠。我们原以为，母亲在发现后会打我们一顿；没想到，母亲不但没有责打我们，还破例买了两斤杏子，给我俩吃。这是我小时候吃得最多的一次杏子。

    他是汪家的独苗，父母突然撒手人寰，他还什么都不懂。三岁的孩子，突然没了依靠。

    怎么办呢？

    他的表姐大丫儿央求母亲，收养表弟汪和。

    大丫儿的母亲好为难，自己嫁给了刘氏，再收养娘家的孩子，那是要遭白眼的。没办法，汪和孤苦伶仃，自己不援手，又能靠谁呢！宁可让自家的孩子受点委屈，也要设法分一口饭出来给姐姐的遗孤。

汪和进刘家大门时，二丫儿还在娘胎里，大丫儿才六岁。二丫儿一直以为汪和是自己的亲哥哥，她没想到大哥姓汪。如果刘氏子女的名字也像别人家那样，严格按家谱排列，那么二丫儿兴许会从他们四人的名字中发现一点什么。知道详情的大丫儿，从没透露一点口风，也许母亲曾经叮嘱过她。"汪和哥！""汪和哥！"二丫儿就这样叫着，习惯了，没觉得将来会发生什么。

辽沈战役刚结束，汪和就参军了。部队开拔的当天，母亲才把汪和的身世和盘托出。二丫儿伤心极了，亲哥变成了表哥，多少有些遗憾。

汪和在刘家念过几天书，算识文断字的，很快就被部队提拔做了干部。后来随部队南下，打下广州，他已经是一名正营级军官了。再后来，他就留在了广州，直到离休。

那年，汪和进了广州市委，成了高级干部。含辛茹苦抚养他的刘氏夫妇，直到入土时也不会想到，汪和会有这一天，否则，他们到了另一个世界，会欣慰地向汪和的母亲交代的。

汪和没有及时收到姨母和姨夫去世的消息。那时他刚到广州，解放军平乱、接管，诸事正忙，交通不便，信息传递也慢，等接到消息，姨母已经入土三个月了。

三个月后，汪和与刘冠蓝建立了通信联系，而与他亲如姐妹的大丫儿和二丫儿，却只能通过刘冠蓝了解他的一些信息。

知道自己身世的汪和，在部队填写履历表时，只反映自己是孤儿，至于社会关系，连刘氏姐弟也没有提及。

部队的首长知道，汪和孤苦伶仃，为了生存曾给地主放过猪，只是由于好心的姨母资助，才读了几天书，识了几个字。汪和作战勇敢，他曾带着一个班的战士连续端掉了敌人三座碉堡，还伏击了一伙企图颠覆火车的土匪。在部队留守广州不久，他就被提拔成为正营级干部。

汪和永远也不会知道，二丫儿有一个没向外人说起过的心事，那就是对他的思念。这种思念起初是妹妹对兄长的思念，渐渐地起了一点变化，转成了少女对恋人的思念。可这思念只埋在二丫儿的心里，连自己的姐姐和哥哥都没发觉。

那时，少女思慕军人，是一种时尚。自从知道汪和不是亲兄长之后，二丫儿也在这种时尚中有了梦想。

梦想是甜蜜的，但未必都能成为现实。二丫儿偷偷地给汪和写过一封信，表达了自己对兄长的思念，算是投石问路，但左等右盼，都不见回信。二丫儿不知道，汪和与刘冠蓝私下里有过约定，汪家与刘家之间的往来只能局限于他们两人，也就是说，长春与广州之间，只能由刘冠蓝出面才能联系上。

在二丫儿陷入单相思的时候，汪和正热恋着一位女大学生，后经组织审查，汪和终于与那位女大学生结成夫妻。汪和完婚的消息，打破了二丫儿的梦想。过了好长时间，二丫儿才重新把汪和定位回表哥的位置上。

埋葬了自己的初恋，二丫儿回归到现实中。

现实中也有她割舍不掉的一段记忆。

念初小的时候，二丫儿班上的副班长，姓楚名雄，长相很帅，标准的中分头型，一脸青春气息。楚雄在看人时，眼睛里会放射出一种柔润的光芒，好多女孩子都为他这种眼神产生过遐想。楚雄学习不算太好，常拿一些问题来问二丫儿。每当这时，其他女孩子就会投来嫉妒的目光，但楚雄柔情蜜意的眼神给了她安慰，反倒使她把这种嫉妒当作了自己的幸福。

楚雄长了一双修长的腿，整个人显得很挺拔。他那近乎完美的体形，一出现在二丫儿的面前，就让二丫儿的眼梢发热。二丫儿知道，楚雄只对自己好。她坚信自己的长相在女同学中是出类拔萃的，否则，有那么多女孩子寻死觅活地追楚雄，他怎么会无动于衷呢。一次，她在上学路上被雨淋了，楚雄竟当众脱下自己的上衣，披在她的肩头。二丫儿原本想推辞，但看到一些女同学直撇嘴，就陡然生出一股勇气，反倒把楚雄的上衣穿上了。从此，楚雄就成了二丫儿公开的保护神。

楚雄对二丫儿好，却怕见二丫儿的兄长冠蓝。杏熟的那几天，楚雄从乡下的亲戚处弄来十几只杏子，想送给二丫儿。第二天刚巧是星期天，楚雄怕把杏子搁坏了，就瞅准二丫儿的哥哥出门的空挡，翻墙进了二丫儿的家，亲自把杏子送到二丫儿的手上。手上托着杏子，二丫儿痴迷地望着楚雄，真想让楚雄拥抱一下自己，可楚雄担心她哥哥回来碰到，很快就又翻墙跑了。

二丫儿很后悔，少女的羞怯让她错失了一次机会，但她以为这样的机会今后还会有，否则那几颗杏核就不会成为她永久的记忆了。

二丫儿怕哥哥回家后发现这些杏子，不好跟哥哥解释。她把那几个杏子藏在哥哥不会发现的地方——自己的床下。每当哥哥不在家或睡觉后，她就躲在自己的房间里，偷偷地拿出那几个杏子，闻一闻，把玩一番。她是舍不得吃掉这些杏子的，仿佛这杏子是她的生命似的。第三天的午夜，二丫儿做了一个梦，她把这些杏子种在院子里，杏子长成了杏树，树上结满了杏子，黄澄澄的，她站在杏树下，一阵风刮过，树上的杏子纷纷落下，全都落在她的手心里。她正纳闷自己的手心怎么容得下这么多杏子，忽然所有的杏子变得像西瓜那样大，堆积如山，很快就将自己埋没了。她努力地往上爬，爬也爬不上来，就要窒息了，急得大声喊叫，"楚雄救我！楚雄救我！"

二丫儿从梦中醒来，发现自己出了一身汗，原先握在手心里的杏子，不知什么时候滚到了地上，可恶的是，竟然有两只老鼠正放肆地啃吃着杏子。"可恶，还我杏子！"二丫儿跳到地上，老鼠恋恋不舍地逃掉了。可惜，鲜黄饱满的杏子被老鼠糟蹋得面目全非，而且只找到五只。二丫儿急得快要哭出来了，少了的杏子一定是被老鼠拖到洞里去了。她拿来火钳子，顺着墙根找老鼠洞，终于被她找到了一个，她用火钳使劲往老鼠洞里捅，可老鼠狡猾得狠，洞在中途拐弯了。她气得眼泪扑簌簌的，止也止不住。抹着伤心的泪水，脑子里全是报复老鼠的念头。忽然泪水像传递了南湖的波涛一样，在她的脑海中一闪，惩治可恶的老鼠的办法有了：往老鼠洞里灌水。

可是，水缸放在灶间，要取水非得经过哥哥的房间。她可不想等到天亮，让老鼠跑了。这样一想，她就毫不犹豫地冲开了哥哥的房门，奔到灶间端起一瓢水。

哥哥醒了，惊讶地问："出了什么事？"

"有老鼠。"

"有老鼠？怕什么！"

"它偷吃了我的杏子。"

"杏子？"

"……"

"哪来的杏子？"

"是——，是同学给的。"

哥哥起身披衣，安慰小妹："不就几个杏子嘛，值得这样兴师动众的。明天哥给你买点，好吗？"

"不！我要浇死它。"二丫儿把一瓢水灌进了老鼠洞，洞里丝毫不见动静，她还要去舀水，被冠蓝哥哥拦住了。

"听老人说，用头发堵老鼠洞，很管用的。"

二丫儿找出了锈迹斑斑的剪刀，毫不犹豫就剪下了自己一绺头发，团了团，塞进了老鼠洞，冠蓝帮妹妹找来一块碎砖头，堵住了老鼠洞口。

一个月后，二丫儿毕业了。自作主张把自己嫁出去的大姐素凡，已经是两个孩子的母亲，她再无力供养小妹继续上学，就动用"家长"的权威，逼迫小妹嫁给了方家的老疙瘩多多。

于是，无力反抗的二丫儿，含泪告别了自己的初恋，怀中揣着自己视若珍宝的五颗杏核，成了我父亲的新娘，我的母亲。

五颗杏核，见证了母亲的初恋，也给母亲留下了终生的遗憾。

35 刺 指

那个喝过"三眼井水"的老太太，好心地陪着我的母亲，去了一趟位于乌苏里江边的龙王庙。回来之后，母亲的痛苦似乎减轻了许多。我发现母亲几乎天天呆在那位老太太家里，和那老两口一起看纸牌。我的心里安生了许多，看纸牌是最能消磨时间的。

母亲说，明天她要去老太太的姐姐家里玩一天。我想，能散心，去就去吧。

母亲去了，很晚才回来，第二天又去了，又是很晚才回来，一连七天，那老太太的姐姐家像有什么魔力，吸引着母亲往那里跑。我有些担心了，问母亲为什么老去那儿，她说那女人一家很好，她已认了那个女人做自己的干姐姐。我知道母亲的脾性，来来去去自有主张。从另一方面讲，母亲的社交圈子扩大了，其实是一件好事，交往的人多了，痛苦就减少了，人毕竟要往长远看，看开了，一切都会过去的。

我已经好长时间没有出差了，我想尽一切理由，推脱出远门的机会，好在家里多陪陪母亲。可是这一次的学术会议很重要，非我去不可，会上我还要宣读一篇论文。作为青年教师，这样的机会很难得。

我告诉母亲，我要去省城开一个会。

"请人代不行吗？"母亲的声音很小，但我听得明白，她不希望我出远门。

"组织上定好的事，推脱不掉的。"我说。

"那——可要当心！"我知道母亲说的是安全问题，她只有我这一个儿子了，我的一举一动都在她的挂念之中。

"会的，放心吧！"我安慰母亲，"同行的还有郑教授，五天后就回来了。"

第二天早饭后，我向母亲道别，她像是早有了准备，站在靠近门口的地方，迎着我。我以为母亲想送送我，小时候我去上学，母亲总是把我送出很远，然后才会放心去做自己的事。

我刚要推开门出去，忽然发现母亲的手上捏着一根缝衣针，我们家的人现在都改穿成衣了，很少见到缝补衣服的事了。我正诧异，母亲凝视着我，像有千言万语。猛地，母亲用针刺破了她自己的中指，同时用拇指按压了一下中指，一大滴殷红的血从她的手指肚中涌出，我想要阻止她，可她的动作却出奇地快，弯下腰一下就将那滴血抹在了我的鞋面上。

"做什么？"我搬过母亲的手，将她流血的中指紧紧按住，放入我的口中，用力地吮吸着。我小时候经常弄破手指，她总是这样对我。十指连心，我知道这痛的滋味。

"辟邪！"母亲的话很干脆，她抽回自己的手，像完成了一项伟大的使命，又像刚刚了却了一桩心愿，畅快地舒了一口气，挥了一下手，"去吧！"

"妈——"我的眼泪快要流出来了。

我怕母亲看到这眼泪，在父亲去世的那天，我都忍住没在母亲面前流下一滴眼泪。我要让母亲认为，她的儿子是个坚强的人，是一个可以让她放心地在家里等待的人，是一个能够安全回来的人。我急忙推开门出去，大步向前走，没有回头。

火车上，我长时间不说话。同行的郑教授看出我有心事，他问：

"怎么啦，有什么不开心的？"

郑教授是个心胸豁达头脑聪慧的人，又是个感情细腻的人。"文革"初期，他被赶进那座破庙里，不但没有怨言，反而潜心研究，写了一部书稿。后来，他被打成"现行反革命"，不让他继续教书，还被发配去看果园，结果他在果园的地上钉了一个木桩，又在木桩上钉了一块木板，把这当成了写字桌，竟然研究出了一种写作方法。他在那个人工河边救出阿鱼后神秘"失踪"，没想到这是命运给了他一次逃生的机会。那之后，他打扮成一个逃荒人的样子，想找一个新的安身之处，结果饿昏在一个寡妇门前，善良的寡妇收留了他。寡妇有一对儿女，从此他成了那一对儿女的父亲。寡妇的大女儿感情上不接受他，把他和寡妇唯一的合影照片从当中撕开，事后郑教授很细心地用胶水把照片拼接好，一直珍藏在自己的身上。我见过那张照片，不留意还真难发现上面的一道裂痕。

在这样一位教授面前，我无法隐瞒自己的心事。

"这就是母亲，伟大的母爱！"他用手掌击了一下我俩面前的茶几说。

"这就是母亲，伟大的母爱！"这句话一遍又一遍在我的耳边回响。

车窗外的景色引不起我什么兴趣，我的眼前老是晃动着母亲的身影。

我记得母亲是有一头秀发的。那时我很小，总是看见母亲不停地织着什么缝着什么补着什么，好像她的手一刻也没闲过。那天我蜷缩在棉被中，看着母亲在煤油灯下缝补着我的棉裤，这是白天我和一个小朋友去爬树时刮破的。裤裆处的棉花被刮丢了一大块，母亲试了试，又比量了比量，然后到处翻找，就是找不到多余的棉花。她想了想，脱下自己身上的棉袄，细心地裁开棉袄的衣襟，从里面掏出一大块棉花，蓄在我的棉裤里。母亲一针一线地缝，我一眼不眨地偷看。

母亲的胸前起伏着，缝好了，满意地笑了，像是对自己工作的嘉奖。她低头的瞬间，一绺长发垂在胸前，她用手撩起长发的时候，我看见母亲的手背上染上了一层黄色。我伸出自己的手，看了看，白中透红。我那时不解，母亲的手为什么会是黄颜色的。直到后来，我才知道，那是母亲长时间劳作，疲劳缺氧的结果。母亲很辛苦，她面前的那盏煤油灯，常常伴着她亮到半夜。有时我一觉醒来，母亲还在煤油灯下忙着什么。我那时经常怀疑，母亲喜欢在灯下缝补的感觉，因此她把睡觉当成了一种浪费。

我觉得，灯光映照下的母亲的侧影很美，特别是她那一头秀发。

"妈，我流血了。"我躺在被窝里，欣赏着母亲灯影里的秀发，忽然发现自己的鼻子出血了。

"别怕，乖，妈妈看看。"母亲放下手中的活计，查看了我的鼻子，然后端来一盆清水，为我擦拭。可是，无论如何，母亲也止不住我的鼻子出血，她怕了，摇醒了父亲，"快起来，龙儿的鼻子出血了，止不住！"父亲翻身坐起，帮母亲。但血就是不断地向外流。棉被和床单上都被染了很大的一片红色。

我吓得大哭："我要死了，快来救我！"

"不会的，乖，妈背你上医院。"母亲背起我，让父亲把棉被裹在我的身上，不待父亲穿好衣服，就匆忙地冲出门外。

母亲一路跑着，全不顾我的血流了她一背。幸好有值班医生，医生检查了我的情况，对母亲说："是血小板的问题，需要用一种药，你带钱了吗？"

"带了，八块六毛钱，都带在身上。"

"不够，这药是进口的，要十三块一毛。"

"医生，求您了，我们家就剩这点钱了。"

"别急，我先用药，你再想办法凑钱。"

"谢谢，太谢谢了。"母亲差一点给好心的医生跪下。

我的鼻血止住了。母亲和父亲却为那欠下的四元五角钱犯了愁。

到了月底，各家的银根都很紧，手头上宽余的人不多。医生准许母亲第二天补交欠下的药费。

母亲不是那种涎着脸乞求别人借钱给她的人，她说，那样被人瞧不起。她找出了家里一只旧的铝盆，拿到废品收购站卖了，才七角钱。收废品的人提醒母亲，她的头发可以卖钱。母亲想起来了，一次路过理发店，理发师傅问母亲头发卖不卖，母亲舍不得。这次母亲没有犹豫，剪了那一头秀发，刚好卖了三元九角四分。还了药费的欠账，母亲的手里只剩下一角四分钱。

一角四分钱，是母亲曾经拥有一头秀发的剩余价值。就是这一角四分钱，母亲还用来买了很小一包肉松，作为给我补血的营养品。

郑教授的话又在我的耳边响起："这就是母亲，伟大的母爱！"

开会的间隙，我去了一趟百货商店，给母亲买了一把犀牛角梳子，我要用它替母亲梳理她那已经稀疏的头发。

36 乾坤对话

电视里正在播放元旦联欢晚会。

母亲独自静坐在电视机前。

母亲已经习惯了让电视里的人给自己做伴。

母亲从长春回来，五个月了，每个晚上几乎就是这样度过的。电视开着，她其实根本无心看电视，她的心弦紧绷，但表情是麻木的。她不想让儿子看出她的心事，那样儿子就会不放心，有几个晚上，儿子就默默地陪着她坐着。

今晚儿子像那样陪着她，默默地，不敢多说一句话。她理解儿子，儿子也理解她。静默是理解的最好方式。

快十点的时候，学生处的老师叫走了儿子，他班里的一个学生酗酒后酒精中毒，需要他去处理。

房间里又剩下母亲自己，依然由电视里的人给她做伴。

一列火车经过，窗玻璃又如约震动起来，母亲也像平常那样竖起耳朵，倾听这种近来渐渐熟悉的声音。"哗啦哗啦"玻璃的震动声同摇动那几颗杏核时发出的声音相仿，又与出嫁前自己亲手做的那串风铃相似。

那串风铃早已经丢失在风里，留下的只有那五颗杏核，不，应该是四颗，另一颗不是被小儿子吃掉了吗！

母亲在昏暗的床上摸索，手中又握住了那四颗杏核。闭上眼睛，一种幻影从脑海中划过，一片杏叶从窗前飘去，消失在一片模糊的湖水中。

坐久了腿有些麻，用那只空着的手搬动一下柔软而冰凉的腿，腿上的麻木感减轻了。医生告诫，她的腿静脉曲张，不宜这样盘腿坐着，但她已经习惯了。

手中的杏核发出微微颤动的声音，母亲习惯地闭上眼睛。

"下晚放学，我在南湖边等你。"楚雄悄悄地说。

二丫儿早早地在南湖边出现，楚雄已经等待在那里了。

"你送我的杏子被老鼠糟蹋了。"二丫儿红着脸，声音有些颤抖。

他俩站在一棵柳树下，柳树的枝条在气流中飘荡。二丫儿抓住飘荡的柳枝，羞涩地摆弄着它。她还是第一次和男生约会，心里像喝醉了酒似的，脸庞被晚霞映得像桃花。

"我，我可能不再有机会见你了。"楚雄将身体倚靠在树干上，这样他与二丫儿的距离又缩短了一些。二丫儿已经闻到了他身上散发出的那种气息，这是一种少女不熟悉的气息，那样强烈又那样真实，但二丫儿顾不上体会这些，她被楚雄的话弄得有些雾蒙蒙的。

"你说——"二丫儿瞧了一眼楚雄，眼中充满了疑惑。

"我爸被调去西北，我们全家都得去。"

楚雄的话随气流飘向远处，二丫儿深深地叹息："讨厌的风，把一切都吹乱了！"

"那地方干旱得厉害，到处都是风沙，我真的不想去，但没办法。"楚雄像是很冷的样子。二丫儿扑到他的怀中，一串泪珠溅湿了他的肩头。

"你别撇下我，我怕。"二丫儿抱紧楚雄，像他会被风吹跑一样。

母亲在黑暗中感受着杏核发出的声音，眼前有一个人耸着瘦弱的肩膀，在一片风沙中孤独地徘徊。

那是你么？在我的记忆中，你应该是那种迈着坚实的步子的男子汉。你不会恐惧，不会熬不住了吧？那天，你把柳树叶撒向湖面的时候，你不是说，今生有了对我的思念就满足了。你不是说，因为牵过一次我的手，哪怕真被风沙埋没了，你也会安详地合上双眼吗！

去往天堂的路离我越来越近了，我很想知道，你是在天堂等候着我，还是在风沙中观望着我。

你劝我不要在风中哭，风干的眼泪会让皮肤留下皱痕。可我忍不住，偏会在风中流泪，不为别的，就为那晚的风中留下了我太多的孤独和寂寞。

你知道么，你留下的杏核已经缩成一个个干硬的记忆，它发出的声音，就像你对我的窃窃私语。此时我把它们放在我的胸口，就像那天我对你说"抱紧我，抱紧我"一样，让我感觉到了你的心跳。

那天，晚霞散尽的时候，你牵着我的手，围着那棵柳树转啊转。你说，真想永远牵着我的手，就这样不停地走下去，直到荒漠变成绿洲。

要是真如你说的那样，该多好啊！可是你却那样地走了，消失在春风吹不到的地方。你好残忍啊，你说从此不会给我写信，怕我的牵挂让你的心不安，你就真的一个字也没给我寄过。你不知道么，仅仅是牵挂吗，那是我的初恋，被你埋葬在风里！起风的日子，我便会在风中落泪，已经落下了病根。别人说，一夜春风到天明，可我的夜晚没有春风，有的只是充满凄楚的寒冷。

是的，我嫁的那人心地好，但他还是给了我缺憾。他也走了，还带走了我的小儿子。他在天堂里每天都召唤着我，说我的儿子好想娘啊！

揪心啊！上帝给我留下了一个遗憾，却不给我一个弥补的机会。若不是舍不得撇下我那在世的儿孙，我早就离去了啊！

"风中有朵雨做的云……"电视里一名歌手唱道。

母亲睁开眼睛，瞄了那歌手一眼。

"咳，风中只有思念，风中只有遗憾。"母亲念叨着，再次闭上眼睛。

　　楚雄的身影幻化成了丈夫的身影。

　　"嫁人！"姐姐说。
　　于是，我嫁给了你这个从未谋面的人。
　　说实在的，决定嫁给你的时候，我的心已经死了。怨天怨地都要怨那个消失在西北风沙中的人，他把我的心也带到了西北的风沙中。从此，我的心房从没有人能够访问，那是因为我将它禁闭的时间太久。
　　此时，我很想推开窗户，看窗外的风中是否捎来了你的消息。但是我心里明白，我不敢推开窗子，更不敢看一眼浓黑的夜中的景象，那景象想必骇人恐怖，我憎恨这样的景色。为此，我每晚只坐在电视机前，直到电视节目都播完，荧屏上只剩下一片刷刷的白，我仍然坐着，等待天亮。当阳光透过窗帘的时候，我才敢安心地睡一会儿。
　　我已经学会了在晨雾的寂静中幽闭自己的心扉，久被囚禁的心只能够承受沉默。我不能向谁吐露心事，更不能哭泣。
　　你走的那天，我才知道自己原来是个坚强不屈的人。现实多残酷啊，你自己走了，撇下我也就算了，可你还要带走我那可爱的小儿子，你那不是剜我心头的肉吗！那一刻，我原本就不确定的对你的情愫，一下子荡然无存了。我恨你，恨你生时对我的依恋，恨你走时那样地匆匆！
　　屋内弥漫着夜的恐怖气息。我不知道这种气息是不是在暗示，引力和运动彼此不能看到，还是激活了宿命的开端与结局，我只能在被保存的昔日的灯火中，打发难挨的寂寞。
　　我不该说对你有多么思念，老是这样告诫自己，我思念的只是我那苦命的小儿子，可他就是追随着你，让我挥不掉你的影子。我恨你，却想起的是你对我的百般珍惜；我怨你，却想起的是你对我呵护的情谊。在别人眼里，你是那么忠实妻子的丈夫，可你却用带走小儿子的结果来背叛我！
　　知道吗，小儿子偷吃了我的杏核，我都没有埋怨他。他多可爱啊！那次他偷摘了人家的果子，我被迫责罚了他，可他悄悄地对我说，母亲的惩罚像挠痒，比吃了果子还甜。瞧，这样一个懂事的孩子，你却忍心把他带走！我几乎无法摆脱这样的想法：你是有意撇下我承受痛苦，你这是预谋好了的吧？

一个声音对我说，父亲不会陷害自己的儿子；但另一个声音对我说，父亲会唆使自己的儿子追随他，直到毁灭。

黑夜毁灭了我亲手建起的家园，你却和黑夜同谋。我真的不敢相信，你竟用这样的方式同我诀别。你走了，还召唤着小儿子大踏步跟在你的后面。他像追随拿破仑的士兵，我无法喊住他啊！去往天堂的路上人群熙熙攘攘，他真的就听不见我对他的呼唤吗？

小龙说，你是爱我的。可我怎能向他说出我对你的怀疑呢！你爱我，怎会用这种方式与我诀别，一抔黄土，将你我隔离在两个世界上，你要的果真是这样的结果吗？

你说过，你知道我保留着几颗杏核，那里一定藏着一个秘密。我说，你如果介意的话，我可以告诉你。但你拒绝了。你说，天堂里有一个小木屋，等我们到了那里，再讲给你听。你还说，婚姻残忍地埋藏了初恋，为什么还要让它撕裂在别人面前呢，初恋就应该是独有的一种隐私，不管是幸福还是痛苦，都不该示人。你说的这些话多让我感动啊！为这，我曾偷偷地落过泪，认为我嫁给了一个能够理解我的丈夫。

又一列火车经过，窗玻璃再一次"哗啦哗啦"地响起，母亲瞥了一下电视机，屏幕上只剩下一片模糊的白。

"妈妈——"母亲似乎听到了小儿子的呼唤。她的眼睛直直地向窗外看去，窗帘笼罩的黑暗阻隔了她的目光。

母亲像受了惊吓一样哆嗦了一下，嘴唇动了动，没有发出任何声音，但心里却呼喊着，"漫长的夜啊，我真的有些熬不住了啊！"她撕抓着自己的领口，像是被一只巨大的手扼住了喉咙，呼吸骤然艰难。"啪"胸口的那颗纽扣被抓扯掉了，一股强大的液体涌了上来，她的身子一下子仰躺在床板上。

她就这样睡着了，睁着眼睛睡着了。

当我用手合上母亲眼睛的时候，我相信母亲只是睡着了。

37

天国飘落的雪花

我走在一片冰雪中。

雪好大，是我今生今世记忆中最大的雪。

风裹着雪片四处飞动，天地间好像只有白色。我扶着母亲的灵柩，空中同样飘荡着忧伤。

一片雪花飘落在我的脸颊上，慢慢变成水珠，流向嘴角。脚下的车轮吱吱嘎嘎地碾轧着积雪，好像不情愿送我的母亲冤屈的灵魂远去。

母亲生前对我说："忧郁，让它去吧！"

又是一片白桦林，树身上一只只大大的眼睛，像在谴责我只顾悲伤。

白桦树的眼睛幻化成母亲期望的眼睛："以后的事，还等着你，去处理！"

我默默地念着：忧郁，让它去吧！

一只野鸡在三十米开外的雪地里突然飞起，那片雪的下面曾经是一条河。风雪太大，野鸡抗不住风雪的猛烈，又一头扎进不远的雪地里，灰白色的积雪上露着野鸡的尾巴，长长的翎毛在风雪中飘动，绿中夹着黑，颜色有些模糊。灵车上的人没谁在意，要是平时，这只野鸡就会成为人们的战利品。雪地上的野鸡顾头不顾尾，受到惊吓后就会一头扎进雪堆里，颇似人们常说的"掩耳盗铃"。

这只野鸡还算幸运，虽然有些孤独。生命本就是孤独的，躲过风雪的野鸡毕竟还有下一个春日，躺在棺木中的母亲将会有父亲和弟弟做伴，我呢，孤独没有尽头。曾经被清流环绕的山坡，蜿蜒的身影扑面而来，这是传说中的凤凰坡，凤凰是没有的，野鸡倒是经常出没。我回头看一眼，风雪模糊了我的视线，但影影绰绰中，野鸡的尾巴还高高地翘在雪地上，仿佛母亲为我扎的凤凰风筝，长长的尾巴在风中摇摆。是啊，也是在这样一个山坡上，春风吹绿了的小草，青嫩嫩的像地毯，覆盖在青草上的露水在朝霞中闪着俏皮的光，坡下的清溪中跳跃着暖烘烘的气息。我在草地上牵着风筝，任"凤凰"的长尾在空中摆动。弟弟追着风筝飞跑，高兴地举着小手。母亲站在溪边，脚下开着几朵蒲公英，空气中漂浮着一丝温润，她的眼中也湿漉漉的。我手中的线稍一放松，母亲的眉头就轻轻地皱一下，仿佛我手中的线牵挂的是母亲的心。弟弟一不小心滑了一个屁墩，爬起来裤子后面有两个湿湿的圆。母亲反倒笑了，回头向正在溪水中忙乎的父亲打着招呼。父亲直起腰，赤脚站在溪水里，他的手中端着一个那时常见的玻璃罐头瓶，瓶里面游动着两条很小的鱼。弟弟暂时忘记了风筝，向父亲奔去。父亲蹚着水，向岸上走来，脚下溅起一片水花。他的大手有力地抓紧那只罐头瓶，恐怕它掉进水里似的。父亲的脚已站到了岸上，弟弟也奔到了父亲跟前，紧忙接过瓶子，捧在眼前，观看里面的小鱼。父亲抱起弟弟，向母亲走来，脸上微微一笑。他的笑，使我感到像受了朝阳的爱抚，连他身旁的溪水也显得静谧温暖。

前面开路的北京越野吉普车停了下来，几个朋友跳下了车，用铁锹清理道路上的积雪。灵车也减缓了前进的速度，我举起一把纸钱向空中抛去，纸钱在风中旋转着，飘向很远的雪地上，闪耀着一片黄色的光芒。我想起了母亲的头发，那天的朝阳中，她的头发上也闪耀着一片金黄的光芒，光芒中蕴藏着一种柔情，至今令我迷醉。

安睡中的母亲或许能够感知这场浩大的风雪，正在圆自己风雪一生的梦，否则，上天怎么会在母亲合上双眼的那天，连降七天大雪呢。有的人一生中有许多机会圆自己的梦，有的人一辈子连一次机会也没有。我的母亲就属于这后一种。母亲的梦握在她的掌心里，幸福使她陶醉；但她张开手，抓住的却是遗憾。"问世间情为何物，只教人生死相许。"母亲的幸福里不仅是爱情，还有许多让人无法揣度的东西，特别是她的南湖情结。母亲曾将她并拢的手指伸给我看，她的中指和无名指之间有一道缝隙，不在强光下是看不出来的，不足一毫米，"仅仅是一毫米呀，幸福就从那指缝间溜走了！"母亲带着她的遗憾走了，走得那样匆忙，没给我留下一句话，却给我的遗憾上面又增添了新的遗憾。

我的生命是母亲给的，母亲还想给我幸福，她用针刺自己的手指，将鲜血抹在我的鞋面上，虽然有些宿命的色彩，但这已是她最大的能愿了，她不能左右上苍，只能用这种令人悲悯又令人钦佩的举动祈求上苍，倘若真能感动苍天发下慈悲，她那空虚的内心就能得到慰藉。但是苍天不会怜悯，甚至连欺骗都不给她，"生命走到了尽头，历史就写完了。历史不能改变，历史是用风雪写的，就用风雪作结吧！"风雪连续七天七夜，母亲安详地在家中睡了七天七夜，是她在告别人间前最安稳的一次。这一次有她孤独的儿子陪伴着。

我不想就这样结束陪伴母亲的历史，但上苍不答应。

"送她走吧，送她到你父亲的身边去吧！"舅父在我跪到他面前的时候，无奈地摇摇头。

"送她去吧，你留不住她的。听话，别再留啦……"姑母的老泪浑浊地顺着脸颊流淌。

"不！"我不能没有母亲，我在彷徨与迷茫中大喊。

但我没有选择。我只好冒着风雪送母亲上路。

风雪不知不觉地小了，前方的雪地上挺立着一片玉米秆。枯黄的秸秆，在白雪的映衬下显得格外地突兀、肃穆；折断的叶子发出"呜呜"的声音，像志哀的人群在哭泣。

"别动。"母亲拉住我的手，陪我坐在玉米地垄台上，这是个六月的夜晚。父亲说过，小孩子的骨骼生长如同玉米拔节，都在夜里。可我夜晚老是睡得很死，从没听见过自己的骨节生长的声音。"妈妈陪你去听，小孩子不好自己去的，"母亲劝慰我，"咱家的后园中有六十多株青玉米，放心睡吧，到时候妈妈会叫你。"

子夜时分，万籁俱寂，夜色静得出奇。我蹲在母亲的身边，聚精会神地听。"咯"一种声音传进耳鼓，细微奇特，有一点像细雨敲击水面，又像微尘散落，参差里夹着和谐。我学大人的样子，用右手猛劲按左手的指节，"咯"，太像这种声音了。母亲静默着，神圣地端坐着，胸膛有力地起伏，那种神秘的声音深深地激动了她，仿佛她的身体也在拔节。"咯"，"咯"，这声音在银白的月光下清晰可辨，像几十个人齐敲木鱼，但是木鱼的声音太响，没有玉米拔节来得细润。倏的，月光下，一株玉米秆闪烁出一抹青绿。青绿打着卷儿，向外伸展——渐渐地、轻轻地、迷人地伸展着。母亲也发现了，她被那抹青绿震撼了，仿佛灵魂都要出窍。她屏息，像是在感受生命的诞生。我感觉到，她握着我的小手的大手在渗出汗水。这是我记忆中最最温暖的月夜。青绿完全绽开，变成叶片，月光泻在上面，让人能嗅出一种甘蔗似的味道，忍不住鼻翼的翕动。弥漫着甜润的叶片舒展着亲吻月光，叶面上滑动着一粒晶莹的水珠，像闪烁的星星，又像瑰丽的宝石。"咯"，"咯"，神秘的声音再次涌来，像天籁之声，铿锵有力，又似玉手拂琴，委婉轻柔。我在玉米拔节的声音中，被母亲的温柔包裹着，仿佛听到了自己的生命也在静谧中拔节。

一片湖泊渐渐地出现在我的眼前。

我知道这是我前行的目的地。

湖水已被冰雪封住，当车轮碾压积雪发出"吱吱"声时，我的心也开始"汩汩"流血。此时，葫芦样的界湖在我的眼中像个分子式，过大的分母让我说不出感受。

"人世不是一道数学题。"母亲曾经对我说。

"人世太大，人生呢？"我问躺在棺木中的母亲。

只听见车轮碾压积雪的"咯吱"声。

只听见风吹雪落的"呼呼"声。

车轮下发出的声音像在说："是！是！"

风吹雪落的声音像在说："不！不！"

人生不是一道简单的数学题，更不能用分子和分母来限定。幸福和苦难，谁也不是分子，谁也不是分母。没有走出过大山的山民，山外的文明他不了解，他在山里的苦难便也没有比较。因此，苦难在他眼里也许就是幸福。可我的母亲，是从文明的都市中走出后，再进入封闭的山水中的——这是一种像瀑布一样的落差，是多少水流也无法弥补的落差。

幸福的含义，在我的母亲眼里不是获得了多少，而是获得了什么。直到母亲的手触摸到天国的大门时，她仍然毫不甘心。因为，她用一生追求的东西，只是她曾经失去的，而这些在别人眼里，却可以那样地轻易获取。

"呜——"好像火车的汽笛声，但我知道这里没有火车，这只是风钻过树林的声音。

为了常常能看到自己梦寐以求的南湖，母亲一生坐过无数次火车。在母亲眼里，火车前进的速度不是它自身的动力，而是车窗外树木后退的快慢。母亲需要比较，如同乘坐火车看到窗外的景物在后退，她才能相信，自己真的是在接近追求的目标。但是，母亲的不幸，偏偏在于，她只看到了车窗外景物的后退，却不知道，火车正在中途悄悄地改变着方向。等她察觉，火车竟然已变成了特别快车，连她准备停靠的站点，也成了瞬间闪过的影子。她只能等待，还得毫无怨言地等待，直到火车把自己丢到一个陌生的站台上，才能重新定位自己的目标。

父亲的墓碑闪过一道七彩光，我知道那是父亲在向母亲招手。
此时我才发觉天已经晴了，母亲的墓穴里竟然没有飘进一片雪。

瑞琦和黑娃跪拜在母亲的墓穴前。

飘雪的冬季，我在凛冽的寒风中，肃穆地埋葬了一段历史。
雪花逝去，原野依旧；
母亲逝去，我心茫茫。

2004年8月初稿于杭州
2011年3月改定于杭州